imaginist

为了人与书的相遇

理
想
国

imaginist

NOTHING LIKE THE SUN

ANTHONY BURGESS

不似骄阳

莎翁情事

[英] 安东尼·伯吉斯 著

张琼 译

广西师范大学出版社

·桂林·

致帕米拉和查尔斯·斯诺

我爱人的双眸绝不似骄阳，
珊瑚之红远胜于她的朱唇，
若发为丝，铁丝长在她头上；
若雪洁白，她胸脯一片暗昏……

伯吉斯先生为他特别的学生上的告别课，这些学生（阿拉巴斯特、安宝玉、巴克斯、布洛考克奇、艾沙克、吉尼普尔、沙克尔斯、斯波蒂斯伍德小姐，以及艾哈默德·本·哈伦、安格维什、巴拉望·辛格、利林顿、林佩、拉雅·默赫塔尔、普林代波尔、罗萨里奥、斯皮塔尔、怀特莱格先生等）抱怨说莎士比亚并不能给东方带来什么。（谢谢三瓶桑苏米酒的告别礼物。此刻让我大喝一口。好喝极了。）课文与下面的藏头诗[1]有一点关系：

> 我的爱情有如一场热病——
> 把维持病情之物当食粮，
> 以取悦无常的病态口味。
> 理性本来是吾爱之良医，
> 因我抛下了药方而愠怒，
> 已然弃我而去……

---

1 原文几行诗的首字母 F-T-M-A-H，对本书女主角法蒂玛（Fatimah）的暗示。

目录

157? — 1587

一

　　她具备了女神的所有特质：黝黑，隐秘，致命，震慑魂魄。此形象萌发于何时？

　　是在耶稣受难日，没错。七七年？七八？七九？威莎[1]还是个年轻小伙子，身着破旧的紧身上衣，披着打补丁的斗篷，戴的手套却很新。他没有胡须，脸颊上的汗毛在阳光下闪着金黄色，头发赤褐，长着一对西班牙猎犬的眼睛。他不耐烦地踢着埃文河左岸的草皮，猎犬般的炯炯双目盯着克洛普顿桥下涌起的逆涡流。（克洛普顿，镇上那座"新宅"最早的主人，当年离开这里奔赴了远大前程。而他，威莎，日后能成为同样伟大的斯特拉福之子吗？）他讨厌一直被当作孩子看待。晴朗的日子里，他和家中的傻儿吉尔伯特得负责带上妹妹安妮和小弟弟理查德，一路步行去送手套。空气清新甜润，四周一片绿荫，兔子飞奔着跑下亨利街的堆肥，屠夫们正在

1　原文 WS，威廉·莎士比亚（William Shakespeare）的名字缩写。

磨刀，分割肉条，为复活节前夜的集市做好准备。小动物正为饕餮之徒啊啊啊地哀号待宰。大斋节的稻草人已经被拖出门去捶打了。空气清甜舒适，略带感伤，阵阵温和的西南微风预告午后有雨。春日絮语，以及另一种垂死的呻吟，另一种兽类的呻吟，都在他耳膜上冲击拍打。那野兽浑身雪白，像爪子一样的手指，两腿蛙泳般在床上划动着，阴森森的白。濯足节[1]的下午，他懵懵懂懂地打开房门，就见到了这一幕，发出一阵啊啊啊的声音。他本不该耳闻目睹这一切。这不停蠕动的白色。那两人本来也不该知道被他瞧见了的。

"别这样，迪肯。"他又一次对理查德说道，后者正用沾着鼻涕的手指戳姐姐的眼睛。他又说："也别太靠近水，水哪怕不淹死人，也会让你头脚湿透的。"他向来着迷于文字，此时突然感觉到了此话中的节奏韵律，"头脚湿透头脚湿透头脚湿透。"淘气的安妮扑闪着眼睛，她父亲当年碰上那些让他苦恼的麻烦事之前，就是靠这种眼神来勾引姑娘的。安妮说：

"可怜的威尔疯狂的威尔。他愿意还是不愿意[2]。丢了威尔的寡妇儿。"

"头脚湿透。"

傻儿吉尔伯特出神地抬头盯着春日的天空，目光随着水

1　即圣星期四，复活节前的星期四。
2　威廉·莎士比亚的昵称威尔（Will）也有愿意的意思，原句 Wil he nill he 是用这个名字排出的叶韵顺口溜。后一句的"丢了威尔的寡妇儿"（chuck-will's-widow）是一种夜鹰，因啼叫声听上去像这个短语而得名。

洗般蓝色的云朵轻轻地、专注地移动着。他是个鼻子突出、嘴唇丰满红润的少年。"上面就是天堂吧？"他仰天问道。"上帝和圣人们就在上面吧？"

"债户的女儿，金钱的蜜饯。你指的是什么，"威莎问道，"那威尔的寡妇儿？"

"一种夜鹰。"安妮答道。理查德的左腿比右腿短了一寸半，他一瘸一拐地走着，思考着，突然掏出那小家伙对着草地撒起尿来，在春日阳光中射出一道金色的短弧线。他撮起嘴唇上的唾沫，吹出一只泡泡，顶起一层水膜。"那棵树就是黄花柳。"安妮说道。理查德戴着一顶小小的丝绒帽，披着斗篷，斗篷从肩上垂下，流苏都磨损了。

黄花。柳树。寡妇。塔钦[1]，晒得黑黝黝的堂皇的南方国王，全身扭着，蛇一般地扭曲着，像一头淫荡的山羊。如此悲情，就是一出悲剧。刀片与磨刀石。但那是另一个塔钦。威莎看到南方国度的春日里有一团蓬松庞大的白色物体，那是草坪上的孔雀，浑身闪着鬼魅的微光，亚登，显贵，尖叫。她不像柳树。但是柳树与死亡气氛相配。他望着拱桥下怪异的逆涡流，回过神来迅速上路。像克洛普顿那样伟大的斯特拉福名人？他觉得自己仿佛身在梦乡，在梦乡又梦见了自己正拼命追逐一个黑色身影，那影子倏忽消散在他猎犬般眼角

---

1 亦译"塔昆"，传说中罗马王政时期最后一位国王之子，用强力胁迫玷污了贵族姑娘鲁克丽丝。莎士比亚有长诗《鲁克丽丝受辱记》。

的余光里。

"就这么一抖没了，"吉尔伯特说道，"一抖一抖一抖。"

威莎皱了皱眉头，面部一抽，脸色通红。冰冷刺骨的英国春日，他耸耸肩说道。他裹紧了破旧的斗篷，样子就像歌谣里的斯蒂芬国王，那可是个厉害的家伙。此时理查德已撒完了尿，藏好了家伙。他轻轻地吼了几声，没等双手离开原地就跑了起来，一瘸一拐还挺灵活，紧跟在睫毛灰白、没有眉毛的安妮后面。苍白，无尽的冬日灰白，阴郁的英格兰，黯淡天光下白色的鬼影。安妮假装很害怕地冲着灌木丛跑去，欢快地尖叫着。她回头看看小个子的尾随者，喊道："野猪，野猪，毛毛的野猪！"接着就飞奔着一头撞上了一个庞大的身躯，那人是突然从苍劲粗大的橡树后走出来的。大家都认识他，他是个流浪汉，有人说他住在亨利街，是个粗野的流氓。他名叫杰克·霍比，一身肮脏的衣服，帽子的顶部都破了。大概当过海员或河上的水手？他这会儿可是远离大海了。威莎相信此人出过海。此刻，他和往常一样，满身酒气。

"啊哈，"霍比那脏兮兮、毛茸茸的双手一把抓住安妮的肩膀，"被我抓住了，哦嚯，小肉团，小糖圈儿。福图纳托和埃拉克特兰蒂[1]女王，没错。我要把你带去陪鹅群跳舞，跟猴子跳方格。"安妮挣脱了，她毫不畏惧。理查德大笑起来。霍比的脸太像画里的魔鬼，大白天吓不倒孩子。他的一只眼睛

---

[1] 非洲西海岸外属葡萄牙的马德拉群岛中的岛名。

始终闭着，脸上疤痕累累、风尘仆仆，黑色的牙齿裸露着根部，杂色的胡须上沾着面包屑。他咧嘴笑着，像个海盗，浑身散发着班伯里奶酪的味道，还打了个饱嗝，喷出酸腐的酒糟气味。"手套大师，"他咧着嘴朝着威莎笑，"真是大伙儿的好日子，不用忙那些皮革料和指操啦。"

"是指叉[1]。"威莎冷冷地纠正道。他立即为自己的较真感到羞愧，弄得时刻想要维护手艺人尊严似的。又不关他的手艺，尽管父亲早就让他辍学练手艺了，说是家里穷。儿子对这门生意早已了如指掌，技艺臻于完美，可那是臭粪堆，他的脸红了，连他自己都意识到脸红了。唉，亚登的昔日辉煌。那时征服者还没来呢，亚登的土地，亚登的骄傲。维姆科特的鸽舍，咕咕咕咕的足有六百多对呢。（"还有，还有呢，"他的母亲高声说道，说不完的亚登，"他们走过斯特拉福，都是我的堂兄弟。他们不会来看我，也不来喝一杯酒，不来的，根本不会对我说说家里的消息。唉，丢脸啊，真是丢脸，都因为我嫁得不好。我那时无意中被流氓盯上了，被糟蹋了。"）泪水涌上了威莎的双眼，他假装是春风迷眼。他们得快点回家吃晚饭了，满身油脂的琼，他们那了不起的母亲，还有满心焦虑却挤出一脸笑容的父亲，他们都等着呢。

"该出海时就出海，"霍比揶揄道，"去看看广阔天地，看看可汗国的卢克岛、斯科里亚的马达加斯加岛，那里的国王

---

1 Fourchette，一种做手套的工具，该词当时又指女性生殖器后部的皱皮。

都是伊斯兰教徒，魔鬼一般的黑。他们的女王都是妓女，什么男人都能睡。"

　　是在那个时候吗？整个英格兰都热起来了，埃文河像尼罗河一样波光粼粼，水蛇游来窜去。威莎眼前看见了这样一幕：东方浮现一张金色的脸，是金币上的女王像，西班牙大帆船正朝她驶去。他用力吞咽着，把这幻象咽了下去。他自嘲道："你接着还会说你曾用黄金、龙涎香、麝香、麒麟角等装满大帆船，驶过那些坚硬的礁石后，所有东西都丢了，现在是厄运当头了。"

　　"倒霉蛋也有走运的一天。"霍比说，听到自己的话为人熟知，他可一点不尴尬。"我也发过财，全花光啦，一点没留。我见过水里的海怪，看到鱼儿像小孩一样爬上树去摘苹果，我尝过骆驼肉，去过人吃人的地方，那里的人眼睛长在胸口。"理查德舔着下嘴唇上的疱疹，直愣愣瞪着霍比。安妮用力将他的手甩开，"你真见过这样的世界，海浪像猎犬露着利牙大声咆哮，像它们背上的黏液一般湿滑，要是人不眨眼睛，太阳就会把他的双眼像黄油般烤化了？"

　　"那你就啥也看不见啦。"连傻儿吉尔伯特都显得聪明起来。

　　"别总是你啊你啊的。"说话的是那个拘谨的小伙子，是威莎，他可是绅士。"我们得保持点距离。"

　　"行，"霍比说着，一拐一拐地走了，破帽子下挂着凌乱的头发，一片斑驳的灰色和脏兮兮的棕色，仿佛要不是编得乱七八糟的发辫束缚住了这个蹦跳的生命，它就会去漂泊流浪，"我们得向他们的贵族顶礼膜拜，尊贵的斯凯特先生通过他长鼻子上干净神圣的洞洞哼哼唧唧的。赐予我仁慈吧，尊敬的大人，赐予我荣誉，允许我舔您的脏鞋子。"他深深地鞠躬，醉态可掬，差点绊了一跤。安妮和理查德笑了起来。

于是方才这位尊贵的绅士开始怜悯起这个可怜卑微、满嘴喷着酸腐气的撒谎者，他想起自己钱包里还剩着一枚硬币，那是什么什么夫人（他把名字给忘了）给他的，礼拜三时他为夫人送去一双上好的牛皮手套，一想到自己被她当作跑腿受赏的伙计，他的脸又红了。他拿出那枚硬币说："拿去。"弟弟妹妹都盯着看，霍比也盯着它，不过他默默地接受了，满脸疑惑。可是当这些被他称为"撒个死泼"或"杰克撕破"[1]的人朝家走时，他禁不住高声喊道：

"出海吧，小伙子！这里什么都没有，上帝保佑我们。别装绅士了，没劲的。得走出去，出去，出去，否则来不及了！"他似乎趔趄地退回到灌木丛里，没准那醉醺醺的睡神，他永远的情人正恭候着呢。威莎让安妮和理查德跑在前头，一个麻利地跑，一个瘸着腿跑，两人再次玩起了追逐游戏。吉尔伯特走着之字形，还没从晴空的醉人蓝色里缓过来。他耷拉的嘴角此时往上提着，嘴巴张开，像是渴坏了。威莎沉思着，他那猎狗般的目光扫过报春花、地榆、绿苜蓿，却视而不见，对云雀欢快的抒情小调，他也充耳不闻。

1　Chaxper、Jackspaws，均为"莎士比亚"（Shakespeare）的粗俗变体。

难道，这是要重振家业和荣誉，要恢复在亚登家族享誉维姆科特前曾让斯尼特菲尔德无比自豪的家姓吗？（他曾经发誓要重振一切的。）他满心疑虑地想着，冒险征程难道就是这样的吗：神话中的探宝者挖着藏在香料树下的红宝石和钻石，可船舱里始终臭烘烘，爬着虫子的饼干被污水泡过，水手疲惫不堪，浑身又脏又臭，衣服上像沾了一身臭耳屎，还有遭遇海难和海盗的风险，最好的情况也就是在粗鲁野蛮的无赖人群中呕吐，那帮粗人嚼着腌牛肉发出淫荡的喊声，出海刚一个礼拜，就骂骂咧咧、情绪激动地抢着蹂躏那个浑身雪白柔软的男孩，那小伙子文雅温和，还读过点奥维德和塞内加[1]的箴言。一阵阴暗的兴奋感袭来，内疚感随即又抖擞着猛扑过去，巨浪般冲走了兴奋。可那些名字依然刺激着他：阿美利加、俄罗斯公国、赛莱尼泰德、桑给巴尔、佛罗里达、加那利群岛、帕墨费罗……

父亲背叛了他。是的，没错，这个声音温柔的男人，哪怕被泼妇骂街，被亚登家的人嘲弄，他都耐心十足，活得越来越籍籍无名。这个约翰·莎士比亚，这个当年的民政官（地方官中最盛气凌人的职位）不肯再为救济穷人付税，他还继续当市府参事，却少有号召力，不敢在社团集会上出现。他卖了大部分微薄家业，把长子也卖给了小羊皮制作业。他一

---

[1] Seneca（约前 4—65 年），罗马政治家和哲学家，曾担任尼禄的顾问。他现存的九部悲剧都是仿照希腊悲剧之作。

想到就这么过一生，钻营公平交易，清白贸易，直到生命结束，一辈子，一辈子呐，眼泪就涌了上来，得不停切割皮革手套料，撕下细细的指叉，耐心缝合手套，就像谱出一对镜像双生的诗篇。然后，还得让巧嘴男孩把货送到大宅门口，谦卑地讨仆人的开心，甚至遭到小狗的嗤之以鼻。接着，还要……

这是多么令人难堪的一幕啊！他敲敲门，等着。而后，仆人禀告管家再禀告夫人，他这才被准许进门见她。夫人独自坐在桌旁，漂亮屋子里织锦遍布（上面画着苏珊娜和淫荡的长老；方舟和鸽子，诺亚的儿子正望着远处的大陆；珠迪丝正举起剑来对着霍罗福尼斯）。[1] 他看得清清楚楚，还闻到了梨木被焚烧的气味。晚餐已过，木盘子和装盐的银瓶都撤下，管家和那些戴流苏装饰的仆人也鞠躬告退了。小狗（他猎犬般的眼睛瞥到了有好几只）在她周围蹦跳奉承着，它们露着尖利整齐的牙齿，嚼着她托在戴着手套的掌心里的软糖，牙齿都给粘住了。她戴着面纱，是个寡妇，除了身上的华美锦缎，其余部位都遮蔽着。她的衣服沙沙作响，火光噼啪跳跃，梨木的焚香弥漫着，令人陶醉；她身旁摆着一个盛着甜酒的银杯（他知道那酒是甜的，他能感受到那甜味，酒杯上有扭动身子的小天使的浮雕图案，杯脚是狮爪银纹），她从杯子里拿起一根迷迭香小枝，搅动着把香料溶进去。威莎感到窒息，她挥了挥迷迭香枝，站起身，用眼神示意让他跟着。

---

1 这些形象都来自圣经故事。

一扇扇大门像被施了魔法似的自动开启，他轻手轻脚地跟在她后面，经过几处房间和走廊，到处是良木精雕，丝绸墙面上挂着英雄画像。他们来到一间卧室，里面有纯金的床，铺着锦缎，弥漫着印度熏香，周围的屏风上描绘着耽于爱欲的诸神。他听到小狗的声音，它们也跟来了，爪子刮擦着，呜呜叫着要进来。他想离开，他想睁一睁眼睛。她的声音轻柔、低沉，让他浑身颤抖。他血脉贲张、心跳加速，听到衣料摩挲，被系住的带子和花边的一端慢慢地全被解开了，温柔的喘息声传来。威莎紧闭着双眼，她说话了：

"转过来，啊，我心爱的。啊，转过来吧。"

他转过去，差不多要昏厥了，眼睛一眨不眨地盯着，她全身裸露，闪着金色的光，燃烧着，就像太阳，让他无限渴望。

"我全都是你的。是你的，你全拿去吧。"

啊，他那颗青春的心。啊，那一阵晕眩，那一阵狂野的心悸。他匍匐在她脚下，在她金色的双足之下。她用强健的金色双臂扶他起来，两人朝着银色丝绸帷幔后面的天鹅绒沦陷下去。他们都明白，那个时刻要来了，很快，太快了，它必然要来的，那一刻他会拥有一切时光的秘密，他的嘴会变成金色，会吐出诸神期盼并屏息聆听的话语。

可是，金色全部褪去了。他是在斯特拉福，耶稣受难日的正午，风儿格外清爽。那小伙子正在父亲家中，门大开着，其他人都在，都嚷嚷着说饿了。他必须得静一静，平息一下心头起伏不定的激情。他上下打量着破败凌乱的街景，黑白分明的木材歪歪斜斜地架着，遍地都是砾石，邻居奎尼家的姑娘扔出了一个鱼头，一群猫儿喵呜喵呜地吵着抢着。低沉的脚步声从他家门口经过，继续往前，一股混杂着丁香和肉桂的烤鳕鱼干气味传来，还有面包、麦芽酒、苹果汁的味道。父亲膝头放着《日内瓦圣经》[1]。别忘了，今天可是基督为汝牺牲的日子。

不对！这炽烈的太阳和水蛇，示巴女王[2]浑身赤裸地躺在丝绸床上。他渴望张开双臂，将全世界紧紧抱在怀里。这欲望让他浑身颤抖，进屋前他脱下手套。他掬着右手，潮湿的西南风吹进来，这种在亨利街只能略施小计的风，到了别处就能鼓动船帆，让船只从美洲向家乡返航，或是向遍地黄金与香料的岛屿进发。这个世界，这宽广的世界像只猫似的哭着喊着要进来，又像狗一般擦着大门。

"威尔！"

"可怜的威尔！疯狂的威尔！"

他被牢牢地束缚住了，那本想抚摸世界神秘、探寻人间秘密的手指，却做着低劣的手艺，被困家中。好几个声音都在喊他进去吃晚饭。

---

1 当时供普通大众用的《日内瓦圣经》内容直白，更通俗易懂。
2 示巴是赛伯伊人居住的古王国，是一个经商频繁的国家，做黄金、香料、宝石等生意。

二

　　他正想着自己也许可以逃过去，爱丽丝·斯塔德利的父母来了，满脸的义愤，冲着约翰·莎士比亚说，他的儿子，没错，就是威尔，两腿乱蹬乱蹬，灌了他们女儿一肚子，现在必须，是的，非娶她不可，赶紧了，他也太性急了，不过是个乳臭未干的家伙，可这会儿就得像个男人，干正经事啦。

　　他还想着离家才能去找女神，想着自己在暮色中看见的金色大腿，在复活节夜里，耶稣受难日的幻影又回来了。春日煦暖，就在麦田里。

　　"不，绝不！"

　　"来吧！来啊……！"

　　那姑娘是心甘情愿的，她幽黑的眼睛，身上的汗毛也是黑的，头发是黑的，乌黑油亮，就像吃了被人丢弃的熏肉脂肪的乌鸫身上的羽毛。也许她叫贝丝、琼、梅格、苏珊、凯特，在斯特拉福的夜色中，他还能见到什么呢？要不就是巴福德、格拉夫顿寺、上昆顿、爱丁顿（在爱丁顿，就在那个被取消了律师资格、咕咕哝哝的律师那摇摇欲坠的破房子里，这个性急姑娘抢在所有性急的姑娘前得手了），还是在肖特利？威莎正长成一个俊朗的小伙子，丰满的撅嘴唇，漂亮的腿，缄默内秀，是个卖优质手套的英俊小生。在他的绅士外表下，在那片赤褐色错综缠绕的灌木丛里，却奔突着一个饥渴难耐的壮汉亚当。那可不是他，不是威莎；那是一头他极不情愿，却不得不引进体内的异域奇兽，得不到满足决不罢休，而且极其不愿讨好别人。威莎看着它，像看着身外之物，很是惊讶，它的呐喊也来自身外，十分陌生，却符合他内心的饥渴韵律，从抑扬格开始，到扬扬格结束。接着，那庞大的幻影发着光，双脚踩在火球上，那球随时准备要下地狱。可女神身上的火光更亮，像烈日般要焚毁整个世界。他赶紧上前抱住她，刺透了身底下那个被黑烟熏透了的乡村女祭司。他高声叫喊，要为她奉献整个生命。可这一次她笑了，嘲笑着。

整个世界坍塌了，变成了一场嘲弄：一堆堆的旧麻袋布，树枝刮擦着裸露的大腿；可耻的不是罪恶行为本身，而是雷声大雨点小（例如还说出了"爱"这个词），到头来得手的只是草堆里的爬虫，是村姑爱丽丝·斯塔德利不满意的叨叨声。他在乱糟糟的衣服堆里看见了对他整个一生的嘲弄：一条条没系好的带子，未兑现的狂喜被深埋在羞耻中，还有那该死的没完没了的扣扣子。还有其他的关于这位斯特拉福手套商所有的生活画面，此刻都阴郁地展现在眼前。麦芽酒喝过了头，呕吐，夜晚和迪克·奎尼、杰克·贝尔，还有来自金顿的傻子一起大喊大叫着惊吓那些老人，放纵空洞的狂笑，短暂空虚的生命愧疚感。

"爱，"她边系带子边哀怨道，"爱，你说了爱字。"

"没错，就算我说过爱了，我可没承诺什么。"

"你说了要娶的，你说了。"

"男人一冲动什么都说，"他接着又补充道，"尽管我还不是男人，不过是个大男孩罢了。"

"你那玩意儿已经像男人了。"在薄暮的余晖中她把自己收拾干净了，一股强烈的同情心就像种子，在他心里一涌一涌。他可得留心了，否则还真以为这是爱呢。他残忍地说道：

"你会明白的，没错。可它和你从门缝里偷偷看到的你老爸的那玩意儿不一样。"

"我要告诉爸爸，是你逼我这么干的。"

一阵强烈的疲倦感袭来，天色迅速暗了下去。"就像本·洛弗尔所干的，还有布洛克利的杰夫斯·布莱克、皮普·格顿和其他人，都一样。都是被逼的，是吗？"她哭了。他又觉得她可怜，就抱住了那个柔软的身子，怜悯地亲着她左脸颊上粗糙的青春痘，把黑色松散的头发都吻到嘴里去了。他发现自己情绪一激动，就会被怜悯心打乱阵脚。他温柔地拉住她的手，与她告别。分手时她柔情似水，不再抱怨了，鸽子似的不停点头吻他，变得光彩照人，她挥手道别，转身走进月光里。

此后她父母就找来了，那是在炎热的八月，但他们还没有证据。他们一家家找，找上的家庭都躲藏着肉欲得偿后容光焕发的小伙子（肉吃得太多，降火气的蔬菜吃得太少），这里收个泰斯特，那里收个格罗特[1]，来堵上自己的大嘴巴。要给爱丽丝找个丈夫并不难，躲在灌木丛里盯着，看哪里有小伙子一不留神贪恋起她敞开的胸脯，那裸露的部位，就能逮个正着。这可是家常便饭。他们离开时像女儿一样抱怨着，母亲汗津津的手里牢牢捏着个硬币。接着约翰和玛丽·莎士比亚就冲大儿子开火了。耻辱啊，丢脸啊，罪恶啊，你这猴急好色的可怜鬼啊，赶紧给我跪下来讨饶忏悔吧（约翰·莎士比亚转信了手艺人和商人全新的、纯粹的信仰）。威莎冒失地反驳辩护起来，结果他母亲亚登夫人一顿好打。小伙子愤然离开，身后家中闹成一片。

他要离家出走，他决定当夜就走，去寻找那金色女神。那一夜是下弦月，安宁美好，一片芬芳，夜莺在林中歌唱。威莎披着破旧的斗篷，囊中空空地迎着黎明前的凛冽寒风上路了。去哪里？往西南走，迎风走向布里斯托尔。埃夫斯厄姆、图克斯伯里、格洛斯特。走上一天光景，走到嘴唇咸涩，一直看到海港的桅杆。再接着呢？

不，不行，还不可以。他需要时间。他想起那个老太婆玛姬·鲍耶尔的预言，那人被称为老玛姬，有时又被叫作巫婆，住在小镇尽头的茅屋里。她能对皮肤上的肉疣下符咒，

1　都是当时的银币单位，泰斯特值一先令，格罗特值四便士。

可以预见未来，而且通常很准。她的猫儿都很肥硕，在阳光里眨着眼；她的屋子没有恶魔的味道，只有浓重的草药味、烂麻布味，还有老女人的气息。他一边走，一边让自己镇定下来，走过臭烘烘的一片黑暗，来到她的屋前，茅屋就在码头边的荨麻丛中，在一条僻巷里。他看见幽暗的灯光，敲敲门。她拎着提灯走过来，嘴里还在嚼着什么东西，露着牙龈，她认识他，招呼他进去了。

他被烟呛得不住咳嗽，一口大锅正在火上咕嘟嘟地炖着什么，低矮的椽子上悬挂着一片片不知名的肉，他进屋时带来了气流，引得这些肉片的影子在墙上晃动；一只猫正给自己的斑纹小猫们哺乳，一边发出咕噜咕噜的声音。小猫周围乱糟糟的，一堆脏兮兮的破布，没刷过的坛坛罐罐，粗糙的餐桌上摆着一盘酸奶酪，面包上霉斑遍布，硬得咬不动了。一头精明的山羊在窗外往屋内偷偷窥视着，一边大口地嚼着什么，摆动着胡须。一只毛色黄白相间的猫朝威莎喵喵直叫，于是他抱起猫爱抚着，因为对方的信任而心生爱怜，倍感陶醉。难怪剥取幼崽毛皮时他不忍下手呢。他想到那些残忍的时刻，这些兽类被割开、被猎杀、被诱捕、被背叛、被放血，它们的哀嚎让他头痛欲裂。玛姬说："小伙子，想知道什么呢？"

"我明天给你一便士，"他说，"我出一便士问一下未来，看我该不该出远门。"他在桌旁一只三条腿的板凳上坐下，随手将一块油腻腻的抹布拿开；酸腐的奶酪味像灰色小精灵般直冲他而来，她嘴巴空嚼着，拿出一副牌。他知道这些牌，尽管叫不上名来，但还是知道那是纸牌卜卦。他最想听卦了，这可不是简单的王牌扑克游戏，这些牌上都是古代图案，像古埃及那么古老（她就是这么告诉他的），例如塔楼在闪电中崩坍成瓦砾，教皇与皇后，血红的月亮，亚当和夏娃，还有死尸、沉睡者、全裸的人在末日号角中苏醒过来。

"出远门，"她说道，"那就来看看关于远行的。"一只猫跳到桌上，好像也要来瞧个究竟，但被一只手推开了。她摸索着这些脏兮兮的牌，黯淡的光影给这个皱巴巴的干瘪老太婆蒙上了一层庄严的圣光，她的头发肮脏油腻，麻布外衣上因吃相不好而沾染着食品污迹（颤抖的调羹里总是滴下些油汤），破损的指甲边缘黑乎乎的，但黯淡的光影给它们蒙上了一层庄严的圣光。她把牌随意摆放在桌子上，外围摆了七张牌，里面摆成菱形的四张。她用颤巍巍的手把牌翻过来，嘴里叽里咕噜地说着奇怪的话："霍米尼—波米尼—迪迪—穆斯—迪斯迪斯—杰尼蒂沃—迪比—达波—奥利库洛伦。"威莎发现这些画风诡异的牌面正朝他看着：狗冲着血红的月亮吠叫，水面上爬着螯虾，星辰下裸体的姑娘，小丑，一个男人脚跟倒挂在树上，拿着镰刀的骷髅死神，一个女人牵着狮子，一辆战车。她摇晃着，低声唱着，说了下面这番话：

"你还不能出远门。你必须留下来找个女人，她会引你去找她的。还有七宗大罪。"

"什么女人？是她犯下的这些罪吗？"

"是个漂亮女人。罪恶会自己上门的，你会带着它们出门。"

"我一点都听不懂。"

"你听着就好，不必懂的。你就拿笔写下来，你必须赶紧把我说的速速记下。"

他的心一沉，"没别的了？"

"我会念给你一首韵律诗，可你还得再加我一便士。"

"那我明天给你两便士。"

她咯咯地笑着，咳嗽起来，呛着了，把唾沫星子都喷到了他脸上，猫儿都朝他看，一点都不惊慌。"诗来了，听好了。"她像是从威莎背后幽黑的墙面朗读着韵文：

机会来时不可失。
黑肤女人金男子。

接着就不说话了。这就值两便士？

三

　　女神的呼唤来自大海，可是他无法回应；在睡梦中她金色的胴体呼唤着他，可他却无法接近。馥郁芬芳的床上她张开双臂呼唤他，他只得闭上双眼，除非那是在梦中，眼睛闭上后见到的更多；至于旅行的遐想，他发现只有文字才能表达得更淋漓尽致。可文字会将女神永远驱走吗？他还不知道。

　　霍比在去世前（他醉醺醺地在雨中睡过去了，结果高烧发得他浑身滚烫），有时会认真地谈起航船和水手的生活。他会讲起满载货物的大船，船头船尾高耸，让敌人心生庄严和敬畏，接着他就转到了关于敌人的话题。调帆的水手在船尾和前甲板之间的船腰忙碌着，那里也是存放小艇的地方，还有压舱石和锚索盘；船在行驶时，舷外的撞角乘风破浪。最下层甲板下面存放的是酸腐的啤酒和散乱的奶酪。前桅有前帆和桅楼，主桅上是横帆和上桅帆，后桅上飘着三角帆，还有后桅的帆桁，第四桅上的纵帆，小附帆和底帆。新式和老式的火绳枪，拿着火绳杆的炮手，托架突然前后转动，楔形架。

这一切都得用文字描述。况且，就算在湿漉漉、脏兮兮的幽暗中不停擦洗，也拉不近半点他和女神之间的距离。文字能描述一番天地，而且，如果他运用文字艺术，那老玛姬预卜的那个未来未必真如她所述，即在破烂不堪的法院当职员；也许是贵族大公在催着快点快点快点，很快要为女王陛下唱生日颂歌了。牧师布莱克哥德尔[1]的屋里有一些书，他是肯借给有礼貌的年轻人的。威莎读过奥维德，是戈尔丁译成英语的，他也能读拉丁文，比学校里詹金斯教的更有意思，他可以一字一字慢慢地读，就像笨拙的鲁特琴手艰难地弹奏着乐曲。奥维德是神圣的，难道他就不能成为奥维德，用英语来写？

美就是美得浑然天成，

即便在幽暗中也毫不逊色。

我情人眉头那已婚的幽深

那就是美的本真……

此时晚餐已结束。他掩饰着内心的震颤，因为当夜他要准备写点什么好在肖特利的五月节上大展身手。他的羽毛笔吱吱响，在没擦干净的木盘上刮写着，字迹散发出藏红花和大蒜的气味，它们中和了牛皮的腥味（他早已拒绝在宰牛时

1　为莎士比亚洗礼的牧师。

当帮手），火堆里冒着榆木的绿色火星，房间里热得让人冒汗（可是父亲觉得冷），女人的嘲讽又带着点凉意。他又写完了一首关于另一位黑发姑娘的十四行诗，她满头黑发，乌黑一片，十四行诗的形式第一次由萨利伯爵引入，对这种过于严谨的意大利格式，英语的韵脚还很不够。不过他正在学，写不出普遍或所有的意义，就别奢望能写出独特唯一的诗句（可柏拉图为何还要谴责诗人的虚伪？），而且这普遍得在新的表述中传达和体现，但除了神圣，你还能想出什么词语来称呼那个唯一？

……因为美就在那里。

我的爱是黑色，她的美也许不闪烁
被如此包裹住的光会全部变成灼热。

他的母亲头发花白卷曲，眉毛稀疏但依然带着浓郁的姜黄色，一副亚登贵妇的娴雅姿态，此时正在埋怨他的父亲，而琼（三年前可怜的安妮死了，她现在是家里唯一的女儿）忘了要清理餐桌，给鸽子喂食（唉，这维姆科特的鸽棚啊），她穿着膨大的裙子，咧嘴笑着。处境悲惨的父亲还乐滋滋地满脸红光，在呛人的火堆旁弓着背，咬着小拇指指甲。

我心热如火如炉，大地皆由我掌握；
在如此地狱燃烧，天堂也可以弃舍。

小埃德蒙在地板上爬着，这个月是他的两岁生日。吉尔伯特和理查德不在家，理查德正在外面玩耍喊叫。琼完全长成了亚登家的姑娘，咧嘴笑着，站在泼辣的母亲身旁。

"这会儿你又说要卖掉我的银器，这下子我们就真成了卑下的贱民，老天呐，到头来我们和肮脏的无赖平民没什么两样，在餐桌上挖些洞就成，幸好桌子还在，肉汤洒在里面，我们还得用油腻腻的手指胡乱对付。唉，真羞耻啊，竟然会如此羞耻，我宁愿孩子们都像可怜的安妮一样早早地葬了，省得他们看到家里的日子变成这个样子……"

小埃德蒙咯咯地笑着朝跷着二郎腿的威莎爬过去。他放下腿，想悄悄地踢一下，不过又放弃了这个念头。

我不屑于评价其他美人的光彩。
我的爱正如我所爱，因为幽黑。
在夜里，在夜晚，暗夜由她主宰……

"你答应过降灵节送我新衣服的，"琼呜呜地抱怨着，拉长了脸，眼神幽怨，"可现在又说没新衣服了。"

她主宰暗夜时我不再有所奢求。

"新衣服？"母亲说话了，带着女人惯有的夸张口吻，"还是管好你那些旧衣服吧，免得被他偷偷卖给下贱的小贩，没准换个陀螺玩耍呢。"

"我的王冠就是黑夜，黑夜就是我的王冠。"威莎无意识地低语着。

"再瞧瞧他，"母亲又说起来，"整天地念诗，脑子里啥都没有，这样就能来钱吗？"

他父亲怯生生地说道："不少男人就是靠文采出名的。"

在夜的王国，我夫复何求，
圆满强大而富有……

言辞太粗糙，这样表达不行。

"威尔疯了，还那么懒。"琼说道。威莎立即朝她做了个鬼脸，他斜着眼，手指挤着脸颊，鼻孔撑得很大。他接着念叨：

……我夫复何求
惟愿就此徘徊，无需星光领路。

这定音的双偶句，目的就是要为前面的十二行强劲收尾。这时父亲发话了：

"如果你要的是干活，那赶紧回去干活吧。"他从火炉旁的椅子里站起身，长叹一口气，"干活吧，威尔。"

幼稚如我被迫去夜晚的学校补课。

正、明、争、人、绷[1]，威莎沉吟着，双眼如网球般转来转去，盯着下椽。

"没人把我的话当真了？"终于，父亲难得发起火来。"无论在家里，还是在作坊，都不顶用啦？"威莎，唉，这傻小子，他还坐着，咬着软骨似的羽毛笔，一边用润湿的羽毛搔着牙龈。琼咯咯笑起来。威尔说：

"等一下，诗马上成了。"母亲发话了：

"啊，他就快出名了，要手捧诗作向女王陛下行屈膝礼啦，到时候我们都得饿死，家里没男人干活了。"

幼稚如我被迫去夜校把课补上，
去寻找光明，寻找光明光明
光明……

父亲伸出力量不大、肤色斑驳的拳头，做了一件大胆的事情，让威莎目瞪口呆，连墨水从羽毛笔滴在纸面上都无暇顾及。父亲抓起那张写有漂亮字迹、墨迹未干的纸，做出要撕掉的样子。威莎立即站起来，这他可受不了。就在这时，仿佛女神再现，一阵风似从烟囱里飞速而下，让火焰变成了

1　原文为 Right light fight wight tight，全部押韵，这是威莎在心里琢磨诗歌的用词。

金色，猛拍着威莎的后背，把他推向战场（为了寻找光明，并为光明而战），去反抗父亲、母亲、妹妹，所有人，所有敌人。此时他与父亲为了争夺十三行诗文（十四行诗快完成前被毁是最晦气的）扭成了一团，纸张撕破了，琼大声叫着，笑着。威莎发起诗人的狂怒来，会把父亲打死的，不过琼是个孩子，更好对付，于是他那四根僵硬的手指就狠狠地扇在了她的脸颊上，一边还怒吼着打死你这个婊子，妹妹疯狗似的歇斯底里狂叫着。这时最后一行诗出现了：

为寻找光明尽头的明光。

威莎在暴怒和诗人的激情中兴奋不已，但毫无羞愧和恐惧。屋里骂声阵阵，都是冲着他来的。小埃德蒙也吵闹起来，威莎傲然挺立，就像一位头戴桂冠的罗马征服者，要不是埃德蒙爬在桌子底下，他差点要把脚踩到那小家伙身上了。威莎昂首仨立，就像施法唤起惊涛骇浪的巫师。经过的路人听到大声咒骂，在屋外透过窗扉偷看。此人感觉麻木，情感迟钝。他找不到方向，这是恋爱病。威莎冲他喊道：

幼稚如我被迫去夜校把课补上，
为寻找那光明尽头的明光。

他旁若无人地喊着，向那人发出警告。这魔幻般的符咒暂时为愤怒呐喊笼罩上了一层奇妙的黑雾。母亲划着十字，眼睛直愣愣的，盲目地伸出双手，喊着琼。她又温柔地说道：

"过来，亲爱的，到妈妈这儿来。来吧来吧来来来。你，杰克，别碰他，他是个恶魔，不是我儿子。他是个畜生，邪恶肮脏，是低贱的畜生。来过来，擦掉眼泪别怕，擦一擦，擤擤鼻子，乖乖，他不是你哥哥。"

父亲咬着下嘴唇，一会儿看看儿子，一会儿又看着那首十四行诗的残骸：美之光焰点亮黑暗宝座的指引火花热情心灵炉膛人世。（他是睿智的，老天呐，我竟然不让他接受教育。我真该死，难道我错了？）正在这时，傻儿吉尔伯特走了进来，他说道：

"上帝，我看到上帝戴着帽子，走在亨利街上。"

父亲一副强忍眼泪的样子，好像要从还在啜泣的琼手里抢过哭泣的火炬。琼的脸油光光的。

"是的，真的。我摔倒了，睡了好久，后来就爬起来了。是的。"

母亲疲惫地转身对着他，说道："迪肯呢？他在干吗？"

"迪肯浑身脏兮兮的，他不敢回家，浑身大便臭，哎呀，他被那些家伙推到粪坑里了。"

"哪些家伙？"她的声音响起来了，喉头绷得很紧。威莎牢牢盯着父亲，父亲的眼光并没完全直对着他，这时他对父亲点了点头。

"是希尔家的汤姆，就是汤姆·希尔，是上昆顿那里的人，从来一声不吭。是的。"

父亲的头朝着门的方向点了点，母亲叹了口气。粪堆，大粪啊，她想。在她下嫁（哈！）到这个阶层之前，这个词她从没听人提起过，更别说碰到真家伙了。我完了，没指望了。我受够了干活和穷困，你们所有人都让我彻底没辙了。去吧，杰克，把小家伙带回来，把他弄干净了。去吧，别游手好闲的。

"都干活去，"没等妻子下令，约翰·莎士比亚就抢着说了。他猛拉了一下威莎，差点没把对方绊倒。他把儿子拉出门，从小埃德蒙身边走过。到了屋外，他低声说道："活没多少了，老天保佑，我有一张上好的老羊皮纸，你好好把诗抄上去。"

四

　　那个温暖的五月夜晚，就是这首十四行诗，字迹漂亮干净、贴身放在他胸口，当时他和布莱尔斯，奈德·索普，还有迪克·奎尼在一起，他走着，或是转身（借着浑身的麦芽酒劲儿）朝西向肖特利走去。那些棕色皮肤的大小伙子们大笑着，他们没读过什么书，也不懂什么诗，却很爱讲俏皮话，尤其喜欢那种隐含着让别人受伤的暗语，什么砸脑壳、戳肋骨、在滑溜溜的地上绊跟头、偷人泡妞之类的。别看迪克·奎尼外表嬉闹粗鲁，内心倒十分温柔；他有猎犬般棕色的眼睛，看似与威莎并无差异，但眼神更感伤专注。当詹金斯老师冲着文法书打盹时，威莎就给他讲古代传说，还有自己的手工艺。没准正是那对近似崇拜的、猎犬般的目光，让威莎意识到自己是在虚掷光阴。索普和布莱尔斯正在绿树下唱着淫秽小调：

　　干吧干吧接着干

让他的女人快点来；

她要不来他没法干，

因为罗德尼下手快。

威莎的心悬得高高的，十分担忧，他知道自己对那黑皮肤充满欲望，她的头发和身体的气味挥之不去，时刻在撩动他。他对金发姑娘没什么感觉，对红头发的也没兴趣，她们都太像亚登家的人，和濯足节那天看到的没啥两样。也许他还讨厌她们，只是不明白自己究竟讨厌什么。是遗憾，没错，是怨恨，也许是为自己和这些粗俗、红头发、咋咋呼呼的人混在一起，每个人都带着自己那份脏兮兮的食物，一直闹到在空地的火堆旁吃消夜：一点咸奶酪、发酵面包、野兔肉，还有一串偷来的禽肉和一瓶苹果酒，每个人手里都拿着一支叉棒，急不可耐。

至于另外那根象征性的棒子，即五月节花柱，很快沃里克郡就没有这样的风俗了，因为清教徒刻薄地叫喊着要驱逐偶像崇拜，那扎满了馥郁花束和香草的五月节花柱成了令人讨厌的偶像。时代不同了，往昔的自由时光已然逝去。不过，这个美好的夜晚是用来享乐的，次日清晨，牛群会将花朵缠绕的神柱带回家，两边牛角上都挂着鲜花。人们三三两两地走进树林和灌木丛，分成两人一组，她会在岔路口等他。黄昏时分，西边天空彩霞满天，像一艘艘燃烧着的大船，夜幕正降临。

四周传来了各种嘈杂声，笑声，沉闷的旧鼓声，激越的笛声，绿林好汉的号角吹响了，瞧，一身猩红的威尔来了。他们拎着篮子，点着火炬，穿着旧斗篷行走着。他看到几个熟人，有塔普、罗伯茨、小努尼、布朗、霍克斯、迪根斯，每个人都带着个姑娘。可是她在哪里呢？

在那里，她看见他了，她正拉着另一个男人的手，她笑着，挥挥手。威莎认识那男人，是个有钱的年轻人，名叫布里格，或霍戈特，或是哈格特，是面包师还是磨坊主或诸如此类的人的儿子，一点都不亚于年轻的手套制作商，虽然长着一张马夫的脸，蒙着一脸黄沙色的汗毛，张着嘴巴，一对猪眼睛。那首十四行诗在十四行诗人的胸口灼烧着，他满怀耻辱和愤怒，心情沉重，像冷却陈腐的面饼跌落在厨房桌旗上，摔碎了。他挣脱了身边的伙伴。他们喊着："啊呀！他都等不及了！他已经喷出来啦！"可是迪克·奎尼跟在他后面，喊着他的名字。他看到了威莎目睹的一切，还看到威莎也看到了这一幕。"好姑娘多得是，"他说道，"她只是其中一个罢了。"

"别管我。"

"我得看着你。"

"我谁都不要。"他扭开扣子抽出那篇被荒废的十四行诗。"拿着，你也会加入追求她的行列的，等她结束了这段感情，你就用它来赢得欢心。"迪克·奎尼疑惑不解地拿着诗。威莎跑开了。迪克·奎尼再喊他的名字，但没有跟上去。他能跑去哪里呢？不会去树林，也不会去教堂，也不是池塘，不会回家的。酒馆还开着，他口袋里有钱。夜色渐浓，西边的天际像被人割了一刀，鲜血滴落在大地上。今晚酒馆爆满，下层社会的人把那里挤得密不透风，他们散发着恶臭的口气，到处露着黑牙，乡下人的嘴巴黑洞似的大声喷出污言秽语。突然，他仿佛看见了傲然挺立的伦敦，红色的塔楼矗立在绿色的河边，河上游着天鹅。他挤到一张靠背长椅处坐下，身旁是一位穿着罩衫的牧羊人，此人身上散发着难闻的焦油味，指甲缝里黑乎乎的，在污浊的空气中喊着粗俗的话语，这话是冲着一个眯着眼睛、瘦削、苍老，正不停点头，牙龈开开合合的人（"你知道他干了什么？他把钱全掏出来摆在那里，说道，'喝一寸我给四便士，'哼，他就这么说的。"）为他上酒的姑娘胸口插了一条五月花枝，肥硕松软的乳房高高耸起，像是男人背上的大麻袋；她朝他斜睨着，露出满口乡下人的牙齿。他喝着酒。这卖手套的绅士可真善良，带着让你受累了的口吻，满不在乎地晃得硬币叮当作响，感谢您我向您致敬上帝保佑您。他喝了不少酒，还要继续喝，他有六便士，要喝光它。

喝麦芽酒满身肥肉不停咆哮情妇大力神黯淡的沼泽地流淌的伦敦幽黑的鹅群庄稼地。有块庄稼地不再种大麦了。像插瘘管插死了一样，没错。或是其他什么，我也不清楚。拿酒来，老子乐意。乐意啥？没错，一切都是谎言和欺骗。他边说边大声唱了起来：

就这样，他来到冥王府大门口，
站住，看门狗喊道，你来干吗？
来找船，他说，他手下全体船员
都睡在特洛伊的大木马里，
嘀嘀嘀

"马身上会长虫子，没错，你们基督徒也都一样。"

他走出去撒尿，差点绊倒在一个流着口水的酒鬼身上，那人正冲月亮打呼噜。月亮已经升起。他脑海里看到这些人，屁股上镀着一层银色的月光，一起一伏的。体内麦芽酒咆哮，狂怒渴望着获释，他想放声咒骂，看他们赤条站着，用桦树枝抽他们，还哭，不正经的东西，再哭，宰了你们。不过他先得喝酒，把六便士喝光再说。

喝吧。满脑子奶头的娼妇奸夫，一屋子交媾作乐的乡巴佬，全都兽性大作，棕褐色的手抓着流着黏糊糊东西的粗壮玩意儿，抓过铁锹铁耙的手脏兮兮的，刚挤过母牛奶子的手黏滑潮湿，歪斜的嘴巴张开着，被那个穿着鼠皮的无赖关于脑袋上的兔皮帽的玩笑弄得目瞪口呆。强壮的小弟在乡村狂想曲中爆裂。就在这些人当中狂饮吧，啊，未来的伦敦客，明日的绅士，大笑着把你的酒杯与霍奇和汤姆和迪克还有来自朗康普顿的客人布莱克·杰克碰一碰吧。还有一位一年后就得返回荒野的伙计，那个吹牛的老兵。

闭上你的臭嘴，比屎还臭。你说啥？我连屁都不会给，不，全记在你账上。你敢吗？你不敢，因为你不过是个愚蠢爱哭的胆小鬼。我可是打过仗，会讲低地国家[1]的各种语言。*Ik om England Soldado. U gif me to trinken.*[2]谁说骗子来着？看我不打得他鲜血横流满地找牙，看我不好好揍你，瞧着。你们不过是乡巴佬，全都是，没见过世面，这一位，刚刮过脸的，他可神了。你这小羊羔，说你呐，我要是有吊钩，看我不把你吊死。不过我只带了刀，我会把你嘲笑的嫩嘴唇给捣碎了。

大声嚷嚷咒骂着，和谁都想干一场，其实最没用。他打着皮绑腿，穿着肮脏的皮衣，帽子掉了，头发乱糟糟纠结着，向威莎踉跄地冲过来。威莎高傲地笑着，这吹牛者冲着他的腹部沉重地一拳打下来。威莎突然间感到肚里的麦芽酒像是一整列盛装民兵团得到指令，要从内脏出发，朝着月亮北上行军，而看门人得为队伍把门户和通道打开。他的嘴巴、脸庞、两颊、眼部肌肉都向外膨胀。他不过才喝了三便士的酒，不，可之前还……胀开了，鼓起了，抽动了，转动了，飞旋着冲出来了。台面被冲刷着，啊呀，快，拖把。还有你，别再吐了。

他很难受，痛苦极了。海浪汹涌咆哮着打上来，船儿晃动。哎呀，这船舱。他奋力朝外走，清醒的威莎目瞪口呆地

1　指荷兰、比利时、卢森堡。
2　混杂着错误百出的英语和荷兰语，大意是"我是英国兵。你给我酒喝"。

对着烂醉的威尔，但自己被人拦住了。周围人推着他，敞开着黑洞洞的口，狂笑着，强迫他像狗一样地扑回去。他急智的诗人脑袋里就像蘑菇伞在张开，要挣脱出醉醺醺的威莎的脑壳，此时满腔羞愧的威尔趔趄着，被推搡着，被这些浑身发臭的人挑拨着，诗句匀速喷了出来，那喷洒诗意的女神正在失事的肉体上方翱翔。

　　有一次他身穿缀着珠宝的衣服畅饮
　　插着鲜花吹着口哨走出了老远
　　直到他看见了坚定矗立的柱子
　　正支撑着那片飘浮的天空……

　　他就站在那里，在这些蠢人中扮演酒醉，被笑声追逐着，他要跑出去。可是下了舞台表演还在继续，他偏了方向，打着滚，他那满载麦芽酒的船舱，就在那颗星辰之下，他看到了自己的星宿，他那醉醺醺的首字母，那仙后的宝座 [1]。他身子倾斜着，第二批步兵大队拥挤着从他腹中向着后门暗道冲了出来。他呜咽着，呕吐着，哭喊着，不听使唤的大腿在路上拖出了一个接着一个的 V 字，拉长着星群："妈啊妈啊妈啊。"哭喊声甚是凄惨。

　　漫长的一片空茫之后，他醒来了，感到暖洋洋的。晨曦

1　仙后星座中排列成 W 形的五颗最亮的星。

中的鸟鸣震耳欲聋。他闻到了青草绿叶的香味，还有母亲身上抚慰人的好闻气味，那是女人胸脯上淡淡的，夹杂着牛奶、盐、橙皮、新鲜面包的气味。他叹息着，深埋着头。他的口气很难闻，仿佛舐过铁锈般。他斜着眼，皱着眉，发现天花板成了层叠的树叶，房梁成了树干。天空苍白，头上树荫遮蔽。他用疑惑的酸胀的双眼望着这世界。她微笑着，温柔地吻着他的额头。粗布被单，即两件斗篷下她的肩膀、手臂、胸脯都裸露着。身子下面是毛茸茸地毯似的垫子，隔开了地上的潮湿，那针状的草根和短茬戳得人发痒。他穿着衣服，虽然纽扣都解开了，没有系上，凌乱一片。他奋力在记忆里搜索，可是一无所获。这是在树林里，是在肖特利，可这个女人又是谁？要问她吗？这大清早的，几乎赤身裸体，还缠绕着抱在一起，这么问合适吗？对她的微笑他得还以微笑，并咕哝着说些早上好之类的话。答案自然会有的，他只要耐心等着就会知道。老天哪，他在这段空茫的记忆中究竟干了什么？不不不不不他怎么都想不起来了。他得把握好分寸。可这时她低语起来，不过话语很激动："马上天就大亮了，人人都起来了，*快点啊*。"她躺在他身上，这女人体态修长，并不沉重，他申辩自己得漱口并迅速清干嘴才能接吻，但徒劳无功。于是他尽量避开女人的嘴唇，灵巧地（虽然感觉很疼，他低声呻吟着）把她扭成维纳斯女神像的姿态，嘴巴贴到她的左胸上，僵硬麻木的舌头在涨红的奶头上舔着，直到她大声喘息，像可怜的家伙被猎狗追得气喘吁吁。他挺起身子猛力吸气，一只手在幽暗中摸索着，每根手指都像长了眼睛一般，这些真正的、皲裂的眼睛观察着这个乡下维纳斯的脑袋，那扎得结实笔直的红金色发辫，额头又深又窄，富有骨感，淡而稀疏的眼睫毛微微颤动，修长柱形的脖子上有一颗痣，它仿佛静静地注视着他，看他被光线晃得恍惚而疑惑，威尔付诸行动，而威莎则思考着，觉得也许他认识这女人（因为她一定是本地人），尽管他肯定自己之前没和她打过交道。她这不是接近那种橘红色的头发，那种亚登家的苍白肤色？可是，当晨光伸着懒腰打起哈欠时，时间透露了它唯一的需求，麦芽酒的残余就像弹性饱满的鲜肉，把清晨的亚当喂养得热血贲张。（他暗暗说："这是对她的恨，是那个人，居然为了整天咆哮的磨坊主的儿子背叛他。"）她让他疯狂，因为她那有力的爪子揪住了他，同时喊出一大堆话来，他曾觉得这些话根本不是女人能懂的。于是他爆发了，在温柔的清晨高歌猛进，将炼乳融化在她的蜜汁中，身子如狗崽般颤抖，马儿般嘶鸣着。

令他惊讶的是，他事后毫无羞愧感，毫无哀伤。他们静静地躺着，任清晨时光慢慢流淌，舒坦地藏身于树林的一隅。她说，他听，耳朵像猎狗般竖着，探寻猎物般敏锐。"……她说，是这样，假如安妮不愿意的话，也许那些男孩子，她的兄弟们……"原来她叫安妮，白皮肤，是个英格兰姑娘，闻上去有温柔夏日和清水的味道。她并不年轻，他暗想着，过了二十五了。她可不是鸡场里丰美的李子布丁，散发着热辣辣新鲜劲的丰盛农家美食，她的口音也不像爱丽丝·斯塔德利那样带有乡土音，倒有种纤细的准贵妇的腔调（面对小伙子直直的目光时她会将羞红的脸转开），当他的手指触碰她脖子上的动脉时，他能感受到这股气质。和她近乎赤裸地并躺着可不妙，不久前那一阵可怕的喷射也很糟糕，更像是满嘴咆哮着污言秽语的运煤工人将自己的污水喷在酒馆角落茅厕臭烘烘的黑墙边，那满是咯咯笑声的死巷尽头。除了偷偷微笑他还能怎样，他还是反胃想吐，可他得赶紧起来跑路了，一边说着谢谢你没准我们还能再见面安妮。不过他说"安妮"时语调温柔，说出这名字时并不是把她当妹妹来喊的，但那已经是事后了，已经事后了……

叫着她的名字，他好像在喊着一种斑蝥。"快点，"她喘息着催促道，"趁大家还没出门，再来一次。"她大胆地伸出滚烫纤长、淑女般光洁的手指，一直摸下去，摸到了一团纠缠中的那条根。"假如你不想……"她说着又倒在他身上，绵软温柔，她的舌尖几乎要舔到他那颗小葡萄，手指不停地揉捏着那根纺锤，槌棒满心困惑，就像在睡梦中那样迷迷糊糊地起来了。

就这样，五月花柱被带回了家。

五

　　他没有想到，当时也不会相信，他最终因渴望死亡而非酒醉睡下时，她会一直守在那里。他要不就是眼睛半闭着，像女妖般假寐，看着她吱吱呀呀地走下楼梯，像个哼哼唧唧的干瘪老太婆忙乎着家务，忙着做给病人喝的肉汤，陶罐里放着公鸡，还有草根、草药、纯的肉豆蔻、八角、研磨切丝的甘草、玫瑰露、白葡萄酒、枣子等。她是个安静的老女人，还阅读《主妇宝典》和《妙招宝库》(关于如何制作玫瑰醋；洋葱糖蜜汁已被证明能抵御一切瘟疫和疾病，就是药效猛了一点)，后来她又陷入了布朗主义者[1]的忧郁，读起了《上帝霹雳之预言》《鞭挞罪大恶极者》和《专治邪恶不忠之人肠胃的强效泻药，信不信由你》。陶罐在火上炖着，她坐在一边，隔着衬裙揉着疲倦的腰部，喃喃地读出了声来。

　　他觉得自己好像上当了，成了被逮住的兔子，像个臣服

1　Brownist，国教牧师罗伯特·布朗（约 1550—1633），早年鼓吹脱离国教。

于骗子悍妇的软蛋。所有男人都一样，起初是个蠢蛋，接着就成了戴绿帽的蠢蛋，老天，男人全这个样。很容易轻信，可事实上所有男人都咎由自取。五月的这次事件之后，他就感冒了，肚子绞痛，屁股酸疼，他不停呻吟，把所有的污言秽语都骂遍了，这才觉得没准别人说的是对的，五月柱就是个恶臭之极的偶像。可是春日白天渐渐长了起来，夏季将至，威莎又爱意萌动了，不过这次是纯洁之爱，很纯真，不再是那种假装正经，或明明秽欲难耐，表面还要堂皇庄严。他开始认真投入手套制作，目光如奶牛般平静空明，还在烛光中阅读诺斯翻译的普鲁塔克和戈尔丁的奥维德，还有他自己的诗，都是些呆板的作品，他心里这么想，是快节奏的一行十四个音节的诗歌，关于罗马在叛国罪之下的衰落。有一天，他的父亲叫他去格拉夫顿寺买山羊皮。

"那人叫惠特利，他读了很多宗教书，是个聪明人。他和我一样，也是从斯尼特菲尔德来的。你然后再去棕色哈里那里，因为他那里的距毛[1]更好些。"

要去格拉夫顿寺他就需要绕道肖特利。"安妮—安妮—安妮—安妮，"八哥鼓噪着。想到那个夏日他浑身颤抖起来，他这会儿明白她是谁了，她就是秀兰农场已故迪克·哈瑟维的女儿，父亲死后家道中落，生活窘迫，被那些算不上真正亲戚的人败光了家业，还要受到羞辱——例如她的继母寡妇琼，

---

[1] 马蹄上部的一丛毛。

还有三个未成年的同父异母的弟弟，他们壮实霸道。她可是过了豆蔻年华还没嫁人，成了滞销货，谁都不想要。唉，她在家伺候人，从大桶里给哈里打来糖水。威莎依然还有被她十根手指紧紧抓住的感觉。可他明白现在自己安全了。他天真地以为，碰上这种情况，哪个男人都不至于受到胁迫。父权社会中，这种事情人人都一样，不会有什么风险。他没有玷污处女贞洁，除非也许是在那段幽黑的失忆时刻，但这不太可能。她表现得像个很老到的人。

接着他发现那鸟儿的"安妮"鼓噪声一直跟着他到了格拉夫顿寺。在惠特利家里（惠特利是位皮革商），安妮正等着他，此安妮身上毫无彼安妮的一切印迹，因为这位安妮芳龄十七，正值青春年华，她头发乌黑油亮，闪着光，简直不像是真的，如此柔软，额头雪一般白皙。她双眸漆黑、真挚，就像迪克·奎尼的目光。

"安妮，"惠特利喊道，他打着哈欠，扁平的双脚穿着拖鞋，"给他倒点酒来，他是杰克的儿子，"他对着妻子说道，"就是斯尼特菲尔德的杰克。"他妻子从奶棚里进来，表情冷淡，微笑着，女儿就是她的翻版，只是母亲更加成熟丰满。

安妮是家里唯一的孩子，她哥哥一出生就死了。她与世隔绝，性格胆怯，但听着这个语速很快、目光炯炯的诗人手套商说话，她的眼睛睁得老大，他第二次到访时，她还陪他一起走进了花园（她的父母就站在窗口看着，微笑着，推搡着：瞧啊，瞧他多体面，她可真糟糕）。这花叫啥，这朵呢？

有些花名字可多了。这花我可不喜欢，有一股坟地的味道。噢，你太小了，不该谈论坟地的味道。什么，我不小了该知道吗？我可真不知道。看，我都害羞不敢看了。

大概是到了第五次或第七、第九次来访，父母就由着两个年轻人独处了。他拉着她的手，那手修长冰凉，她也没有让他放手。他看着她年轻的胸脯高高耸起，心头一热。不，这并非欲望，不，不是欲望，这应该是爱。他想，堕入爱河才是威尔的行为，是威尔该做的，可以这样表达：此刻我铺好了床，此刻我做出了自己的选择，就这样我挣脱了放肆欲望的束缚，永远逃离了恶女人的欲望之爪，让爱的甜美手指来触摸。在她与自己并排躺到婚床上，躺在带着薰衣草芬芳的洁净床单上之前，她都不会被男人触碰（他对自己发誓，决不会像托比[1]那样酒醉后整夜鼾声如雷）。啊，修长白皙的双手，足弓高高的脚，低沉温柔像男孩子的嗓音。这是否太过甜美纯真了？假如他做了选择，那是否意味着就放弃了另一个机会，即名声显赫地寿终于新宅，得偿所愿呢？究竟什么才是生命的渴望呢？请告诉我，告诉我呀。

这一桩婚姻会有利于他父亲摇摇欲坠的产业，是一次拯救。惠特利给的嫁妆一定不错。可在所有获许进行的动作间（贞洁的吻，仅此而已），涌上了一个先声，那个渴望强烈的

1　可能托比是当地的某个醉汉，后来莎士比亚将此名用于《第十二夜》中人物身上，此人也常酗酒。

亚当，那红肿、压抑的棒子，像是幽暗深处对甜蜜情话的嘲笑。不会太久的，忍耐，等待吧。到春天就好了。

　　唉，我们都错了，这可真是祸兮福所倚啊；难道不是上帝创造了撒旦，并预知了其中的端倪吗？因此，欲望是爱的一部分，而尚未满足的那部分欲望就是恶，那么就去实现那欲望——疏离，潜伏，淡漠而隐秘的——然后像净化井水一般来洗净爱情。这事情运作起来很简单。得等着，确实，春日的情人（这是她父母处心积虑制造的欢乐，这预谋已久的婚约）此时到秀兰农场来登门了，尽管来得并不正大光明，而是四下窥探，偷偷躲藏，直到她出来采集玫瑰。她走了出来，这另一个安妮。那是八月的一个晚上。他俩躺在橡树下干燥的苔藓上，威莎依然觉得自己不过是个男孩，而她完全是个女人了，她会让男孩脱得精光，夕阳即将夜行前往未知乡之前还吃惊地瞥瞥那对扭动的白屁股，这时她花纹袍子下的上半身还娴静地半躺着。此后事态就一发不可收了，因为他的种子已蓄势待发，他确信自己看到了灌木篱墙外偷窥并咧嘴笑的人。但事情还没完。闪电突然在晴朗的天际刻写着他的名字：Wlm Shaxpr，起初无声无息，突然雷声大作，像盖章似的压了下来。她微笑着，这笑容在公地上看兼具魔性和梦幻感，不过（他为何之前从未见过呢？）在缔结了契约的床上则显得更令人舒畅。最奇异的事情在于，他觉得自己喷薄而出的种子莫名地被她蕴藏，立即开始生长。他若是还心怀亚登的古老信仰的话，没准就会划个十字祈祷。

"安妮安妮，"时钟打鸣了，"安妮安妮安妮，"白嘴鸦嘶哑地叫起来了。他几乎每天都骑马去看望的是纯洁的安妮，甜美的安妮，那纯洁冷静的恋人。可是他觉得（他做了不少怪异而恐怖的梦）再也不能拖到春天了，他们必须在降临节前成婚。

"怎么回事？"惠特利问。"你们俩干了啥非得这么急？你们要是干了我担心的事情，老天，我非得抽你们不可。"

"啊，不不不，不是的。"威莎懵懂地说，笑得很勉强。"是因为我很想娶她为妻，担心命运不济，总担心会有闪失。"

"瞎说，小伙子，别胡思乱想，不可能的。等一下，别急，冷静下来，好好想想，不就是几个月吗。"

于是到了寒冷的十一月，冬日初上时，他依然骑马前往格拉夫顿寺。马蹄在霜冻的路上奔跑，快到肖特利时两个男人拦住了他。他们喊着他的名字，让他下马。

"不，我要迟到了。你们叫我有什么事？"那两人长着圆脸，动作粗鲁，很像，都是农民，胡子长成黑桃形状，穿着抵御寒风的皮衣。

"不是我们要什么，而是她要什么，是名誉要什么。要说迟到，你可是迟得太久了。我是福尔克·桑德尔斯，"这位精明的说话者继续道，"这位是约翰·理查森大人，我们都是哈瑟维小姐的亲戚。"

"她怎么了？"威莎傻傻地问道。"我已经好几个星期没……她还好吗？"

"她很好，"约翰·理查森说着，他的左脸颊抽搐着，被苍蝇叮着似的，"她胖了，很好，一天天胖起来。"

"迟了，"福尔克·桑德尔斯说道，"迟了也不错嘛，你问迟了，不过总比不问好。她正等着你呢，她会怪你迟了，不过最终她肯定会原谅你的。"

"好几个星期，你刚才说，"约翰·理查森说道，"不错嘛，不如说，得好几个月呢。那玩意儿蹬腿还有段时间呢。"

"别打字谜了，"威莎说道，虽然他心里一沉，早已明白一切，"直说吧，然后放我走。"福尔克·桑德尔斯一把抓住马缰绳；棕色哈里不喜欢这男人身上的气味，它摇着头，嘶嘶叫着。桑德尔斯紧紧拉住皮带，说道："好啦好啦，别唠叨了。"

"来吧，"理查森说，"你可得当好你私生子的合法父亲，赶紧下马，跟我们走。这条路你之前可经常走。"

"哪有这回事情。"威莎说。

"走过一两次就足够了，"桑德尔斯说着，竭力控制住棕色哈里那不安分的脑袋，"八月的一晚就够了，在橡树下。"威莎突然猛戳着棕色哈里的腰窝，马儿后腿直立起来，浑身剧烈抖动，仿佛要说"不，别戳我"，它的脑袋挣脱了那脏兮兮的紧拽着缰绳的手指。于是威莎就飞奔开去，留下两人挥着拳头，在身后恐吓地叫喊着，污言秽语的咒骂在冷冽的空气中格外清晰。

该干就得赶紧干了，趁还没到下雪的降临节。如果此事只关乎安妮，死缠烂打地强求没准管用（我想死你了，我迫不及待，就想搂着我的裸妻），哪个女人愿意推迟婚礼呢？他最后向那母亲求助。他哭喊着，差点哭昏过去。母亲温柔地笑着。当晚她肯定给丈夫吹足了耳旁风。11 月 27 日他骑马（若真有上帝的话，那真得千恩万谢了）前往伍斯特，去那里办好结婚许可证。在主教那里的登记注册十分顺利。下雨了。那晚他心满意足地在埃夫斯厄姆过夜，就在水岸客栈，他喝着麦芽酒，这时福尔克·桑德尔斯和约翰·理查森找到了他。他们俩一同朝他喊了声"啊"作为打招呼，抖着淌水的斗篷，他们也是过来避雨的。

"那么，"桑德尔斯说道，"明天我们就找人来宣读一次婚讯，不读三次啦[1]，我们一个婚约付四十镑，保管一切顺顺溜溜的。"

"这可真扫兴，"理查森傲慢地说，"这不为难主教吗。"

"我刚从伍斯特来，"威莎微笑着，"你们要赶去伍斯特就太迟了。"

"瞧他喋喋不休地说什么'太迟'，"桑德尔斯说，"你一定懂法律，小伙子，知道法律是怎么回事吧。"他挥了挥农夫粗壮的拳头威胁道。

"白纸黑字的，"理查森说，"威廉·沙子比亚……"

1　当时，英格兰国教徒举行婚礼前通常连续三个星期天在教堂前预先发布婚讯，给人提出异议的机会。

"莎士比亚。"

"莎士比亚，沙子比亚，一回事。和伍斯特教区的少女安妮·哈瑟维。"

"你娘还是少女呢。"威莎激动地嚷着。理查森早想发作了，可他察觉到对方不太理智，便说：

"对对对，这一点最重要，可你不早就破了她吗。"

"所以说，"桑德尔斯发话了，"四十镑可不是开玩笑，这可不是小孩子拿来买小玩意的零花钱。管他什么法律也挡不了这桩婚事，也别管犯不犯法了。"

"她可是个好姑娘，"理查森说，"有点倔，但管得住，她虽然不年轻了，可是手很巧，很会做面食，床上功夫嘛你最有发言权了。"

"够了，"桑德尔斯说，"别再向他推销了，别说了。他自个儿盛夏里早买下了货，现在就差送货啦。"

"这话就对了，"理查森说，"小宝宝春天就到啦。"

"假如我说滚蛋，"威莎开口道，"再往你们鼻子上吐口唾沫呢？"

桑德尔斯遗憾而镇定地摇摇头，"唉，"他最后说道，"河底下可沉着好多脖子上绑了块石头的狗呢。没准这里就有。唉，磨坊水池里装着小猫小狗的袋子也不少。刀子锋利，立马见血，你可逃脱不了你——你——你的——"

"命运？"威莎把话接了过来，他从来就词汇丰富。

"没错，命运。她就是你的命。"

六

再来一小滴。味道不错。好，就这样。

一番争吵，一家人痛哭流涕大发愤怒，安妮·惠特利晕过去后被送往班布里的亲戚家（即巴斯汀大人和他女儿那里），熬过了口舌责骂和怒目相向，他最终和新娘爬上了他那张旧床。成婚后的威莎日子过得怎样？他现在只能睡半张床了，他寻找那熟悉的一部分，找得如此急切疲惫，找到的也只有不到曾经的四分之一。他不想再折腾了，也不再渴望去那个有着自己床单和水壶的新世界了。他宁愿待在自己从小就住的老屋里，可那里新来了这位女阴谋家，全副武装地与醋坛子母亲成了战友。真是两个老女人，她们亲密无间，早晚亲吻彼此。家里本来缺一个安妮·莎士比亚，这会儿补齐了。其他人，他父亲对嫁妆不太满意，喜怒哀乐一切照常，还是很少走动，生怕遇到外头的讨债人；埃德蒙还是往地板的蒲草上吐，这多病的婴儿摩西[1]；理查德常常被人推到泥坑里，一瘸一拐地哭着回家；琼变得越发谄媚尖刻；吉尔伯特更频繁地看见上帝，而上帝也给了他更多的癫痫发作次数。

很快他住的屋子里又添了一张大床，是从肖特利运来的，它更宽敞些，适合四条或五条裸腿蹦跶。快到五月苏珊娜（名字象征着因欲望所催发）诞生时，他们也蹦跶、颠簸、翻腾够了。也不都在床上。在那方面，她很有天赋。在她设计的游戏中，仇恨是威莎的触媒，其间并没有什么温柔，因为他们根本不相爱。

安妮超脱了爱与恨，她就是女王。她穿着结婚礼服在房间里昂首阔步，命令威莎舔她的鞋子，踩在他身上就像凯旋走在地毯上，还会下令立即将他斩首。于是，这残酷的游戏进行着，他用力抓住她，她反抗着，用高贵的声音（虽然压低了嗓音，因为附近有人睡着）喊着你这叛国贼，这时他咆哮起来："老天让我拥有你，陛下，此刻我叫唤着你，像个遢遢鬼似的，我会把我污秽之念发泄到你的华衣美服上。"（于是他被称作污秽之念[2]。）接着他就费力地脱下她的衣袍，她不断挣扎反抗，而他则乐意停下这令人疲倦的游戏。不过有一次她说要叫别人来帮忙摆平她，因为他没力气独自做到。不仅如此，就因为少了个健壮男人，连隔壁房间的迪肯和可

---

1 根据《圣经》的说法，婴儿摩西被放在蒲草箱中，由埃及公主发现并领养。
2 "污秽之念"（Dirty will）与"污秽的威尔"（Dirty Will）写法相同，一语双关。

怜的吉尔伯特都会从鼾声中被叫醒，要来为这叛逆强奸助一臂之力。他对这出纯贞抗拒强奸的骗人戏目感到目瞪口呆，于是就狠狠地揍了她一拳，猛地扑上去。她啊啊啊地叫着，说担心会伤到肚子里的孩子。

她一副女王派头的时候，常说这出大不敬的戏不适合在这间空荡荡的卧室里上演。周围应该有她的宫廷，有她的国家重臣、宫内大臣、宫女，甚至，再进一步，还有底层的平民百姓，大家都目睹着人人鄙视的恶棍在玷污着高贵美好。有时候，在她垂死般的厉声呼喊中，她会说起要在光天化日、众目睽睽下，在窗口赤身裸体地扭打。

她还会表演不一样的女王，扮一个下凡的女神去追求某个假装不喜欢她的人（难道还要假装？）。威莎必须坚定地拒绝，要噘嘴生气，扮一个可爱的男孩。她说要把他的胡子，还有除了脑袋顶上褐色的头发之外的体毛全刮了。之后她就会在他面前施展女神的力量，隆起的肚子裸露着。

苏珊娜降生后（她分娩时像下猪崽一样轻松），她又恢复了昔日的苗条。之后她又假想自己是个可爱的男孩，苏珊娜在摇篮里啼哭，她从熨斗下面偷拿来迪肯的衣服（他们尺寸差不多），而此时两个讨人嫌的男孩正并肩坐在春天的夜色中，陶醉在天真的梦幻里。她把自己装扮成俊俏的男仆，一边奚落他，一边傻笑着说："带我走吧，主人，您想对我怎样就怎样。"这话让他头脑发热，激情奔涌，盲目中他会不顾一切地朝她扑过去。他发现她一直在搜寻他灵魂中腐蚀的角落，这是他此前从未料到过的。她甚至会朝他走去，咧嘴笑着，戴着假阴茎或阳具代用品，这时他才震惊地得知她竟然在柜子里私藏着这样的东西。

这些开支怎么维持，活还怎么干下去？清晨他眼皮沉重，四肢酸软，晚餐前两个小时他的脑袋就耷拉到了工作台上，可她却依然精神饱满，对着餐盘唱歌，喊他母亲歇一下，母亲经历过艰难生活，这会儿来了个新女儿，减轻了她一半负担。老天保佑你，安妮，你是个好姑娘。他除了干活，还要把制手套的工艺教给迟钝、虔敬的吉尔伯特，吉尔伯特常割了手，一看到血他就口吐白沫[1]，或是对着兄长大声叫喊，怪他规矩太严，"我要向上帝汇报你的无礼。"威莎则回答道："好的，那你请上帝来教你上皮革料剂和做插条，老天，我反正是受够了。"于是吉尔伯特就地倒下，撒泼打滚起来，差点把工作台给掀了。火上浇油的是，苏珊娜和她叔叔埃德蒙还轮流哭闹。

但他最受不了的是妻子的责骂，因为夜里他们爬上那张吱呀作响、颠簸不停的肖特利床铺时，她就对他不合时宜的疲乏不停数落。他会回答：

"今晚不行，白天太累太热，停一晚休息一下没什么吧。"

她发话了："难道你管这叫干活，所以不干就是休息喽，八月那晚你倒是兴致勃勃来糟蹋我呢。"接着她就会唠叨起他

1　癫痫病发作的症状之一。

如何娘娘腔，不像个男人，从做爱说到生活方式，说她再也受不了了，没有属于自己的家，又没法像你那位小姐那样有漂亮衣服穿，说他除了当可怜的手套工匠也找不到更好的活干。"你个软蛋，窝囊废，我嫁了个废物，我本来可以轻轻松松就找个伍斯特商人的，却偏偏可怜了一个看上去只要得到妻子强劲助力，就可能有光明前景的人。我算是明白了，你会和你父亲一样，只是个哭哭啼啼的没用的东西，你根本就没有男子汉抱负。"跟她争毫无用处，于是他就逃避，吱呀作响地翻身，沉入睡梦。可是在一个炎热的夜晚，就在卧室里，他拿来羽毛笔和纸，写下了几行字，那是他在干活时突然心头涌现的；他一遍遍在脑海里吟诵，此时要以永恒的方式把它们记录下来：

她把他往后推，想要他刺进去，
她用力量控制他，但不是欲望。

这些诗句仿佛是某个故事的片段，被温和的思绪整理着。可是她说话了，她早已脱去了衣服，露出了跳动的胸脯：

"你有足够的时间，来啊，有空像猫咪喵喵吟诗，傻子一样，却没时间跟你老婆来点合法的娱乐吗。"于是他冷冷地回答：

"只要再让我写一行，我愿意换你三十次这样的数落。"

"唉，你那小东西缩得跟笔尖似的，蘸蘸墨水拿它来写字得了，我再去找个真男人。"

"这你可不好找。之前不也是这样吗？"

"你这话什么意思？"

"你不是曾在外面勾搭人，我不是被勾搭上了吗。可我，老天哪，我那时喝醉了，真是喝酒坏事啊。"

"我真要想哪有做不到的。"

"对啊，你确实得手了，没错。我就是个傻子。你不是一直说我是第一个，不是第二十一个吗。"

"可干这事的是你，是你啊。"她此时已把衣服褪到了臀部，不过他还是岿然不动地坐着，像拿着羽毛笔的石雕诗人。可是笔却在颤抖。"你像个烂醉的畜生一样玷污了我，自己清醒着还要回来再干，我之前可是处子之身啊。"

"就像考文垂的鸡身蛇尾怪。"

这时她扑将上来，爪子张开着。身为诗人，他关注到了她美丽白皙的皮肤，修长的胳膊颤动着，胸脯起伏不定。"挠人的猫咪，你不正是这样吗？"他说着，抓住了离自己最近的那只手腕。她凭着女人的直觉，认为只要佯装是他先挑起了战争，而后退缩让步，自己就能从容不迫地赢过他。她喘着气，企图把手腕挣脱（因为他放下笔来抓另一只手了），可半分钟后她就喘息着投降，他穿着衣服，大汗淋漓，以为能把赤身裸体的她逼到墙边。可是愤怒涌了上来，让他有作呕的感觉，他发现自己几乎成了嫖客，急着要扑上去，那几寸勃起的肉体只想冲着浑身裸露的她而去。她很是吃惊（因为这与自己预期的不同），她趔趄着，衣服耷拉着落了下来，蹒跚几步，冲着苏珊娜睡的婴儿床跌了下去。孩子一阵惊吓醒了过来，大声嚎啕，简直要把全镇的人都吵醒了，而此时裸体的母亲哄着："我的宝贝，宝贝，我的亲亲乖乖！"一边将孩子抱起来。苏珊娜憋着气，在烛光里张大了嘴，于是他俩立即慌了神，直冒汗，不知所措。这时孩子放声凄厉地哭闹起来，接着隔壁睡觉的吉尔伯特开始念起驱魔咒语，威莎听到父亲的咳嗽声和母亲的咕哝。婴儿恢复了平静，在安妮的安抚和摇晃中缓和下来，她用力吸吮着奶头，那对奶子之前敞开着可不是为了哺乳的。于是为人妻母的她对着十月怀胎的骨肉低声温柔地说着不知所云的语言，一边对播下种子的男人怒目而视。他是播种者吗？于是，他第一次觉得被击败了，像个傻子，笨拙不堪，疑虑重重。他这才明白了婚约解除者不需要知道的事情，即永远无法释怀的戴绿帽子的恐惧，这合法的婚姻束缚的是他自己，而不是他妻子。苏珊娜可能是他的孩子，也可能不是，而他之前竟傻到没有怀疑过。现在他再有疑虑也没法不爱这个孩子了（从某种意义看，因为同情和纯粹血缘关系束缚的松散，这种爱反倒会增加），不过，他的眼里透出某种痛苦的欢欣，觉得自己倒是应该抛开对这位母亲的所有责任。他不会说起此事，他发誓，哪怕发火时都不会提的，这不啻为困兽之挣扎，因为他自己也没法弄清真相，她也弄不明白，没人能知道。

可对他来说，此时应该离开，经过短暂的床奴生活后，重新回到曾经的单身汉自由。没有爱，靠出卖肉体在父亲的家里苟且是错误的；他必须放弃她那张床，离开这里，去寻找其他工作，这同样是在承担责任：吉尔伯特也能制作手套，虽然手艺低劣一些，笨拙一点也算勉强过活，因为他算数不行，又没了大拇指，它之前被截掉了，可他好歹能学习；琼也能帮忙做手套，多亏有了新来的嫂子，她厨房的活比以前少了；连九岁的理查德也能一瘸一拐地干点送货的事情。威莎确实该去其他城镇了，再怎么技艺稀疏，也该为贫困的莎士比亚家里赚点钱。可是他一直迟疑拖延着。他的憎恨掺杂着迷恋；不仅如此，他似乎摆脱不了那些可耻的卧室杂技，他一边宣称要离开，一边又莫名地接近这位自己几乎要忽视的女神（他面前出现了一条黑暗通道，可是他害怕完全陷进去；他并不确切明白这究竟是什么，但是他知道这与邪恶有关）。这确实与安妮的新伎俩不无关系，这些动作要求他跪下来进行虔诚祈祷。于是夏日飞逝，冬季开始，他听说安妮·惠特利已经嫁到班布里去了。

那年冬天吉尔伯特做了个梦，而后在灰暗霜冻的清晨，在早餐时刻讲给大家听：

"我看见几个脑袋，真的，被砍下来血淋淋的，大鸟飞下来，一会儿啄啄这只眼珠子，一会儿又啄啄那只眼珠子，真的。"琼傻乎乎地笑着，吉尔伯特摇晃着突然发起火来，把小男孩喝的低度麦芽酒都从罐子里洒了出来。威莎浑身震颤，这倒不是因为冷。"真的，"吉尔伯特喊着，"是在伦敦，说我扯谎的人自己才是骗子呢，两个脑袋像是挂在尖钉上，我都看见了。还有水，后面有桥，真的。一个脑袋就像她的那个一样。"他的目光对着母亲，好像不认识她一样。大伙儿都没笑，连傻乎乎的琼都没笑。母亲脸色变得苍白，说道：

"上帝救救这些孩子吧。"她划着十字。父亲的声音浑浊，像是堵满了黏稠的血液。他说道：

"它会在亚登家的人身上发生的。他们都是傻子，嚷嚷着要为旧宗教献身[1]。人应该先保证自己活着，才能让自己的信仰活着，不要有所图谋还被人发现了。听着，相信我，要出惨事儿的。"

安妮在餐桌旁闻到了恐慌的气味，她牢牢拽住丈夫的手，眼睛瞪得很大。威莎知道父亲所说的阴谋，亚登家族与此有关，吉尔伯特梦见的两个脑袋中其中一个无疑就是爱德华·亚登，他有一次骑马往南行，在亨利街上停下来要喝一杯酒，还破口大骂世道、暴君、篡位者。显然，通过比较此人和他姑母的相似之处，可以看出他身上亚登家族的肤色和骨骼特征。根据圣诞节讯息，另一个脑袋是约翰·萨默维尔的。那天早上，威莎在餐桌旁颤抖着，他脑海里全是贪婪的食肉猛禽在啄食拉扯着松弛的皮肤和肌肉（一只鸟停在墙上，猛吃着一块肉，墙边有一位脸色红润的家庭主妇挂晒着衣服，一边还哼着歌），盛宴结束时头颅裸露出来，那可是永远无法挥

1　指亚登家信仰天主教。

散的可怕真相。

"坎特伯雷大人对教区的教民记得很清楚，"母亲说，"他知道莎士比亚家的女人都是好人，有我在你们就不必害怕恶灵进家门。"

父亲咬着嘴唇，他满是红斑的脸上病恹恹的，眼睛里充满困惑。可是两年前他因为没参加国教礼拜仪式被重罚了四十镑（他靠卖了一块家宅地才凑到了这个数额的钱）。一百四十个中部人为此被召去温彻斯特的英国高等法院，但约翰·莎士比亚更忤逆之处在于他压根没露面（适逢生埃德蒙时妻子遭遇难产）。今年，在坎特伯雷"跪下替我舔干净鞋"的尊贵崇高氛围中，新近又出了件大事。众所周知，新任坎特伯雷大主教惠特吉夫特来自多事摇摆的伍斯特教区，他对天主教徒和清教徒可谓双重天谴，不停鼓噪要对那些不依循正宗国教神圣中途派的人进行惩戒，并宣称上帝是英国人。约翰·莎士比亚同情清白诚实的新信仰（主教们也曾经是反基督者），那才是善良商人的宗教。那个冬天，正是日益迫近的阴郁、恐惧和困惑的时刻，他们紧紧抱住了这团抚慰人心而非惩罚人们的火焰。

可是威莎不会说出自己凡事不笃信的态度，他唯一相信的也许就是在爬过幽黑狭窄隧道后寻找到的东西。

七

春回大地，证明冬天不过是一场梦魇，街道又恢复了活力。可是他依然迟疑着。他在苦涩中发现自己事事不顺，什么倒霉事都让他沾上了。早上去干活时（有时连活都不用干）他就疲惫不堪，像被她吸光了所有元气。六月的一天，他显然意识到她又怀孕了。这次他肯定自己就是孩子的父亲（在他模糊的记忆中，八月那次的感觉不同），尽管他并没有觉得自己在播种培育的事情上牢牢把控住了种子。这一切让他确信心爱的苏珊娜（难道她不就是他不想离开的真正原因吗？）不是他的亲骨肉。

六月下旬的一天，一位绅士骑马从沃里克返回格洛斯特郡的家乡，途中经过此地，急需骑马用的长手套。"就要这种式样的，"他说着把一只手套拿给他们看，"我把另一只手套丢失在路上了。我在斯特拉福郊外向人打听，有人说这里能买到，莎士比亚大人，对吧？我要去埃廷顿拜访一位亲戚，只需两天时间。届时能把手套送到伍德福德大人家里吗？"

原来如此。伍德福德大人可是被取消了律师资格，家道中落，只剩几亩地了，是个鳏夫。

"我名叫约翰·奎杰利，是地方执法官。"

威莎说道："那是格洛斯特郡的一个地名。"

"我的名字就是出自那地方。"奎杰利说道。他满脸浓密的黑胡子，红润的下唇，已经年过四十，有些苍老，不过肩膀宽厚像个铁匠，将近六英尺高。他棕色的双眼炯炯有神，虽然显得很严肃。"很早以前，祖辈们就生活在那里，他们已经不为人所知了。现在我们与伯克利很近。"

"那里有一座城堡。"

"是的，看来你了解得不少啊。你还知道些什么？"

"关于格洛斯特郡？"

"任何事情。"他对威莎微笑着，区区一个手套工人居然能知道自己低贱手艺之外的事情，他似乎很鄙视这种自命不凡。"看来，你这个年轻人游历过一些地方嘛。"

"我是在书中游历，先生，"威莎声音洪亮地说道，"我读到的事情可不止城堡和绅士家姓的出处。"他想到了自己的出身，红着脸沉默了。

"你也懂拉丁文？"奎杰利大人问。"时乎时乎，逝之何速。我就喜欢维吉尔·马罗[1]优美的笔调。"

"贺拉斯，"威莎说，"先生，我觉得您一定知道他。"他

1　即维吉尔。这里奎杰利似乎将贺拉斯的诗说成维吉尔的，试探威莎。

迎着对方的微笑，竭力露出笑容，因为这番话多少像在试探。

"当然，当然，昆图斯……贺拉斯……弗拉库斯。呵，但愿我那些孩子也能知道这么多。"

约翰·莎士比亚已经挑选好皮毛回到长凳边要开始裁剪了。"我这个儿子可是个读书人，他还能写诗，写过不错的诗文呢。威尔，给这位绅士看看你写的诗吧。"

威莎的脸又红了。他才不愿意呢。"他是来买手套的，又不是来看诗的。"

"好啊，可以，"奎杰利大人说，"等他把我的手套送来时，也把诗歌带来吧。我就先告辞了。"说完他就离开了。不过，当威莎次日下午沿着班布里大路步行前往时，他只带了手套去。有那么一瞬间，他梦想着另一位安妮，即那位已为他人妇的昔日恋人还在那一头等着他；觉得自己正朝她走去。可是他走入了一处摇摇欲坠的荒凉农宅，那里饱经风吹雨打的沧桑，一片破败，门窗洞开，在风中摇晃。两个农夫正悠闲地闭着眼睛躺在稻草上晒着夏日暖阳；身旁有猪正用鼻子拱着垃圾哼哼着；一只公鸡闯入了母鸡堆里，叫声凄惨。一个仆人穿着一件肮脏的罩衫，嘴里咀嚼着什么，一边走过来，脏兮兮的手中还拽着一根羊骨头。他站在那里，吮吸着羊骨髓。接着他说话了：

"啊啊，他们俩在一起，不是在这间屋子，就是在另一间。我和伙计们今天放假。"

"什么假？"

"我不知道这个圣人的名字，大概叫圣周四，因为今天是星期四，每天都能纪念圣人。"

"你最好注意点礼节。"

"朋友们尽力把我拉扯大，"他说，有点装腔作势地把手搁在臀部，"厅堂里讲究礼节，我那时在牲口棚里。"他鼓着脸，打着饱嗝离开了，走回到走廊尽头的幽暗地带，那里传来了农夫们寻欢作乐的声音。威莎眼前的大门敞开着，于是他走了进去，这时跑来两条小狗，冲他狂叫着，要是个头再大点，狗儿们没准就会把他腿上的肉撕扯下一大片来，狗的主人，即衰老灰暗的伍德福德正蹒跚地走过来。威莎向他说明来意；对方醉醺醺地朝威莎鞠躬，说道：

"这里就是自由大厅，大家可以尽情享受自由。下去，下去，你这了不得的畜生。什么，贝尔？怎么了，格林德？"他打趣地踢了几脚，没踢中，狗儿们叫着，尾巴乐颠颠地摇晃着。威莎跟随这男人和小狗进入一间幽黑的屋子，里面满是灰尘，椅子上摆放着树叶、马具、牡鹿的鹿角，仿佛坐着基督徒一般。奎杰利大人就在屋里，纽扣解开着，摇晃着一个不停溅出水来的罐子，一边咕哝着，他喊道：

"啊，是那个挺熟悉格洛斯特和周围地带的手套工人。好嘛，我们有三位绅士了，可以来唱两句啦。这个家伙出身太贱，不配和绅士一同唱，对不起他和他主人啦。你，给我们的手套诗人倒一杯苹果酒。"一个身体畸形的斜眼流氓瘸着腿从房间的黑暗角落里走出来，手里拿着一个酒壶。威莎结结巴巴地谢绝。他感觉很糟糕，他不可以喝酒的，他发过誓的，这对他的胃很不好……

"喝吧，"伍德福德大人说，"酒能让人放松，也能怡情，应该说，爽朗肝脾。此外，它是我们的迎客之道。来吧，难道你甘心对此嗤之以鼻，还指望贫穷之家能有什么上等好酒？那你可高看了我们。我这一生真是怪了，老看别人走好运。"他说着递给威莎一个很大的青灰色罐子，罐子外头油腻腻的，他非得喝上几口，别扫了人兴致。"不，一口喝干，"奎杰利大人喊道，就像在自己家里一样自在。接着他唱起歌来，伍德福德跟着唱起来，声音像乌鸦般嘶哑，变成了二重唱，而后两人都停了下来，叫着让威莎跟上来形成三重唱。他不得不唱起来，虽然这是一首粗鲁低俗的小曲，他之前从未听到过：

你的蛋蛋染疱疹，你这肮脏的无赖，
你老爸戴绿帽，老妈是娼妓把肉卖，
还从你脏兮兮的棍子上往外挤白奶。

苹果酒像针似的刺得威莎一阵阵发颤，不过它缓和了嗓子里落满尘土的焦渴，他一路风尘仆仆，也口干舌燥了。他又喝了几口，后来，他一度站上了餐桌，吟诵起塞内加的诗句来：

被命运追逐，就认了命吧。

无论你怎样焦虑，都无法

逃过它那根摆动的锤头……[1]

"就这词，"伍德福德大人点着头，"就这腔调，就是希腊人说的修辞。没错，这就是在贵族面前朗读的戏剧，是好剧本，不像我们过去那些羞死人的冒充戏剧的东西，又臭又脏，都是可怜的流浪汉们写出来的。唉，那是很久很久以前的事了。不过倒有两个人，还算得上体面优秀。没错。"

"嗯，好吧，"奎杰利大人说话了，苹果酒已经让他醉意浓浓，"让我们为此时此地的这位古罗马人干杯，把你的贝蒂或贝茜姑娘喊来，别管名字啦，让我们纵情狂欢。上帝保佑，我很快就得回去，要言行得体，像个好丈夫好父亲，好执法官，霜冻天大清早的就得穿着短衬衫瑟瑟发抖。"他抬头看着威莎，后者还站在餐桌上感叹："唉，哎呀，人生不过一瞬间，可这些年轻小子们将继续我的名号。但又有何用？他们不学习进取，到头来名号无非名号。"

伍德福德大人尖锐地指出，"这位先生，你给我下来，别再出风头了。"于是威莎很开心地一跃而下。"我提到的那两人都叫汤姆。写出了一点《高布达克》[2]那样的东西，"他对奎杰利大人解释道，"这两人就是汤姆·萨克维尔和汤姆·诺顿，

---

1 原文为拉丁文。
2 一部无韵诗体悲剧。

是在四法学院[1]里演的，那时这样的贵族大抵如此。是内殿学院，二十年前的事。我想，那时候这个年轻的替班或蹭收成宴的家伙还没出生呐。我就在现场，以基督弥撒之名发誓，我从头看到尾。他们就是英格兰的塞内加。"说到这里，他喝了口酒。威莎冒失地说道：

"两个英格兰人抵一个罗马人。"他当时真心觉得英格兰没有戏，只有蹩脚的咆哮和差劲的淫言秽语，而且都在室外，在凄风苦雨中表演。他只在斯特拉福看过一场戏，一想起来就浑身起鸡皮疙瘩，他连名字都忘了，不过剧团叫什么他还记得，是伍斯特伯爵剧团，他还记得主演叫阿莱恩，比威莎小两岁。这时他对奎杰利大人说："还有伯克利，去年斯特拉福还来过伯克利勋爵剧团，我知道那个城堡。"此时伍德福德站起身，醉醺醺地念叨起来：

"我再说一遍，如果英格兰也出个诗杰，那这人非得写出响亮的本子，让人嗓音全开，可不是在室内咕哝或骗骗人眼睛的。耳朵才是诗人重要的器官。这样我们才能明白，才能把那两个伟大汤姆的激情（可这事夭折了，我承认，唉，夭折了）释放出来，释放出——我刚才说什么来着？啊，对了对了，释放出汹涌的词汇浪涛。"

威莎微笑地听着，在苹果酒的微醺下年轻人显得格外睿

1　四法学院（The Inns of Court）是中世纪在伦敦成立的四家法学院，由林肯学院、中殿学院、内殿学院和格雷学院组成，它也是英格兰和威尔士的专业律师协会，所有执业律师必须隶属于其中一个学院。

智。伍德福德大人看到他嘴角上扬，便转向他，像是有意要为难他：

"你就嘲弄讥讽吧，你这无知的家伙又能知道些什么呢？乡巴佬从没见过城市的花朵，也没听过灯火辉煌的大厅里甜美华丽的辞藻。"他的话像是带着哭音，仿佛追忆着不同于当下的往昔。威莎说话了，这个喝了苹果酒的鲁莽小伙像是执法官和学者的密友一般：

"这种形式的词语我当然不是去读而是去听的。至于表演，难道不是做戏吗？男孩子扮演女人，矮个男人得穿高跟鞋增个子……"

"是高底鞋。"伍德福德大人纠正道。

"还有，明明活着的人却说自己要死了，我得说塞内加作品里没有这种内容，因为他的剧本不是用来表演，是用来大声朗读的。"

"哦，老天呐，别让我们再听这等胡言乱语了，"奎杰利大人说，"这是班布里的胡说八道。"威莎立即明白确实如此，这是下里巴人的见解，是他父亲拿着日内瓦圣经说事，而不是阳春白雪的柏拉图希腊场景。奎杰利继续道："生命从某种意义上看全是做戏。我们每天都看自己表演：一会儿喝醉了，一会儿酒醒了，一会儿扮演他人揣摩他人。我是约翰·奎杰利，也是杰克·奎杰利、乔基·奎杰利、奎杰利大人，是地方执法官，这些都是我，都是在表演。"威莎明白这话是真的，他晃动着苹果酒酒杯黑洞洞的杯底，反复思量这番话。难道他自己不是在揣摩着威莎,而威莎也在揣摩着威尔吗?何谓真实,哪里才是一个人真正本性所在?可以说,既有本质也有存在,而这个本质,就在井底,就在威尔的最深处。

于是一切变得错综复杂起来,他醒来时发现小狗正在狠狠地吻着自己,用舌头舔自己的脸,而他则从烂醉不省人事中醒来,躺在地板上呻吟着。是有人把小狗放了进来,小狗们看见他揉眼睛,痛苦地张着嘴巴,恐惧地扇自己耳光,便走到另外两人那里去了,那两人瘫软无力地坐在椅子里,要不是轮番打着震天的呼噜,他们简直就是死人。狗汪汪地叫着,还舔了他们,两人都毫无反应。威莎浑身酸痛地站起身,心怀负疚地蹒跚走出屋子。室外还有亮光,但空气中弥漫着夏日夜晚的忧伤。在室外的走廊里有一位女仆迎过来,她故意裸露着胸脯,笑容淫荡(没错,没错,他当然认识她,早知道她是干这行的)。他咕哝着摇起头来,从敞开的前门离开了。他希望步行起来自己能酒醒得更彻底些。

这时候,他又发起神圣誓言,不再滥饮,对悍妇太太逆来顺受,也不再见奎杰利大人了。可是到家之后,等他在安妮不停的数落中脱光衣服,却发现长手套还好好地塞在胸前,他之前的重要任务根本没完成。于是次日早晨,他反复给弟弟吉尔伯特说明路线,甚至还画了张导引图,后者骂骂咧咧地去那里送货。弟弟回来时已经很晚,他饥肠辘辘,像是在矮树林里见过上帝似的,津津乐道起威莎下一步的命运。

"哎,总算完成了,哎呀,这是手套的钱,我自己拿一便士。那人说他明天一早就来找你，因为骑马远行路程长着呢。"

这话他是对着威莎说的。"什么，"威莎说，"什么骑马远行？你再清楚地说一遍，是谁对你说的？"

"拿手套的人哪，你要和他一起走，他是这么说的。你等于要当孩子们的父亲了，对啊，要教他们读书，还要签一份活动呢。"

"是合同吧？"威莎眉头紧皱，他啥都记不得了。父亲走过来，在纸巾上擦着手，安妮抱着苏珊娜也过来了，浑身油腻腻的琼也在听着，母亲不知去哪里了。"那，我签的那一份呢？"

"在这里。"吉尔伯特从胸口抽出了一张锯齿边的纸，那就是其中一份合同。威莎拿过来读着，简直不敢相信。他居然答应奎杰利大人为他的几个儿子当一年家庭教师。他还签了名，虽然字迹歪歪扭扭的。他什么都记不得了，怎么都想不起来。"他要去教塞内加和普鲁托[1]，"吉尔伯特对大家说，"没错，教他那些孩子。"

"啊，老偷偷摸摸做事，"安妮说道，接着有点火了，"他就想趁天黑一走了之，什么都不说。"

"是早上，"吉尔伯特认真地说道，"一大早，对的。他还给了我一便士买糖块。"他很郑重地把硬币拿给大家看。

威莎疑惑着，难道他背着我替我签了一生的命运，把各

1　吉尔伯特把"普劳图斯"（Plautus，古罗马喜剧家）错记为冥王普鲁托（Pluto）了。

段或精彩或愚蠢的人生都规划好了？"会有薪水的，"他对妻子说道，"我又不是像奴隶一样卖身。听着，我会把钱给你寄回家。"

可是高声责骂依然停不下来。"阿门阿门阿门。"威莎暗自念叨着。

八

月光明媚，我极目凝视，

想看清海岸之外还有什么。

他没想到自己会以这样的形式逃离，不过管他什么形式呢。反正他烂醉之下（关于这一点没有异议）答应了要给奎杰利家五个小少爷当家教，主要教拉丁文，管睡管吃，还能有一季度十先令的薪水，最后带回家的钱也不算多得离谱；他又不是来格洛斯特郡发财的。

可极目之处，除了海滩什么也看不见。

那里的房子是新建的，是在亨利八世时期，和伯克利一样离开莎普内斯很近，这样他就能看到塞汶河，又能梦到船只了；那家的女主人是奎杰利夫人（主人的第二任妻子），她很精明，喝醋比吃糖酒更开心，而大人自己已经不再是那个逍遥爽快能在爱丁顿喝酒直至烂醉的家伙了，他很严肃庄重，俨然是一身黑衣的地方执法官。仆人们起初还以为可以拿威莎当笑柄，嘲笑他的斯特拉福鼻音，在他发出"嗯、哈、呵"时就一顿讥讽，可是他打一开始就对男管家很犀利，对扭着屁股的女仆们一副冷漠姿态。他要求独自住一间屋子，也得偿所愿，房间和少爷们的比邻。

一步东，一步西，我茫无目的地摸索，
沙滩深深——

至于那几个男孩子，即他的学生或弟子，最大的马修十五岁，接下来是亚瑟十三岁半，然后是约翰十二岁，他们都是第一位奎杰利夫人所生；第二位夫人生的是双胞胎，即迈尔斯和拉尔夫，他们顶多十岁。家里本来还有两个女儿，从某位格洛斯特画家拙劣的微型肖像画来看，她们和母亲一样，一脸的尖酸刻薄，都死得很早，七八岁就夭折了。所以家里就剩下这些个调皮捣蛋的男孩们，得要往五个脑袋里灌输拉丁文，可脑袋下面只有四张不同的脸。

陷住了我姑娘的双腿。[1]

1　以上几句出自奥维德《女杰书简》第十首。

昏昏欲睡的夏末午后，神圣的奥维德就更显得枯燥乏味。一只青蝇从敞开的窗扉嗡嗡地飞进来，孩子们的目光不由被它吸引，不肯再听课了。双胞胎兄弟似乎相信自己天生就是神童，哥哥们打着哈欠，伸胳膊蹬腿，对奥维德和李利语法抱怨不迭，有时还会大叫着打起来，把沾了墨水的小球扔来扔去，还偷偷地画污秽图片。他们对威莎毫无敬畏心。老师叫拉尔夫，对方就说自己是迈尔斯，尽是瞎搅和，而哥哥们还会加以教唆。有时父亲会测试孩子们学得如何了，可结果总是差强人意。

"干吗要学呢，"亚瑟厉声咆哮，声音都破了，"tuli 和 latum 就是现在时的 fero 吗？全都是废话，我才不要学呢。"

"你得学，上帝啊，教你什么你就得学什么。"威莎说着，他被激怒了。

"你骂人了，老师，"马修一脸震惊地说，"你亵渎了上帝之名 [1]。"

"看我不把你的裤子扒下来，"威莎喊道，"看它管不管用，看我拿根棍子抽你屁股。"

双胞胎一听到扒裤子就咯咯地笑起来。怎么回事？

某个秋日上午，奎杰利大人对威莎说：

"嗯，伯克利大人的演员回来了，他们在城堡里演了《鬼

---

1 指在咒骂、发假誓时提到上帝，被认为是亵渎神明的行为。

屋》[1]，当然是用英语演的。"

"是那部关于鬼屋的喜剧。"

"没错，我想孩子们若是能把普劳图斯的一些台词自行译成英语来表演就再好不过了。每个人译自己的那部分，寓教于乐最有效，这可不是让他们吵闹打斗寻乐子（你得承认他们尽在课上干这些事），而是合法有益、事半功倍的乐子。"

"可是普劳图斯作品里没有诗。"

"是没有，不过有智慧和敏捷激烈的争论，交锋对白，这对将来要学法律的人很有益，马修和亚瑟就得学学。你给他们读《孪生兄弟》，里面有一些部分适合他们俩。你可以在布里斯托尔的肯莱夫店铺买到书。好多年前我还演了其中的一个角色，当时我还在学校学拉丁文，演戏可开心啦。"说这话时他有点忧郁。

于是在十月的某个晴朗的日子，威莎骑马前往布里斯托尔。伯克利和城堡，伍德福德，阿尔维斯顿。阿尔蒙兹布里、帕奇韦、菲尔顿。他骑着奎杰利大人的栗色骟马，满地金黄和棕色的树叶像一条条炸过的鱼；鸟儿在树枝间老鼠似的啾啾着，像随时要逃离夏日的沉船。他晃悠悠地骑着马，身披一件旧斗篷，荷包里装着金币（这可是他父亲制作的优质钱包），钱是用来买书以及让他在某家普通馆子吃顿简餐的。他自己根本没钱。

1　*Mostellaria*，普劳图斯的喜剧。

到了布里斯托尔，他莫名地心怀敬畏。布里斯托尔，他惊讶地张开嘴，那里到处竖立着桅杆；他闻到了咸涩的味道，看到街上逗留的人无疑就是水手们（唉，可怜的内陆霍比，这会儿已经入土了）。大街上到处是忙碌和醉酒的人，奴隶贩子的小教堂里传出了钟声；大桶在鹅卵石铺成的路面上开心地滚动着；看到这么多海员他感到惊慌羞涩，有些人的服装颜色和式样怪异，金耳环在阳光下闪着光泽，水手们的皮肤在阳光和海风的洗礼下成了棕褐色和红色，遥远的海上除了阳光什么都没有。老天呐，他这才想起自己此行的使命是购买一位故世已久的罗马人的作品，他得付钱买书，接着吃一顿简单的晚餐，然而再次背对这活生生的世界。

"我们有这书，"书商肯莱夫说，"《孪生兄弟》和《鬼屋》，还有《吹牛士兵》。哦，你可以每一种拿五本，加上你自己的教师用书，教师的可以打七五折，其他的不打折。"书商是位老头，不停地说话和咀嚼，书店很幽暗，散发着墓地的气味，当然这是在指书；不过收银台上放着一个骷髅头（哎，这些讨厌而贪婪的坏蛋），他右手托着骷髅头，说这是一个黑人男性的头骨，是个奴隶，是被打死的。店外面有水手的嘈杂声（伙计们，快点），他们正从酒馆里趔趄着走出来，咸涩的海水味道充斥着这埃文河畔的另一个小镇，到处是卷帆和收帆的桅杆。肯莱夫说："在布里斯托尔，人（任）何居（其）他地方可找不到则（这）样的书。"他就是这样的口音（方才还把书名读成《鬼胡》和《气牛士兵》）。这时一辆马车在圆石路上嗒嗒地赶过来，前面拉车的是两匹灰马，马儿欢快地跑在宽街上。"并不是所有黑皮肤的都是奴隶，"肯莱夫说，"那个女的，门帘后的那个就很黑，也许你觉得是棕黑色的，据他们说她是从印度买来的，唉，买来时还很小，是头领的女儿，那家人可怜她就收养了她。可现在她成了高傲优雅的信基督的女人，嘴唇厚厚的，不过没多少人会留意她。"威莎的目光随着马车急切地望去，马车嗒嗒地跑过了街角。"是去鱼塘。"肯莱夫边说边点头，嘴巴不停地嚼着，看着威莎走出书店。

威莎把书扎好，披上斗篷，把书夹在腋下，在曲折蜿蜒犹如蛇形的小巷里徘徊着，依然十分迷惘。这时有人在一处敞开的大门口向他打招呼：

"找乐子吗，来吧！你要找啥样的？"

他转过身，心都要跳出来了。那人穿着一件漂亮松垮的良家妇女的长袍，虽然白底的衣服脏兮兮的，露出的肩膀和胸脯皮肤当街泛着光，身体倾斜，双臂交叠抱着，惬意地靠在门框上，朝他微笑。假如英国人是白皮肤的，他心想，那她的肤色就算黝黑了；但这又不是纯粹的黝黑，带点金色，却又不是真的金色，也不是蓝紫色，当我们说到颜色时，我们眼前通常会是平整的一片，就像布匹，可这里说的是肌肤，它会随着动作和起伏泛出不同的光，色调会不停地发生变化，但色泽始终很丰富，可谓高贵华美；她的肤色是高贵的。至于她的头发，那是幽黑卷曲的，她的嘴唇丰厚，鼻子在冷风中并不像英国人那样紧缩着，和安妮的不同，在阳光不足时并不紧紧地缩拢，而是平缓舒张的；她的额头很宽，并不高。她就这样站着，朝他微笑，用修长金色的手指召唤他。

他囊中羞涩（只够买普通人分量的羊肉片），不知该怎么做。这当然得花真金白银了，这天使模样，这天堂般的新鲜幸福，可他之前没在爱情实践上付出过代价（除了用自由来偿还，那是多昂贵的代价，却又如此低廉），一想到自己在琢磨要通过这道虚掩的金色小门，走进这间金色屋子得花多少钱时，他内心就变得委顿无力。可面前就是摇摇欲坠的砖石房，走廊幽黑狭长通向远处，里面传来欲望和释放的呻吟。他犹豫地站在那里，她依然微笑着，"想来，就进来吧。"他皱着眉，咧嘴笑了，咕哝着，一边打开右手掌，空空的一无所有，接着她笑了起来，笑声怪异，像是水晶断裂一般。

他跟跟跄跄地朝她走去，两条腿像是没了肌肉，灌满了水。她微笑着招呼他随自己走进去。他走进幽暗中，一股麝香和灰尘气味，还混杂着腋下酸臭的汗味，竟然还有扔在垃圾桶里的一堆裂壳鸡蛋发出的腐臭味，以及水手外衣上特有的霉味、溅出来的精液气味，那股徘徊不去的水手纵欲后精尽而亡的味道。走廊两侧的屋子里传来各种声音，有笑声，有节奏的嘎吱嘎吱声，还有深沉的男声预言般地喊叫："来了快来了。"有一间屋子的门开着，威莎看到了里面的一切，那里有一张低矮的简陋小床，上面的毯子十分污秽，地板上还有血迹斑斑的破布，肉欲交媾正贴着墙壁进行着，在汗水和咒骂中驰骋抵达了终点，可目的地却是破败的城市，这是一趟海难之旅。那个女的是黑人，皮肤锃亮，浑身裸露，嘴巴开着，被人推在墙上，陷入绝境一般，一个庞大笨重的水手不停地撞击她，他的衬衫纽扣解开着，系带也松开了，里面露出一蓬蓬卷曲的红色体毛，胡子也是红色的，他的头上除了零星稀疏的卷毛和几缕红发外，其他地方是秃的。站在威莎身旁的同伴微笑面对这一切，而他却感到恶心，感到一阵兴奋，一种他之前并不熟悉的厌恶感，就连和疯狂的安妮度过的那些怪异夜晚都未曾让他有过这种感觉；他甚至因为羞耻和恐惧而脸红了，莫名地想扑倒在那个熟悉的白皙肉体上哭闹一番，他想起那薄薄的嘴唇和尖尖的鼻子，自己那玩意儿想在她体内探索，寻求慰藉。可是，他跟随着同伴又走到了另一个房间，房间里除了完事的幽灵外一切空荡荡的，这些幽灵从墙边朝他咧嘴笑着，小小的老鼠精灵一般从肮脏的床单褶皱里朝外窥探着，一只毛茸茸的胳膊死气沉沉地从床下伸出来。他站着；还来得及逃走。她迅速地把衣服从肩上脱下，露出了墨迹般乌黑的乳头；她微笑着靠拢过来，手臂伸出来。他把扎好的普劳图斯作品丢到地上，他还穿着斗篷，不过把它甩在了身后，他抱住她颤抖的金色身体。她说别，而他吻了上去，把她要说出来的话硬是塞了回去。在这个柔软怪异的接触中，他觉得自己又像是开启了某段奇怪的霍比之旅，来到了长着狗头或平脚的人类领地，长金蛋的棕榈树下面能找到红宝石和钻石。那里有岩石、烤炉般的太阳、会讲话的鱼、长牙齿的波浪。接着她猛地抽身离开，一边伸出手掌要钱。

"我只有……"他拿给她看，她立刻怒不可遏。当他竭力想再次拥抱她，返回那个融化时间的温柔乡时，她用黑色的拳头揍他，并喊着一个陌生的名字。一个年长些的女人慢吞吞地走了进来，黑皮肤，很粗野，浑身油腻腻的，嘴里嚼着什么东西，扁平的嘴唇因此变成了紫色，她未穿胸衣的胸脯晃荡着，就在宽松、沾满污迹的红色衣袍下面，乳房都要垂到腰部了。她们大声说着自己的语言，而后一同来打他，四只拳头齐上，一边还叫喊着。他蹒跚着往后退，一只手捂住眼睛，以防被她们抓伤，就在他被推下走廊时，他那两枚铜币叮当作响，滚到了地板上，一个衣服解开的白种男人从一间屋子里往外望，见到这一幕，此人张开大嘴露出满口烂牙，高声大笑起来。

他逃到街上，风儿突然刮得强劲起来，那带着侮辱的笑声也随风过来，他盲目地寻找着宽街，风吹起了人们身上的斗篷，顽童们笑着追逐帽子，各家酒馆的招牌晃动着，嘎吱作响，帽子拍打在他的膝盖上，让他感到羞耻，他在找"玫瑰"招牌，那里有个少年正帮他看着那匹倔强的栗色马，就为了赚半个便士。他不想在声音嘈杂、烟雾缭绕的人群里就餐，他也确实没法再待下去了，因为他没钱了；他连付给那个不停擤鼻子、衣衫褴褛的穷小子的半便士都没了。"拿着。"他边说边把自己空空的钱包交给对方，那只他父亲亲手制作的上好皮具。男孩张大嘴，拿了过去，把钱包翻来覆去地看。威莎跳上马，把耻辱抛在了身后的布里斯托尔，离开塞汶河河口地带，出城返回源头方向。他心头很快又涌上一股新的耻辱和恐惧感，他此行的唯一目的可是来买书的啊。

九

可是那金光闪闪的娼妓，她黑色的乳头，胸脯的光泽，甚至那对狠狠举起来的小拳头，始终萦绕在他的梦境中，他常常在黎明时分甩出冰冷恶心的精液来。白天，为了生计他还得压榨出另一种精华，因为既然没有普劳图斯的《孪生兄弟》（家中确实没有此书，趁奎杰利外出时他努力搜寻过小藏书室），那他就得自己编造。是埃比达姆诺斯？还是埃比达姆诺姆？他也不知道那对幼年时被分开的孪生兄弟，后来是在哪里阴差阳错地团聚了，彼此还并不认识。至于两兄弟的名字，他知道其中一个叫梅内克缪斯，可另一个叫什么来着？伊索克勒斯？索福克里斯？还是索西克勒斯？他很多年前读的这部戏。威莎只能做普劳图斯而不是奥维德了，这可真是生活的反讽啊。

"有个惊喜，"威莎对主人说，"是我们专为圣诞节准备的，您别问具体是什么，事先透露就没劲了。"

"好啊，我就等着看了。"

"是类似奎杰利大人剧团的东西。"

"不错，很好，"他颇有兴味地说道，"不错。"

于是威莎写道：

可是没过多久她便成为了

幸福的母亲，有一对漂亮的儿子；

奇怪的是，两人如此相像

除了名字其他都一模一样……

低劣，低劣，他看出了问题，毫无韵律。英语声调并不多变，写成无韵体行吗？然而他明白这些文字得像是马修从拉丁文翻译过来的，他是男孩子里年龄最大的，要扮演孪生兄弟的父亲伊吉翁；行文一定不能像行家里手的那样漂亮。不用修改了，自然点，写出什么就是什么了。

"那对双胞胎，"他在课上说，"都叫安提福勒斯，不过一个在锡拉库扎[1]，另一个在以弗所[2]。"这名字可以，地名也行。"那个以弗所的安提福勒斯，他的妻子名叫阿德里亚娜。"

"那戏里还有女人喽，是吧？"亚瑟高声叫道。"难道让我们的妈妈来扮演？"

看米，由于父亲一个劲地反对班布里粗话，他们竟然从

1　锡拉库扎（Syracuse），意大利西西里岛东部一港口城市。

2　以弗所（Ephesus），古希腊小亚细亚西岸的一个重要贸易城市。

没看过戏。"是由男孩子来演女人的，"威莎说，"一向如此，因为女人演戏不得体。"

声音低沉的马修说话了："可是，让男孩和男人谈恋爱也不得体吧，哪怕是演戏。"

这可让威莎纠结犯难了，他冲动之下便说："哦，古人认为这样做并不错，因为雅典的贵族们都养娈童，是这么叫的，这名字来自伽倪墨得斯[1]，就是那个给朱庇特主神斟酒的人。当时女人只是生孩子的角色，男人在同性中寻求真正的身心愉悦。成熟蓄胡须的男人最喜欢的就是甜美可爱的男孩。直到今天摩尔人还是如此。"老天呐，他完全跑题了，可孩子们目光热切地聆听着。亚瑟大声喊道：

"难道这不是违背了我主耶稣基督的宗教教义吗？"威莎觉得亚瑟和他的弟弟吉尔伯特一定会一见如故的。他笨拙地回答道：

"也有人不那么认为，说耶稣本人也做这事，他爱上了自己心爱的信徒约翰，犹大便很嫉妒，以及所有女人，除了圣母，都没有被召入天国。"这时，他突然担心孩子们会将这话透露给他们的父亲，那他可就倒霉了，于是便补充道："这是假的，错误的，是的，的确如此，不过有人曾这么说。好了，大家翻开语法书。"

这是怎么回事？他怎么会说这番话的？是挫败感让他鬼

---

1 伽倪墨得斯（Ganymede），希腊神话中为众神酌酒的美少年。

使神差了吗？难道他内心在排斥女人，白皮肤的女人唠叨个没完，黑皮肤的又拳打脚踢吗？他竭力将精力集中在对普劳图斯的再创造中：

> 她发了火因为肉是冷的，
> 肉是冷的因为你没有回家，
> 你没有回家因为你没胃口，
> 你没胃口，你开戒[1]了；
> 可我们明白什么是斋戒和祈祷，
> 为你今日的过失忏悔。

唉，这些糟糕的诗句，每行诗都禁锢在塞内加的手法里，一点都不像普劳图斯的，难道他们就不说说自己的想法吗？

"拉尔夫，"迈尔斯说，"没有开戒，他牙齿疼得厉害。"

"这样，"威莎说着，一边看着拉尔夫，对方流着口水，又往嘴里塞了根丁香，"这样我就能分出谁是谁了，牙疼的那个是拉尔夫。"拉尔夫呜咽着。"镇上的牙医呢？"威莎问道。

"他得疟疾病倒了，父亲今天不在家，他说明天会带他去剑桥。"

"剑桥？那可远得很。"

"我们这儿的剑桥，傻子，"迈尔斯微笑道，"是格洛斯特

1　指结束禁食期，同下文迈尔斯的话，具体可以指吃早餐。

郡的剑桥，不是伦敦的剑桥。"

威莎没有反驳那个"傻瓜"，他想到迈尔斯一定知道自己那天晚上干了什么，当时这小孩走到老师房间的床边，浑身冷得发抖，说道：

"拉尔夫牙疼，正哭着呢，我睡不着。"这对孪生兄弟睡一张床。于是威莎仔细听了听，他没听到哭声，便说：

"上床吧，来吧，赶紧。"

次日拉尔夫把牙齿拔了。迈尔斯就不再上威莎的床了，可是老师一在场他就像个姑娘似的傻笑，又是奚落又是嘲笑他。于是有一天威莎趁他来的时候立即抓住他，把他一个人带到教室里，可是，老天呐，他抓的不是迈尔斯而是拉尔夫。拉尔夫叫起来比牙疼时都厉害。他的父母冲进来，两人都张大着嘴巴，嘴里还有正嚼着还没咽下的早餐面包。于是他们大声责骂他，差点没动手。不过威莎把羽毛笔当刀戳，进行自卫。奎杰利夫人喊道：

"他会杀了我们的，我早就知道这事会发生，坏人总让人觉得怪怪的。"

"住嘴，夫人，"大人高声说，"至于你，小子，立刻给我出去，别玷污糟蹋了天真无邪的小孩，滚。"

"整日泡在酒精里的高傲执法官终于满口道德了，大人，骄傲的大人，那您如何评断罗马的纵欲狂饮？"

"滚出去，听见没！"

"我要领工钱。"

"一个子儿都别想，你再不给我立即滚蛋就领赏棍棒吧。"母亲安慰着拉尔夫，搂着他哄着乖啊乖啊乖啊，可是拉尔夫目光炯炯有神，很专注的样子。他什么都明白，知道这是怎么一回事。

"合同中还有一件小事。"威莎说道，心思不宁地看着那把在冬日晨曦的微光中闪亮的刀刃。

"既然你提到法律合同，那就依法行使，玷污儿童，罪大恶极，滚，否则我要喊人把你扔出去了。"

"我这就走，"威莎说，"我受到了侮辱。"（好词，他联想到了被玷污的良田。）于是他走到自己的房间，用红色围巾卷起了脏兮兮的衬衫。迈尔斯过来了，他是跑着来的，气喘吁吁地说：

"那我们太抱歉了，"于是他把几个铜币丢在没铺过的床上，"这些是我的，送给你。"然后他在威莎的脸颊上重重地吻了一下，跑开了。威莎从容不迫地离开了那里；管家斜着眼，看他走远去；一个女仆（叫珍妮或佳妮什么的）站在门口从缝隙里偷望着，一边咯咯笑。老天，他要报仇雪耻，一定会的，凭着宙斯和伊希斯女神发誓，他要在所有人面前洗刷耻辱。路面结了霜冻，可是他怒火中烧。他没有马，他第一次去格洛斯特郡骑的那匹老马是奎杰利买给儿子马修的。现在去哪里呢？不去布里斯托尔，不去那里。西面的天空始终燃烧着羞愧和耻辱的红霞。他朝着东北的路长途跋涉地走着。容易犯错的人最好回家（他盘算着日子也挺长了），回到温暖安全的地方。他有了一些新的生活经历，带着对伯克利城堡那萦绕不去的圣马丁鸟的回忆，还创作了几百行仿普劳图斯的诗句。

> 这是最沉重的负荷
> 我那无以言表的痛苦；
> 可是，世人会见证我的行为
> 是受天性驱使，而不被邪恶冒犯，
> 我要倾诉此行离去的伤痛。

可是如此的倾诉被推延了许久。

到了惠敏斯特他在一家腐臭难闻的旅店里吃饭。他和一个专靠掷骰子作弊骗人的混小子坐在一起。威莎抿嘴嚼着面包，咽进了饥肠辘辘的肚子，那个无赖就过来跟他搭讪。这旅店可不是绅士来的地方，而威莎长着绅士模样；照那小子的话来说，他就像一头羊，跟他一样，光滑顺溜，一直鞠躬、微笑，一有机会就言无不尽。这家伙个头瘦小，戴着黑色的大帽子，像个布朗派人士，说话的语速快得像个玩杂耍的。"这肉汤，"他说，"填不饱肚子，在格洛斯特我们得配上肉馅饼，接着还有果酱饼。你是干啥的，先生？看来业务不景气嘛。"

"我，我是，一个诗人。我还当过教师，虽然干了没多久。"

"没多久，啊？是吗，哦，哦。不错，够体面的，不过赚不了几个钱。我要去格洛斯特做点特殊的活，很赚钱的。一起去吧，不过我先得把一些话说在前头，你看上去还算机灵。"

没多久他们就各自走进了一家旅店，威莎先像个绅士般叫了麦芽酒喝，这家伙就上前喋喋不休起来。他邀请威莎与他一起游戏，威莎先玩，赢了，这家伙就说，"不行，先生，别玩了，我可不是你的对手，行行好换别人上吧。"然后他就骗那些无知的人来谋利。

他们在灰冷的阳光下走着，经过奎杰利家时威莎啐了一口。另一个人滔滔不绝地谈着自己的技艺，简直能写本书了，比如怎么掷出并排的四点和三点，并排的五点和二点，竖直堆起的骰子，反向点排列，石头骰子，对称点排列，以及灌铅骰子。他又讲到在这个朴实的小镇上他们还会遇到其他的无赖，如装聋作哑的人，他们假装成聋哑人骗取施舍，还有趾高气昂的假学究、盗马贼等。此外还有装疯卖傻的流浪汉、拦路杀人劫货的强盗、冒名顶替的劫匪、到处流浪的姑娘、压流浪汉一级的家伙、卖弄风骚的女人，等等。这是个全新的世界，威莎觉得自己早已投身其中；难道他不就是其中的一个骗子、嫖客、引诱男孩堕落的人吗？不过他对自己内心的其他感觉有些担忧。在格洛斯特的"三人行"，那个旅店的招牌上画着两个傻子，他听从了这小个子的命令，拿着银两上路了。他留宿在另一家很便宜的旅店，次日一早就往家赶，心情越来越急切。

不过他在埃夫斯厄姆耽搁了一下，看到河岸旅店，他曾经梦想过在后院办一场婚礼，也在那里看过一群戏子嚷嚷着演过婚礼。现在他已经创作过仿造普劳图斯的诗句，再次经过时就对那里有了新的感受。他觉得演员的表演很糟糕，那里一头放着运货马车，箱子小山似的堆着，演员上场时常常绊倒。观众寥寥无几（尽管天晴，那天下午很冷），还不停地奚落嘲笑。他不知道这些演员是哪个剧团的，大概由某个不太出名的贵族来管理吧，没准是些拥有仿制戏服的无主民众。这些人在他眼里一点都不时尚，尽表演些关于谨慎、耐心、节制的道德剧，台词糟糕透了，只有坏人和小丑翻滚着上场时气氛才活跃起来。这才是观众爱看的部分，当坏人要进入地狱时，他斜睨着，眨着眼，顽固不化的样子，他们咆哮着宣泄不满，抛掷着从院子里捡来的石子。可是当坏人和小丑像复活节哑剧演员一般死而复生时，他们晃动箱子讨赏，有钱的观众就会扔上一些硬币，连威莎自己，这个高傲小个子的同伙，都扔了半便士铜币。

他当夜就住在那里，次日一早离开了埃夫斯厄姆（那天风大潮湿，他用斗篷裹住全身），不知为何那些戏和戏子们一直在他脑海里徘徊不去。四法学院，旅店后院[1]，难道这两者之间就没有体面的折中路线，可以让全世界都听到大声朗诵的诗句，传达出真理来？他又觉得这念头不太文雅，便不再

1　这里作者玩了个文字游戏，the Inns of Courts 是四法学院，而倒过来的 the courts of inns 指的是旅店的后院。

去想了。可是他迈着沉重的步子，朝着沃里克郡疲惫而无力地走着，一路的步调节拍都像是无韵诗体，踩出了如下的悲凉诗句：

我因那罪孽见弃于人，
以坚忍之心投身地狱。

快到格拉夫顿寺时，一只乌鸦在光秃秃的榆树枝桠上淘气地叫着："安妮安妮安妮安妮。"接着它就在他眼前冲着斯特拉福的方向飞着，报信鸟般地尖声喊着"安妮安妮安妮安妮"。

十

　　抱怨、流泪、拥抱，最后是欲望满足，腹部隆起的安妮好一番折腾。我干吗回来？我回来是因为孤独，因为想妻子孩子，想父母和兄弟姐妹了。尽管吉尔伯特已不是小孩，他现在是个男人了，蹿个子长得无精打采、瘦骨嶙峋的，还总抱怨上帝；他一旦病倒，就觉得房子也会唠叨，白镴都喋喋不休。理查德依然是个一瘸一拐的小孩，不过脸上增添了成熟和狡猾的神情。苏珊娜长大了不少。其他人都还是老样子（毕竟几个月时间并不算长）；斯特拉福还是斯特拉福。家境也没改善，大家还是打着补丁，屋顶的茅草依然是棕褐色，晒得焦焦的，很稀疏，夜里会瑟瑟作响。（难道有蝰蛇在那里做窝？）

　　"那好，"父亲说，"你回来得正是时候，因为罗杰斯大人两天前说过他需要一位书记员，你再合适不过了。"

　　亨利·罗杰斯是镇上的书记，是个瘪嘴的正派男人，身上一股霉味，居然对死亡和尘土情有独钟。嗯，这也没错，难道法律不正是阴魂不散的骷髅头鬼怪吗？借由法律，墓地的死者常常比活人管用。征服者威廉的阴魂统治不是年复一年地越来越强悍吗？非征服者威廉，不，是被征服者威廉[1]，酸溜溜地看着自己的生活有了新的安排。就这样开始学习法律的术语、仪式，它的勉强运作，它的诡辩和托辞、章程、担保、双重证明、转让。就等于把小牛皮改作他用，难道羊皮纸不是小牛皮制成的？

"阿门阿门阿门。"威莎答道。

"土地所有权转让协议档案，"那个瘪嘴的罗杰斯大人说，"要把地转让给自己，就必须起诉持有者非法剥夺了他的拥有权。这是法律虚拟[2]，就是这个叫法。"他房间里到处是死了和活着的法律气味，被疯癫和合理的死者世界支配着。"然后被告承认原告的权利，接着法庭记录和解，在末尾[3]签署三方协议。"

"那什么是土地所有权转让呢？"

"就是一种财产让与模式，即共谋诉讼的和解，所有普通模式都是不适用的。历来已久，从理查一世开始就有了。"

"啊，词语，尽是词语。"

"这就是词语统治的领域。"威莎似乎茅塞顿开。词汇、

1　这里的威廉指莎士比亚自己。

2　A legal fiction，指法律事务上为权宜计在无真实依据情况下所作的假定。

3　土地转让协议一式三份，两份为诉讼当事人保留，第三份在协议的尾端，由政府部门归档。

借口、虚构，就靠这些运作。"你一定得学法语，"罗杰斯大人说。他露着那颗巨大的凹牙，转向放满了书籍文档的书架，那里又是征服者的天地了。"这是本轻浮猥亵的书，"他斜睨着威莎，"是拉伯雷的《巨人传》，我们每天晚餐后一起阅读。"

唉，这冬季灰暗的日子，安妮一天天笨重起来，很快那张要喂食的嘴巴就得朝着这肮脏的世界啼哭了。"瘪嘴罗杰斯大人开心地说，诞生就是死亡的开始，你等于是判了一个生灵死刑。"

卡冈都亚[1]用一头活鹅的脖子擦掉了屁股上的恶心东西，被送到一位著名的诡辩博士处，那人叫杜巴·霍罗福尼斯[2]。威莎没学到什么法语；罗杰斯大人和他一起阅读这本书，一边还用英语高声朗诵："'此后一位咳嗽不停的老人教他学习，老人名叫约布兰·布里德大人，即戴口套的傻瓜。'不过我们得省略这些内容，跳到更猥亵的部分。这是为了教育你，年轻人。"

圣诞节后，安妮的肚子已大得令人惊讶，威莎则成了一位鞠躬、微笑、不停摩擦双手的法官小助理，他也是温柔的丈夫，会在点着炉火的夜晚把苏珊娜放在膝头哄她入睡。一月蹒跚而过，每天都像是在黑暗房间里度过的无聊圣烛节，接着，真正的圣烛节来到了，吉尔伯特乘车过来喊他。罗杰

1　卡冈都亚（Gargantua），拉伯雷小说《巨人传》里的主人公。
2　此姓见于《圣经·次经》，女英雄珠迪丝在巴比伦作战时砍下了亚述将军霍罗福尼斯（Holofernes）的头颅。

斯大人去参加一个秘密的降灵会，大概还带着那只活鹅，已经很长时间没在家了。那天早上大风暴雨，室外的雨疯了似的乱打着，从天花板上渗透下来（像间谍深入大部队一般），吉尔伯特进屋时雨点也扑了进来，把威莎刚用大字体书写好的威尔逊这个名字都玷污了。他明白是怎么回事，那天早上他离家前安妮就开始阵痛了，他站起身去拿斗篷，没等吉尔伯特言语他就点着头。接着吉尔伯特咕哝着说起来：

"他们出来了，唉哟，反正从妈妈的肚子里出来了。这是上帝的旨意。"他身披粗绒布斗篷站在那里，雨水如注地滴落在他靴子周围，他鼻尖上的雨滴也徐徐落下。

"他们？双胞胎吗？"

"是的，性别不同，一女一男。"

"两个？双胞胎？"这个词只带来了苦涩。他接着问："一男，有儿子？我有儿子了？"儿子，他有儿子了，男孩。他低头看着羊皮纸，看着那个被雨水模糊的名字。

吉尔伯特说道："这下子你就像诺亚一样，在洪水泛滥中有三个孩子了。"

"儿子，"威莎微笑着，"诺亚的全是儿子。"他微笑。（可一想到是双胞胎他还是觉得苦涩，就像上帝和大自然明白所有一切，有意关注、在乎、照顾他，打了个回马枪要让他喜忧参半，给了他一个儿子。）

"我知道，"吉尔伯特郑重地说，"有塞姆、哈姆，还有雅费，对的，有一个 S，一个 H，"（他的手指在罗杰斯大人满是灰尘的桌子上胡乱画着）"还有一个我不认识的字母。"（他指的是 I 或者 HI，或 J。）"你有一个 S。"

威莎把弟弟的话当作预言来听。苏珊娜，是啊，欲望之海中他那纯净、明亮的灯塔。他的儿子应该叫哈姆，不，哈姆奈特。他自己叫威莎，几个月来他就是可怜的霍罗福尼斯，就像那个拉伯雷下流作品中的教师，而他第二个女儿应该叫珠迪丝。[1]

"哦，"威莎说道，"母亲呢，安妮，我妻子，她怎么样？"

"她很好，非常好，她大喊大叫了好一阵子。"

"哦，这样啊，"威莎苦笑着，"凡事照常，一贯如此，那我们去看妈妈和双胞胎吧。"他们裹紧了斗篷。"去表达问候和谢意。"于是两人走进了暴风雨……

至于我们自己（这第一瓶水已然见底），该是时候放出鸽子，让它去寻找干爽的大陆和那未知的事业了，我们会寻找到最终的答案。他在斯特拉福已经尽力，或者说几乎尽力了，号角吹响，钟声悠扬，陆地的微风鼓动着船帆。我们就开启那扇任何钥匙都能打开的门吧。

就说说 1587 年的仲夏吧。他们骑马进了斯特拉福，每个演员都各自坐在马匹上，他们是女王剧团的。那年夏天很干燥，尘土飞扬，就像白花花的沙滩上晒得骨头都发白了一般。

---

[1] 《圣经·次经》中的犹太女英雄珠迪丝砍下了敌将霍罗福尼斯的头颅。霍罗福尼斯（Holofernes）有时是男性生殖器官的谑称，正如珠迪丝·莎士比亚的到来预告父亲生育能力的结束。莎士比亚家从此再无生育儿女的记载。

这些来人是谁，这群嘻嘻哈哈的人，他们在酒馆里吹大牛，都说自己是王室侍寝官，放肆地喊着蒂尔尼、沃尔辛厄姆等名字。下雨吧，人人都渴望下雨；他们没有带雨过来。就像上帝曾经因为人类的罪恶发起了洪水，难道他此刻不打算将他们扔进火炉吗？罪恶，罪恶，罪恶。上礼拜天讲道坛上这个词就不断地砸向他们。这些人当中谁罪大恶极呢？但是有个扁脸塌鼻子的男人轻轻晃动着身子，他眯着眼睛，穿着黄褐色外套，戴着钉纽扣的帽子，短靴的绑带很粗俗地系到了踝关节处，腰里挂着个皮革钱袋子，随着咚咚的节拍呼喊着，那笛声和小鼓奏出的音乐像虫鸣般微弱。他身后另一个人也在摇摆，那人更年轻些，是个小丑，拿着一块板，板上写着七宗罪。

知情的人说他就是迪克·塔尔顿。你没听说过迪克·塔尔顿吗？和他一起的那个人叫杰姆普或坎姆普，或是肯普之类的，腿上系着颤动的小铃铛。[1] 这个塔尔顿曾经接近过女王陛下，但是（那人低语道）他有次针对沃尔特·罗利爵士[2]和莱斯特伯爵开了个放肆的玩笑，惹女王不开心了。他的眼神有些忧伤，瞧，尽管他嘴巴一直讥讽嘲弄个不停。

1　迪克·塔尔顿（Dick Tarleton）和威尔·肯普（Will Kemp）均为女王剧团的主要喜剧演员。肯普的舞台生涯当时刚刚开始，日后他将作为莎士比亚的同台演员而达到事业的巅峰。

2　沃尔特·罗利（Walter Raleigh，约1552—1618），伊丽莎白一世的宠臣，他也是航海家、军人、诗人和历史学家，"黑夜学派"的领袖，曾因私下与宫女结婚而被捕入狱，后被詹姆斯一世以谋反罪处死。

嗨，都给我听着，竖起耳朵好好听，有个人喋喋不休像个没皮没脸的傻子，老天我得拿起鞭子追着抽打。都给我听着，各位心怀疑惑的阁下现在受到郑重邀请加入一场胡作非为的盛宴（唉，终日闷闷不乐的你们当然会热衷于此），还会另外兴风作浪，在所不惜，旋啊转啊跳起快步舞，没错，快步舞，这里只有一个编舞者。明天吧，你这恶棍无赖，你这脚底抹油的家伙，忘乎所以的臭鬼和碎嘴。

他们在闷热的落日幕前——耶和华的怒火[1]之下——手舞足蹈，嘲讽高呼。下雨啊，什么时候能下雨呢？七宗罪，而后是快步舞，旅店里歌声飞扬，灯光闪烁，爱的小曲在酒壶间飞扬：

呵，我最亲爱的你，
虽然我明白
我们会分离，必然分离，
请你不要说出来……

"真热。"威莎说道，赤膊站在敞开的窗户前。苏珊娜正在琼的房间里睡觉，以前那里另一个安妮也睡过一次的。不过双胞胎正睡在他身旁的摇篮里，安妮坐在那里，她身材苗条，没再怀孕，和丈夫一样打着赤膊。夜色里仿佛有什么事

1　见前文，斯特拉福的牧师们将连续干旱不雨阐释为上帝的愤怒。

要发生，月亮显得格外近，反基督的人在圆石路上雀跃。唉，威莎心想，离我前一次的罪过已有很长一段时日，他们没法再让我代人受过了。他听到远处有人在讲话，那不是歌声。也许是一群人要去田边大声祈祷，祈愿上帝让干涸焦黄的土地泛出新绿。

> 别了，别了，我的幸福，
>
> 你那么可爱，
>
> 哪个男人都不能拥有你；
>
> 我们就这样分开……

　　他看着妻子纤细潮湿的后背，倒锥形曲线从白皙宽阔的肩部流畅地收拢在腰部。听到那首歌，他涌起一种莫名的惆怅，没有缘由。她正在阅读一本小书，眼睛离文字很近，她越来越近视了。他的目光越过她的肩膀看到了排版紧密的印刷文字。"于是他动身，流浪了好几日，直到遇见比她更美的姑娘，可是美丽的姑娘对他视而不见，他心里明白这就是他要倾注爱情的人……"看来她在读言情小说，描写细腻适合女人读。他怜爱地俯身吻着她裸露的肩膀。她显得很惊讶，却早有准备，她很快放下书。两个汗津津的身体紧贴着吻了起来。我没做错什么，威莎想，这么做没错。他们的手臂缠绕爱抚着对方。

　　街上传来的是什么声音？越来越近了。不是祈祷，是嘲笑声。床上的赤裸男女抬起头，他比她更心不在焉，亲热还没达到关键阶段。外面是扭打、搏斗，伴随着奚落嘲笑声；狗儿们吠叫着，哈姆奈特和珠迪丝的熟睡被打扰，吉尔伯特在隔壁房间里咕哝。威莎听到父亲在咳嗽。他从床上起来，肉棒子垂下了，他走到窗口往外看，瞧见在仲夏的月光下，斯特拉福的一群乌合之众正驱赶着一位呜咽哀号的老妇人，那人是玛姬·鲍耶尔，是个巫婆，卜卦师。七宗罪，黑色，金色的。这是怎么回事？

"老巫婆！把雨还给我们！"

"邪恶的咒语，她的猫都是恶魔！"

"脱光她的衣服！"

"把邪恶鞭打出来！"

几个年轻人正拿棍子揍她；她的衣服被撕裂了，棕褐色干瘪的肉体在月光下若隐若现。她哭泣着，垂死般急促喘息，想挣脱这些折磨自己的人；她绊了一下，摔倒了。人们嘲笑着，用桦树枝抽她让她起来。这简直就是对塔尔顿和那群不停蹦跶的戏子的滑稽模仿。

"站起来，巫婆！给我滚出小镇！"

安妮刚安抚好醒来大哭的双胞胎。"怎么回事？让我瞧瞧。"她沉甸甸的胸脯向窗台靠过来。她看着，"啊，"一边说道，"他们会杀了她的。"一个小伙子拿着火把，在老玛姬面前挥舞着，她惊恐地尖叫起来，破衣服烧着了，她不停地扑打窜动的火苗，呼号着，接着断了气似的，马上要昏倒了。

"来啊，"安妮喘息着说，"来啊，到窗台这边来。"威莎看着她，既感到恶心，又难以置信。"来，快来，唉，快呐！"他避开了她，缩进了房间的暗处。

"呀！"巫婆来了，在这儿，驱赶她的那群暴徒衣衫褴褛地继续往前，一边打，一边嘲笑。

"是那帮戏子吗？"父亲的声音从走廊里传来。

"是的，没错，是戏子。"威莎回答。

声音越来越远：

"她犯了七宗罪！揍她，赶她去教堂祷告！"

"什么，让恶魔进教堂？烧死她！"

威莎战栗着，他把先前放在椅子上的衣服拿起来。安妮还在窗台边悲叹。"结束了，"他作呕般把话吐了出来，"这必然是剧终。"她赤身裸体，趔趔趄趄朝他扑过来。他侧身一躲，不想让她碰到自己。他蹦跳着穿上了衣服，就像塔尔顿在表演，像那个逗人笑的戏子在血腥的正剧之后表演串场。

在街的尽头那群暴徒安静了下来，从之前竭力表演的那一幕中退场，他们低语着，三三两两地各自退后。一些庄重的男女走上前，有的还穿着睡袍。威莎发现其中有市政官珀克斯，他体态庞大笨重，把玛姬·鲍耶尔拉了起来。她晃动着松软的手臂，头无力地耷拉着，舌头也伸了出来，月光下她的嘴边淌着血。这时穿着衬衣的教区执事来了，手下的人将暴徒驱散。威莎在夏日就预见到她的房屋、院落和周围高大的荨麻丛会在冬季一片萧瑟，他仿佛看到转门的铰链断了，猫儿们到田里吃地鼠，在发霉的面包还没消失，箱子里还有面粉存留前，它们还有老鼠可吃。这是迟早的事情。

他回家时心情已经完全平静下来，发现安妮还睡着。好吧，明天吧，明天就把这几百行的普劳图斯伪诗句带去让女王剧团的戏子们看，这些人会在旅店里打着哈欠，一夜嬉戏，暴饮暴食之后，他们没准不会太讨厌听一听高雅优美（尽管并不激越）的无韵体诗文。他不能再耽搁了，已经二十三岁，是三个孩子的父亲了。他们也许会否定他，会嘲笑他：你会演戏吗，小伙子？想当演员吗，小子？是的，他会这样回答，是该出来演戏了，不能再被动地躺着等命运安排了。他坐下来，望着街道，此时街上空无一人，宛若被女神的银色月光洗刷一新；他内心很确定，仿佛胸口放了一封信，告知自己明后天就将跟着女王剧团离开。他要从女王那里走向女神身旁，尽管最初得蹦蹦跳跳，自卑自谦，得爬过黑暗的耻辱隧道，进入幽黑的地狱，那里会有盘绕的蛇，遍地躺着英雄，那里被一个女神统占。嗯，难道这不是命运的再次安排，不是命运在他背后不停忙碌着，他不是很肯定吗？我们表演的戏剧依然在后面的黑屋子里被不停地构思创作，那穿着斗篷的匿名作家甚至还没有想好最后的对偶句。

安妮摊开赤裸的四肢躺在床铺上，她睡得很沉。威莎脱下衣服，准备在床边的长椅上睡下。他轻轻地沉入了自己脑

海里飘渺的黑暗世界，那个远处的、彼岸的天地，他在那里
变成了恩底弥翁[1]。

月光守候你的梦境。担忧被吻到。
她微热的光芒并不退缩只是缠绕，
将你的身形幻化成奇异的模样。虽然隐形，这光芒
进入了思维那黏湿的怪物里寻找梦想。

他毫无恐惧。他根本无所畏惧。

---

1 希腊神话中月之女神所爱的英俊牧童。

1592—1599

一

"他们来了。"亨斯洛说着皱起脸，活像一只干瘪的苹果（但没有半丝的甜美温柔）。刚结束幕间表演的肯普还气喘吁吁的，他好脾气地望着徒弟们从玫瑰剧场出来一路争吵，也许他们要去告诉朋友们肯普的幕间表演有多棒，还有之前的正剧《巧计识无赖》（*A Knack to Know the Knave*）也不赖（尽管不如幕间戏，这是当然的）。威莎面色凝重地冲着肯普粗笨的背影点着头。他是个自以为是的人，不肯琢磨台词，迟早得走。他赶紧对自己说，我倒不是真在乎走不走。可又得做手套了，那只是一门手艺。不，虽说被称作手艺，可不过是量量尺码，下下订单，量尺比手指更重要，无疑是更毁人的手艺。

"那些宫内司法官的人，"阿莱恩[1]说，"他们不该这么做。"

1　爱德华·阿莱恩（Edward Alleyn, 1566—1626），英国演员，伊丽莎白朝戏剧界的主要人物，被公认为那个时代最重要的舞台表演艺术家。

"他们一钱不值，"肯普开心地说，"只是一群合法的流氓。"

"这群合法流氓会让我们倒闭的。"亨斯洛郁闷地说道。他知道详情，能预见事态的发展，他有生意头脑。那天上午宫内司法官的人抓了一个毛毡商的仆人，把他关进了马歇尔希监狱。据说那人并没做什么坏事，只不过朝着这些狂妄自大的人做了个鬼脸：伸伸舌头，斜着眼看人，或者张牙舞爪地胡说八道了一番，总之一定是早上麦芽酒喝高了。于是他们就扑上去，嚷嚷着揍了他一顿，砰砰啪啪的，然后就把他拖走了。说是干扰女王的安宁或诸如此类的，引发了骚动。所以他就进了班房。"这里可是合法的集会场所，"亨斯洛说，"这下子他们能列阵行军了，瞧着吧。"

有人在外面模仿军士大声喊叫。排好队！记下那人的名字！出发！队伍走得很凌乱。这些人不仅观看了《巧计识无赖》，还看了肯普的幕间戏，同时畅饮了玫瑰剧场售出的麦芽酒。威莎想，难道剧场不是平息骚动情绪的地方，让人们不再惹是生非吗？亚里士多德好像是这么说的。那么，这里就不是产生什么真正艺术的场所，没人能在这旅店里过夜。他自己并未参与《巧计识无赖》的创作，只是念了几句荒谬的台词（他知道表演得很糟糕，因为连他自己都心里没底），然后就下场了。可《哈里六世》呢，观众都大声咒骂起法国了？好吧，法国和西班牙一样都是敌国。那《泰特斯·安特洛尼克斯》呢？它可是让人们嗓子充血缺氧，目光如饥似渴地狠狠盯着奸尸、酷刑，还有把孩子的肉烤成饼，放在用骨粉做成小棺材盒子里送上来的。没必要，没必要的。算了，不说了，反正这就是时尚（做手套也一样）。比基德还基德[1]。"我就等着瞧吧，"此刻他这么说（没必要，没必要的），"也许一事无成。"他答应要为家里赚钱的，在商言商嘛。

"唉，"海明琪说，"我们都会走的。"他身材笨重，像个杂货商，从舞台口朝庭院走下去，坐在台口边缘，两条短腿搁在地面。比他小八岁的威莎跳了起来，钱袋里的硬币叮当作响。他不再是孩子了，六周前刚过二十八周岁生日，不过他依然瘦削轻盈，动作敏捷。他们一起穿过庭院来到大门口，海明琪喘息着。六月的这一天很干燥，已经连着十一天没下雨了，没准会发生干旱。

他们看到马歇尔希监狱外面有人在闹事，就没有靠近那里。威莎将一切看在眼里，在监狱的灰砖墙外面，河水毫无偏颇，天鹅自在游曳，阳光漠然地照耀着，一群莽撞的暴民正在喧嚷喊叫，个个挥动拳头，捡起石块和砾石丢掷着。放他出来！放了那个犯人！放了这个人！他似乎有些满足地点点头，这就是民众，平民，老百姓。他们要的不是公正，而是为暴乱而暴乱。对此他确定无疑。没错，那些人年轻冒失，可是更成熟的人却笑着为他们叫好，也扔起了石头，尽管很

1　托马斯·基德（Thomas Kyd, 1558—1594），伊丽莎白时代重要的剧作家，复兴了复仇悲剧这一形式。传说基德先于莎士比亚写了一部关于哈姆莱特的剧本，后被莎士比亚借鉴。

多人都不知道这究竟是为什么。放他出来，别管他是谁！把人关进监狱是不对的！为什么，难道为了强奸、偷窃、谋杀这类小事？听着，我们为此还与约翰王斗过，这是国民权利。你们不可以关人的，让他出来，有必要的话让我们来捆住他。看着这些粗糙愤怒的脸，威莎又点起头来。

"宫内司法官的人出来了。"海明琪喘息着说，阳光下他不停出汗。确实是这些人，他们带着棍棒恶狠狠地从监狱那头走出来，有一两个人还拿着匕首，刀尖在强光下铮亮。他们的剑尚未出鞘。怎么啦，要逼我们拿利剑对付这些渣滓吗？灭了他们，冲上去，砸烂他们的脑瓜子。"我们该回去了。"海明琪说道，他看到血就害怕。一些蠢笨的年轻人已经像小孩一样哇哇乱叫起来，都想逃走，有两个人跌倒了，拼命抓住踩在他们身上的腿。一个身形肥大的小伙子踉踉跄跄地跑着，伸出不停流血的手号叫着，因为一只手指已经被砍下。暴民们大声吼着，局面越来越紧张。司法官的人并不多。即便他们开始撤离也于事无补。小伙子蹦跳着躲避挥舞的刀剑（威莎冷冷地欣赏着刀尖的寒光，真是展现钢铁武器的好天气啊）。长板条与刀剑对峙，在疯狂荒谬的滚打中司法官的人和年轻人搅在一起，年轻的纤细大腿和年长的粗壮大腿胡乱踢打着。一个防卫者把刀剑丢了，他被拖到人群边，大声叫着，和暴民无异，一个胡子拉碴的无赖拿起一块石头砸破了他的脑袋，脑浆都喷了出来。鹞鹰在头顶飞舞，接着人们听到了马蹄声，市长的人赶来了。

"我们赶快回去吧。"威莎说。因为这些骑马的人见谁都踩，连无辜的旁观者都不放过。可难道旁观者就真的无辜了？我们都喜欢暴力仇杀，他绝望地想着。也许只有他自己确实一直在局外旁观，看着这个宛若故事的场面，一片鲜血刀光的景象，看着汗水和血水混在一起，脸上的刀痕呈 L 形，看到有人的刀尖被砍断，而那人坐骑的金色毛发在阳光下更显得金光闪闪。"市长大人亲自到场。"他身着官服，满脸愠怒，整个城市都激愤不已。马匹不耐烦地晃动着脑袋，喷着鼻息；闻到血腥味，一匹马嘶鸣起来，马蹄蹒跚，继而又恢复了平静。

周围还有另一种辛辣的气味，那是烧着的欧洲蕨被干爽的风吹拂时发出的味道，此时两人正步行返回玫瑰剧场的安全地带。斯特兰奇勋爵剧团夏天没生意了，这毋庸置疑。仲夏夜即将来临，那是疯狂、神圣的时刻，才不管宫内司法官对年轻暴民的骚乱处理得公正与否。枢密院会把剧场关闭，也许要一直关到米迦勒节[1]。威莎耸耸肩，这一行可比做手套不安定。即便骚乱没让剧场关闭，瘟疫也会来干涉的。假如天气继续这个样子，排水沟和污秽的大街小巷就满是雨水，瘟疫就会觊觎，趁机大肆进攻。真是动荡的生活，可所有生活都是动荡的。以前他就生活于其中，和女王剧团的人在一起，一直等到可怜的小丑塔尔顿入土。也许很快他就会和阿

1　米迦勒节（Michaelmas），一种宗教节日，是每年的 9 月 29 日。

莱恩吵上一架，或是对亨斯洛说出尖刻不屑的话，亨斯洛总是现金账簿不离手，也许肯普会说他才不准备任何角色的台词呢，他不是一直在即兴表演吗，除了诗人谁都会抱怨的，可诗人究竟是什么呢？没错，他没准很快就会离开这家剧团，会把提词男孩训练成夸夸其谈的人，高喊着要更多《帖木儿大帝》[1]式的浮夸剧本，还有那个很快就要做阿莱恩继岳父[2]的人，那个锱铢必争的妓院老板。

　　亨斯洛此刻正盘算着，威莎和海明琪找来了，发现他正在玫瑰剧场后面那间幽暗沉闷的房间里盯着自己的账目看。那是一本色泽暗黄的旧羊皮纸账本，原来是那个抠门的亨斯洛的兄弟的；亨斯洛把它倒反过来，这样首页看上去就很干净，他正对着这一页凝神。威莎看到上面写着：耶稣；1592。啊，真是虔诚，这位典当商兼妓院老板。威莎便对他讲了自己和海明琪方才看到的事情。

　　"哦，"亨斯洛说，"看来板上钉钉了，玫瑰剧场夏天就得关门，我该怎么办？"

　　"演员们怎么办？"海明琪说。

　　"你们可以把戏带到乡下去，我可不能离开，要等秋天时局面好起来。今天我可是花了不少钱，把玫瑰剧场翻新，还铺了新的茅草，把舞台漆了一遍——"他不停嘀咕着，"统共

1　《帖木儿大帝》(Tamburlaine)，克里斯托弗·马洛的剧作。
2　与后文妓院老板同指亨斯洛，历史上阿莱恩娶了亨斯洛的继女琼·伍德沃德为妻。

一百镑啊。"

"你再翻几页，"威莎平静地说，"翻到以神圣话语'以上帝之名'起头的那部分。"亨斯洛眼神犀利地看了他一眼。"塔尔博特[1]已经给你赚了很多钱了。"威莎说。

"塔尔博特？啊，塔尔博特。《哈里六世》，没错，"亨斯洛说道，叹了口气。"唉，没人能像奈德那样，从没有，罗西斯不行，其他人也不行。没错，是塔尔博特把他们带进戏里的。"

"不仅是奈德·阿莱恩扮演的塔尔博特，还是我写的塔尔博特。"

"再看看吧。"亨斯洛说着，端详着威莎（这个个头刚到自己前额的人行吗？他会长寿吗？他写作的手指够力气吗？）。"再看看吧，希望万能的上帝保佑我们。"就像盛夏时小镇寥寥数人，妓院照常营业。他可不想闲着，他脑海里浮动着三位一体的数字，英镑、先令、便士。

"不过格林[2]的戏没花头。"海明琪说。

"连没花头都算不上，"亨斯洛说，"或者说很快就那样了。"

他们骑马离开小镇，威莎的脑子里全是罗伯特·格林。

---

1 《亨利六世》（又称《哈里六世》，因哈里是亨利的爱称）中一位忠心保国的将军。
2 罗伯特·格林（Robert Greene，1558—1592），英国伊丽莎白时代"大学才子派"作家、剧作家、诗人。

天气依然炎热，他们要把戏带到北部去；宫廷很快就会跟过来，继续进发。演员们骑着马，车子上装着演出服装道具跟在后头。剧院关闭至米迦勒节（一切都被亨斯洛预见到了），闭塞的城镇中，老鼠们在肮脏的碎屑中不停穿梭，不久瘟疫来报到，城里人的腹股沟淋巴发炎肿大起来。此时他们早已出城，向北部乡村骑行，要让那里的乡巴佬开开眼界。必须得赚钱啊。格林已经成了衰败的艺术大师，肾也坏掉了，只能待在伦敦。威莎仿佛看到他很晚才起床，大声诅咒着，床铺因为他大小便失禁而污秽不堪。那个喜欢他的窃贼和杀人犯"快刀鲍尔"会把白葡萄酒瓶里还剩下的发酸的沉淀物满满倒上一杯；要真能喝上点酒，那笔头立刻就能运作起来，在腹腔的隆隆咆哮声中奔腾着，为某一本崭新的糊弄人的小册子写上头几页，而后赶紧送到印刷厂，证明全书正在如火如荼地创作中，信差鲍尔会把寥寥的预付款换成葡萄酒。在角落里，在污秽的褴褛衣衫中，格林那位脏兮兮的情妇，即鲍尔的姐姐正照顾着不停啼哭的私生子幸儿。不堪的生活啊，威莎每次想到这位悲惨的诗人学者，想到他因酗酒和疾病臃肿憔悴，但红褐色的脸庞英俊尚存的样子，都会为自己心头涌起的那一丝嫉妒感到惊讶。为何自己会略感嫉妒他自己也不得而知。是因为格林没有清教徒俗气的愧疚感，无论怎样都泰然地接受自己的命运吗？还是因为，所谓堕落，必须得到达某个高度（艺术大师，绅士等等）才能落下来吗？或是因为，他最感到疑惑不解的也正是这一点，格林身为剧作家失败的原因恰恰是因为他是真正的诗人吗？他的剧作里塞满了诗句，诗意阻碍了表演，让人物鲜明不起来，无法形成差异，所有人的嘴都成了吟唱抒情的鸟嘴。对失败的剧作《修士培根和修士邦吉》，威莎内心充满钦佩但嘴里不说，剧本颇有诗意，弗赖辛菲尔德的玛格莱特如此蠢笨，她不过是个挤奶女工，嘴里却流淌出关于帕里斯和俄诺涅的诗句，这种优雅美好难道不是超越了生活的真实，成了镜中月水中花吗？格林可不是马洛，可是他怎样都比威莎自己更接近马洛。

他回想起八八年，当时他身为学徒跟着女王剧团参演了一个胡编乱凑起来的戏，接着塔尔顿去世，剧团陷入混乱，他自己则跟着肯普跌跌撞撞地去了斯特兰奇剧团。接着是打败无敌舰队，胜利的消息引发全城烟花，所有人都对女王忠心不二。但更为重要的是，《浮士德》，那是一出戏，没错，仅仅是一出戏，可其中有真实的味道，不是此刻感受马匹暖暖的腰窝，汗水淌下鼻子，听到肯普哼着歌的真实，而是隐藏在彩色幕布后面更博大的真实。格林泰然面对（即将到来的）惨景，也接受自己得像乞丐一样死去；马洛也会接受地狱，假如地狱就是幕布后隐藏的一切（他似乎相信这一点）。如果《帖木儿》曾经是一声空洞浮夸的呐喊，那《浮士德》就是对毁灭的真实呼唤，仿佛毁灭是一位母亲。"我的毁（悔），毁灭啊……"不，不对，马洛不会写这种低劣的双关。威莎战栗着。有一次他曾与马洛一起去参加"黑夜学派"聚会。沃尔特爵士抽烟抽晕了，开始调用理性来（难道数学不能像祷告一样也是接近上帝的路吗？可是今晚我们还得跪着结束）；马洛抨击基督，说他吹牛自己是个救世主，还对灵魂的存在报以嘲笑，挑衅着天庭的上帝。唉，格林和马洛两人都呼唤着幽黑女神，并期待有回应。他们深信无疑，全身心地向往那个盛景。那才是真正的灵魂高贵，尽管格林身处污秽之地，马洛凝望的双眼里血丝密布。

而他，威莎，他渴望的是什么呢？渴望成为一位绅士，仅此而已。身为手艺人的儿子，他必须掌握一门手艺才能出门，才能走向绅士怀抱。此时他正骑马穿越炎夏，走在这条漫长的财富积累之路上。

他将往昔的风格埋葬在身后。城市在腐朽中焚烧；苍蝇在沉睡的孩子唇边蠕动；老鼠在一位老妇的尸体（已经缩成了五英石）旁吱吱叫，周围是一堆遍布虱子的破布；钟声整日鸣响，警示瘟疫的肆虐；冷麦芽酒喝起来就像温热的牛奶酒；屠夫在剁切腐臭的牛肉前用双手驱赶着苍蝇；热浪中臭烘烘的粪便高高堆起；衣衫褴褛的恶棍们破门而入，屋里面躺着男人、女人、孩子，都气喘吁吁地用微弱声音讨水喝，于是恶棍们嘲笑着他们运气不佳，一边盗走物品；城市像是长了个脑袋，遍地老鼠窜逃的夜晚，塔楼、房屋像四肢般在月光中散开，城市的脸色憔悴不堪，双眼凹陷，活物们像呕吐物一般在圆石路上漫开，错乱迷狂中它呼唤着耶稣耶稣。

到了凉爽些的秋季，瘟疫渐渐平息，威莎骑马回伦敦创作剧本。这个关于玫瑰战争的长篇故事必须以都铎家族的胜利告终。剧团没有他也能照样运行，他们正打算慢慢地从北安普顿经过贝德福、赫特福、圣埃尔班返回。他们以为得到十二月才能回到玫瑰剧场，在乡下演出的收入不错。不过阿莱恩说他十月就会到伦敦；他对大家使眼色，告诉人们他要和琼·伍德沃德结婚了。看来，威莎想，有一个办法可以从演员变成绅士，就是娶个女人，她的继父得是像亨斯洛这样的吝啬鬼。至于他，一切为时已晚；他早就成婚了。

他走过伦敦桥时遇到亨斯洛，那人胳膊底下夹着账本。"格林死了，"亨斯洛对他说，口气就像司膳总管说晚餐已经上桌，"我都来不及帮忙，可怜啊。伊萨姆太太，他的女房东，给他戴上了月桂花冠，他穿着太太丈夫的衬衫安息了。人们都说连虱子都知道他终日将近，因为它们一起爬着离开了他腐臭的身子。唉，真令人唏嘘。巴比和莱特这些人把他将要出版的作品全拿走了，切特尔也在这些人当中。"

"我认识切特尔，他总是不停地鞠躬。"

"唉，切特尔公然与演员们作对，把他的作品集合成一本书，我在他住处已经找不到一部戏了。"

"你去过他住所了？"

"没错，可为时已晚，帮不上忙啦。裹尸布要四先令，草草埋葬得六先令四便士，可怜这失落的灵魂，这会儿一定在地狱里咆哮吧，可能在讨便宜的甜酒喝。他们说是他的妻子出的钱，尽管他早就抛弃了她，和那个给他生杂种的婊子在一起了。上帝保佑我们别有这样的下场。"

"阿门。"

死了的格林还如此无礼，留给威莎一面镜子。一天在他的住所，九月的阳光金灿灿的，河上起了一层薄雾，圣奥拉夫教堂的钟声为死者响起，他坐下来阅读格林的遗作，那是一本名为《千悔难获的大学才子之智》的小册子，里面指责马洛是无神论者；伟大的格林最终背叛了他的女神，他捶胸顿足，不停忏悔，生怕遭遇炼狱之火。可是在他哭诉着恳请上帝饶恕时，依然心怀嫉恨。他憎恶那些戏子，他们就靠他写的戏赚钱（可是威莎很清楚这些人并没有赚到钱），可此时在灼热、空茫、瘟疫肆虐的伦敦，他们却抛下了一贫如洗、奄奄一息的他。威莎感到吃惊，其中有一个演员还被单独指出来："……这个暴发户，这只乌鸦，靠我们的羽毛装饰自己……戏子的装束下掩藏着虎狼之心……"（看来格林还记得《哈里六世》中的这句话）"……他以为自己比你们谁都强，可以夸夸其词地写出无韵体来……完全是个乡巴佬……居然妄想自己就是全国唯一能撼动舞台的人……"

威莎把这段文字诽谤扔到床上。他朝窗外望去，什么都看不到，包括雾霭、高塔、河流。一位诗人就这样带着诅咒死去了。虎狼之心的暴发户，妄想震撼舞台的人。可是他到底冒犯了谁呢？因为他新旧行当都得心应手？是个乡巴佬多面手吗？他什么都不曾追求，除了用合适辞藻来修饰，就像给故事套上手套，可偏偏因为他这位诗人却在怨恨中死去。

不过，尽管凉意渐重，他感到一种异样而令他羞耻的自豪。虽然他的名字被污蔑嘲弄，却被写进了书本，全伦敦的人都会看到。他被关注了，一位垂死的诗人单独挑他来泄愤，来排遣衰败脾肾中的怒火，喷发郁郁不得志的耻辱。可是（他又拿起那本书，很快翻到那几页又读了起来），那些话语很刺人："这个暴发户，这只乌鸦，靠我们的羽毛装饰自己。"这个从斯特拉福来的手套工从来没有读过大学，却自以为是地觉得自己就是艺术大师。"就让这些猴子模仿你曾经的优秀……"他这是写给纳什，还是洛奇，或是其他能够阅读希腊语的失意剧作家？猴子、乌鸦、虎狼，他苦笑着。这是一个怪异的幻象，真的，是一种新的鸡身蛇尾怪。好吧，他决定原谅格林，但是他无法原谅这个叫莱特的印刷商，也决不原谅那个把这些低劣、怨念深重的作品结集的庸才切特尔。

他心怀苦涩地低头看着自己正在创作的剧本手稿。瘸腿的理查和他要追求的冷淡（却内心似火）的安妮。他要写的是马洛的权谋政治家，但没有他的诗意。唉，他能预料到，人们会大快朵颐、全盘吞下的。畸形的格洛斯特已经不行了；上帝救救都铎家族吧。可是他要让死去的格林瞧瞧（那人似乎在地底下咧嘴笑着，露出了死尸的冷笑）他可不是猴子、乌鸦、虎狼，也不是蹩脚剧作家，他不光只能逗弄站着看戏的穷人，并非可怜差劲的戏子，该是时候证明自己是位诗人了。

斯特兰奇勋爵剧团要在伦敦过圣诞，喝酒、敬酒、发发酒疯。老天，我们很想你，奈德。但阿莱恩和新婚妻子还没腻歪够呢。哎，在旧年结束前我们再开演，演《穆里·穆罗科》，用这出戏打头很不错。接着再演耶罗尼莫，犹太人和泰特斯。《修士培根》？可怜的罗宾·格林。为了纪念他，你们会说。基特 [1] 说这出新戏保证不错。《巴黎大屠杀》，里面有大量内容是关于阴谋权术家的。那谁又是，或曾经是马基雅弗利呢？他是一个意大利恶魔，名叫尼克洛，或者叫老尼克。这个震撼舞台的人会严肃认真地阅读所有剧本，他面前可从不放酒杯。你好吗，强尼·猛男？呱呱呱？他盯着的是啥书？把书拿开，奈德。给我们读一段乐乐。什么，他那点虔诚就了不得啦？他还没习惯上好的新教徒喝的麦芽酒，他这一本正经的家伙。快读呀，奈迪。好吧，这里是威尔，他读的是《善心之梦》。哦，这我们知道，是很早以前的怪书。是查特尔，没错是切特尔，他把自己的信徒和书信带到绅士读者中。唉，威尔，你想要回这本书就非得追上我不可。啊，快到桌子这里来，来来来，别让他走，伙计们，大家都来听听。呃，嗯，我可见过他的（叫什么来着）举止，不比这会儿表现得要差劲。唉，让我们瞧瞧，放桌上让我看看。

此外，各种崇拜之词都赞美

1　基特（Kit），克里斯托弗·马洛的昵称。

他为人正直，都说他

诚实，还说他诙谐雅致

他写的东西证明了他的——

嗯，这里有改进。威尔不是无神论者，他说过的，而且他担心自己让死去的罗宾在他临终的床边喊出这话。不，这里从没说过威尔是无神论者；基特才不信神，现在也是，老天呐。他们说他正在过无神论者的圣诞节，他的狗就在饲料槽那里。不，威尔才是那只有着虎狼之心的乌鸦，是夸夸其谈之徒。瞧他，严肃地坐在那里，安静地斟酌标点。吻他吧，琼，爬上去，骑在他身上，这样大家都能过上快乐圣诞了。

那年一月份天气寒冷，底楼的站着看戏的人嘴边哈着气。他们跺着脚，蹦跶着想让身子暖起来，抱着胳膊拍打着，一边朝手指呵暖气。但他们还是来到玫瑰剧场。阿莱恩在《巴黎大屠杀》里扮演盖斯，他得拼命提高声音才压得住观众的咳嗽声：

此刻盖斯开始认真思考问题

要迸发出永不熄灭的思想火花，

只有杀戮才能扼制思考。

不过观众都很喜欢这戏，这种对宗教的凌驾，这地狱里的呢喃，这煎熬、背叛、毒药，充满牛血的囊袋。不过到了一月底，人们不是冲着这部戏来的，他们是来看《哈里六世》的，贵宾包厢里满座，大家都戴着面具，把香盒放在鼻孔下（尽管天冷，瘟疫又来了），还要求生火，要喝酒。亨斯洛被烫着似的四处乱窜。可那又是谁？那里有两位贵族，他们陪着一个黑衣男子，还有一对侍从。我没见他们穿制服。他们的船呢？他们是由普通船工划船过来的。

戏上演得并不太顺利。演员们很紧张，四下看戏的人发出咳嗽和笑声，还有紧闭的幕布后面包厢里的交谈，这些都让他们分神。肯普在最后的小丑戏中绊倒了。观众们大声喊着喝彩，他决定以后都这么绊倒，很多小丑的绝活就是偶尔撞到的。接着，在为女王祷告后，亨斯洛走到正在化妆间的威莎那里，肃然起敬的样子，他说：

"有人请你过去。他们想见见那位震撼舞台的大师。"

"谁想见？如果只是为了寻开心……"

"别管寻不寻开心，反正他们要你去。"威莎耸耸肩，放下一直在咀嚼的馅饼（后排牙齿不太行），拍了拍身上的面粉屑，就过去了。底楼站着看戏的人很快就离开了，这天气可不宜久留。可是，贵宾包厢里传出了叮当声和笑声。有火和美酒他们愿意继续坐着。他敲敲门，里面的人兴致颇高地喊他进去。是两位年轻人，穿着暖和的紧身上衣，上好的领子毛皮，身上装饰着银质和亮闪闪的珠宝，他们正悠闲地坐在小房间里，额头被火光照亮。此时他们没有戴面具；威莎立刻认出了年纪稍长的那位。

"大人……"

"不必多礼，今天就算了。我是罗德[1]大人，这位是亨赖[2]大人，照理要把他家姓放在前头，就该称他赖亨大人。"罗伯特·德弗罗的微笑中带着点散漫的醉意。"给舞台大师来杯酒。"这时亨赖大人（或者该叫赖亨大人）说话了：

"幸会。"此人很年轻，几乎不比两个短发的侍从大，那两人正在玩着踩对方脚趾的游戏，咯咯笑着。他有十八了？十九岁？他噘起红润的嘴唇，肤色白皙，金色的胡须很稀疏。他的眼神里有一种威莎不太喜欢的东西，是诡秘，是一种不愿意直视人的狡猾。可是他非常俊秀，这是毋庸置疑的。

"恕我直言，大人，"威莎说，"我现在不能喝酒，我的肠胃不胜酒力。"

"不过你倒有嗜血爱恐怖的好胃口。"埃塞克斯说。

"我指的不是今天这部戏，是另一部戏，吊足了人的好奇心，就想看看这舞台高手到底是何许人也。"南安普顿大人的目光依然没有正视威莎，它左右闪动好像在盯着飞舞的苍蝇。

1　原文 RD，罗伯特·德弗罗（Robert Devereux，1565—1601）的名字缩写。德弗罗为第二代埃塞克斯伯爵（Earl of Essex），伊丽莎白一世的宠臣。政治上野心勃勃，1599 年远征爱尔兰后被软禁，1601 年发动兵变未遂，被以叛国罪处死。

2　原文 HW，亨利·赖奥思利（Henry Wriothesley，1573—1624）的名字缩写。赖奥思利为第三代南安普顿伯爵（Earl of Southampton），伊丽莎白一世的宠臣，后因埃塞克斯伯爵谋反而被殃及，被判终身监禁，詹姆斯一世继位后获释。他是很多诗人、剧作家的赞助人。

“那部戏可把人们想象不到的惊恐狂热都展现了，就是那部关于邪恶阴谋家的，男孩子的肉做成了烤饼。”

“是《泰特斯 · 安特洛尼克斯》，”威莎说，“大人能说出名字就好，不管是戏还是人物。我可以把场景震撼晃动起来，不过我的先祖们喜欢晃动长矛。”[1]

“哦，”埃塞克斯说道，“所以你的血统里就好战，不过你看上去很温柔，像读书人。”

“我说的只是自己的名字，大人。”

这时一位黝黑的穿黑衣的人站到了南安普顿身后，一副意大利人的样子，他一直冷冷地盯着威莎，眼神丝毫不飘忽，目光像是刽子手。“做人就应该人如其名。”他说道，话语里微微带点异域口音。

“无论是震撼舞台，还是晃动袋子，或是晃动箭杆，反正现在就是同一个人，”南汉普顿说，“也别管名字了，这会儿又冷又无聊，不谈名字。”说着他噘嘴对着那堆熄灭的火。那个黝黑的意大利人开口道：

“不过也许它来自雅克斯皮尔，那是个法国名字，也许他有法国血统，他长得也像法国人。”他冷冷地看着威莎，好像对方是只蝴蝶，是他形容和猜测的对象，没准他还要逮住他，把他钉到纸上，反正他就是不愿意直接与他对话。

1　莎士比亚的名字为 Shakespeare，拆分后就是 shake spear（晃动剑矛），这里是在玩文字游戏。Shake 意为晃动、震撼，故之前有人称其为 shake-scene，即震撼舞台之意。

"哦，弗洛里奥[1]一说起法国来就滔滔不绝，"南安普顿笑容可掬道，"他把那个叫蒙田的说的话都用英文说了个遍。给他一便士，他随时会把阴郁的法国智慧当美食一点点喂给你的。难道不是这样？现在就开讲吧，等我母亲乐意从财库里掏点花销给我，我就赏你一便士。"

"人生如梦，"弗洛里奥立即回答，"我们于睡时梦，于梦中睡。[2]"说这话时他直直地盯着威莎，不过目光呆滞。

"好吧，雅克斯比尔，"埃塞克斯说，"能给我们翻译一下吗？"他揶揄着，目光醉醺醺的。

"呃，大人，德弗罗这个法国名字比我的更古老，我想大人刚从法国过来吧。大人一定对一便士价值的法国话题无所不知。"南安普顿笑了起来，笑声像女人。

"人生如梦，"弗洛里奥面无表情地说，"醒即是睡……"

"好了，好了，这些我们都懂，"南安普顿粗鲁地打断他，"我们都讨厌蒙田了。"

"好像他还在世似的，唉，他已经走了。"

"他回到了你的泰特斯剧中，"埃塞克斯说着，没有理会弗洛里奥的感叹，"我觉得，你并没有在其中表达出一切来，没有，例如，没有娈童，也没有奸尸，不过其他的都有了。

---

1 约翰·弗洛里奥（John Florio，1553—1625），语言学家、词典编纂家，他编纂的意英词典在 1598 年出版，对语言学作出了重要贡献。弗洛里奥当时是南安普顿的秘书，后担任过詹姆斯一世的宫廷语言教师，他也是第一个将蒙田译成英语的人。
2 原文为法文。

我见过意大利的塞内加派剧作家，不过你描写得更多。至于法国人、加尼叶和其他的，嗯，倒没关系。我们觉得你很真性情，掉光了头发还依然倔强无礼的家伙，不错。我愿意为你的法国掏出一便士。"他又笑着对朋友说："瞧，打赌是我赢了吧，现在我们该放他回去创作了。这些诗人演员可是独特的新新物种。"他接着对威莎说："大人认为你一定是个大喊大叫的恶棍，是像梅林或马林这样的无神论者，唉，他现在知道你不是了。"

威莎皱起眉头，"您是在哪里看的这部戏，大人？就我所知，它还没在宫廷表演过——"

"哦，"埃塞克斯说，"我们得小声点。人群中总藏着暗探的，乔装打扮后谁能看得出，就站在平民当中，而且，"他对南安普顿说，"还是里面最标致的普通主妇，是吧？"南安普顿脸红了。埃塞克斯温柔地笑着，这笑声让威莎不由地缩紧身子。南安普顿说道：

"我们该回霍尔伯恩了。"

埃塞克斯打着哈欠，伸伸懒腰。"我得先去撒尿。"他站起身，趔趄着，看来醉得不轻。"我要把火撒灭了，"他说，"别怪我声响大。"接着他就打着哈欠出去了。威莎猛吸着气，恍惚中突然有了个想法，他羞怯地低头看着这位年轻的贵族，对方正慵懒地躺卧着，一副无聊的样子，噘着嘴。他鼓起勇气说：

"大人，我有个不情之请。"

"哎，老天，谁都有不情之请，每个人都想利用我，连女人也一样。"

"这个请求不会给大人带来任何麻烦，甚至可能让大人脸上有光，我无非是请您答应我奉献您一首诗。"

"又是诗，总是诗，是好诗吗？"

"还没写完，但一定是好诗，是维纳斯和阿都尼的故事。"

"总是老一套，难道就没新的吗？好吧，弗洛里奥，"南安普顿说，"我们该答应呢，还是把他加入请愿者的长名单？"

"又没什么坏处，"弗洛里奥耸耸肩说道，"没准还是一首不错的诗歌，不是那种俗艳之作。"

"唉，我倒是不怕俗艳，就怕乏味。"威莎悻悻然地低头看着这位阿都尼，此人如此倦怠，对一切都感到腻味。他仿佛看到自己拉过对方，脱掉了那人的丝绸衣服和珠宝，一拳揍了过去，把他打得哇哇叫。我要在你细皮嫩肉上留下印痕，狗崽子。他突然高声说道：

"只有乏味的脑子才觉得一切都是乏味的。"南安普顿惊讶地抬头看他。接着，他用平静的声音说："恳请大人见谅。"

"啊，继续恳请，行啊，接着骂。"南安普顿移开了狡猾的目光。"看来虎皮底下有戏子之心，假如我没看错的话，那就务必给我们见识一下这首诗，震撼舞台的大师。"他朝着那两个咧嘴笑的侍从打了个响指。"在我们走之前你该[1]喝一杯。"

---

1 这里的"该"原文是 will，有双关之意，也指莎士比亚名字的昵称威尔（Will）。

二

"说你呢，威尔，喝一杯……还有你，能否……"

他恍恍惚惚地走着，二月的伦敦少有的干旱，他拼命想挣扎着从幻梦中出来，好构思出一段新的诗节。他明白，从那张高贵可爱的嘴里，自己名字有三个同音异义的叫法。那嘴唇噘着，那红润的舌头懒懒地抬起。至于诗歌，总有时间完成的，玫瑰剧场和其他所有泰晤士河以北的剧院，圣烛节都得关闭。那是哈姆奈特和珠迪丝的生日；他往斯特拉福寄了贺信和钱；他那只坚固的箱子里有足够的钱，几个月没活干都能凑合，所以他不必跟着大伙风尘仆仆、疲惫不堪地去乡下巡演（每晚睡在新鲜的稻草铺上，可还是有跳蚤；牛肉依旧煮过了头；房东，还有酸死人的麦芽酒，都令人不快）。这同时剧团的人还得等着，咬着指甲，打着哈欠，吵吵嘴，慵懒地排戏，一边盼着瘟疫消停下来，盼着议事会撤销苛刻却必要的规定。威尔·肯普愚人般地开着玩笑。

"呵，奈德，你胳肢窝下面是啥东西？我可倒霉了，戳

126

出来足有一胳臂长，哇，是一只巨大的恶魔鸟[1]。"于是他会跳起来愚蠢地唱着："恶魔鸟，恶魔鸟，恶魔喔喔鸟。"亨斯洛照常是满脸愠怒。妓院的一扇门紧闭着，门上还有十字架，这十字架记号是宗教改革前那些迷信的妓女带回来的：哦哦哦，我们倒霉啦，瞧，詹妮病倒了，被人抬到百叶窗旁呻吟着；哦哦，都是肉体的罪恶。亨斯洛说道：

"这会儿不是开玩笑说笑话的时候，每个礼拜有三十个人死在瘟疫上，你们最好都给我离开，让我一个人清静清静。"

"我们再等一阵子吧。"

"随你好了，可到时别来找我借钱。老天保佑，我可没钱借你。"

"啊，威尔，震撼舞台大师，手头也所剩无几了。我口干舌燥真想喝杯冷酒。我是尽力帮你的，这你该明白的。"

威莎面色凝重地摇摇头，笔头悬着，正琢磨着一个诗节，为此绞尽脑汁。"我自己从不向人借钱，所以也不借钱给人。除非，"他揶揄着，"除非有利息，比如说一镑要收一克朗，否则拿一磅肉来抵。"

"你简直就是个肮脏的犹太佬。"

"啊，我可是清白的犹太人，"威莎微笑着，"瞧，我刚洗得浑身干干净净的。"

"哈，那他要去造访哪张床？"

1　Bubo，也指"腹股沟淋巴结"（腺鼠疫的症状之一）。

他才不上别人的床呢，才不会。他和女人玩完了。女人误事，他可是有目标要奔的人。于是他赶紧继续写诗：

当你脚碰到愚钝的野兔，
留心这可怜东西，如何逃过麻烦，
跑得比风更快，瞬间倏忽
他曲线横冲过成千的转弯。
无数曾穿梭的路径
宛若迷宫惶惑着敌心。

这段话让他想起了早年的乡村生活。它可不光是一件玩物，不是古代神话项链上一颗漂亮光鲜、如洛奇《希拉变形记》中定制的那颗可爱却颇费工时的宝石，它也不是马洛未完之作《希罗与利安德》中的嬉戏歌词。它再现了一幅双身图像，既刻画了乡村诗人遭到一位因爱发狂的大龄女子的调戏，同时又描述了一位养尊处优的小地方英国伯爵不断被人劝阻早日收心娶亲（是娶亲；你有义务繁衍子嗣，有一位贤良淑女伊丽莎白对你爱慕不已）。在形象塑造中，两位男子撇开自己的外在和家世，合而为一。有那么片刻，他冷静地意识到如果其中有爱，那必然得占据优势。他以前可受够了苦。

四月初，他完成了最后几行，内心纠结着绝望、释然和担忧。他通读全诗，对自己的笨拙感到十分厌恶，差点要撕碎诗稿扔进河里（天鹅会以为那是食物而游聚过来）。接着他平静下来，心想：诗文不怎么样，但也不比很多人的差。我可不能在羡慕渴望别人的文采与境界中虚度终生。如果我不成器，那就不成器吧；大不了做回老本行，当一个卑微的手套工。于是他走在街头，思忖着如何写信给那位贵族公子，这可比写诗更难。

"我深知不该冒昧……"伦敦已然春日萌动，各家的门上还挂着粗糙的十字架，可是风儿拂动着青草的气息，铃声叮当。卖馅饼的和卖花的在叫卖着。"……向大人……献上我的诗作，不，我粗俗的诗行……"理发店里传来了鲁特琴的旋律，接着甜美动人的三重唱。"……不知人们是否会指责，不，责备我选择了如此强大的后盾……"泰晤士河上漂浮着铐着手铐脚镣的尸体，一阵阵浪头打上来。"……来支撑如此卑微的负荷……"头顶上一只鹞鹰嘴里掉下来一块人肉。"……除非，大人能心甘情愿，那将是我的无上荣誉……"一家冒烟的客栈里，污浊的空气中飘出一段淫秽小调。"……我发誓不虚度所有闲暇时光……"偷包贼正在蠢笨的乡下人当中溜达。"……以勤奋刻苦来为您增添荣誉……"一个长着猪脑袋的瘸腿小孩在巷口斜睨着。"……不过如果我的初次创作丑陋不堪……"有两个教会的人大摇大摆地走过来，一路嘀嘀地吆喝着。"……我会汗颜它竟是题献给如此高贵的恩主……"渔夫篮子里陈腐鲱鱼的气味飘散着。"……从此这贫瘠的土地再也不抽穗……"一辆马车蹒跚而来，拐过了街角，木头刮擦在石头上，发出碎裂的声音。"……唯恐我会依然收成不利……"太阳突然猛烈起来,照亮了白色的高塔。"……我任由您尊贵的审视……"一个衣衫褴褛的瘦姑娘在乞讨和呜咽。"……敬请大人直言不讳……"一位独眼老兵在幽暗的通道里大声咀嚼着面包。"……我始终盼着能遂您所愿……"圣殿关[1]上的头骨映入眼帘。"……不辜负世人的殷殷期待。"远处传来了铜管乐器的奏乐声,是短号和萨克布号。"尽心效忠大人的……"拉着大货车的马放了一声响屁。"……威廉·莎士比亚。"

"整本书是在斯特拉福印的。"迪克·菲尔德说道。他站在那里,话语中依然有沃里克郡人特有的喉音,围裙下的身躯显得庞大而庄严,肥胖的脸上还沾着墨迹。有人正在印刷机旁忙碌着,一边吹着口哨;角落的桌子旁有个小伙子正在学习如何装订。菲尔德干得很不错;他娶了老板的遗孀,把业务也接手过来,老板是个叫福特罗利耶的法国人。不过菲尔德的成功主要得益于他自己的手艺棒,那本《疯狂的罗兰》(应该是哈林顿翻译的,没错吧?)的翻译版印刷装帧漂亮。撇开地方主义的考虑,威莎把诗带到这里印刷的做法是不错的。他虔诚地从菲尔德那里拿过书,抚摸着,心怀一种混杂着自豪、谦卑、惊讶、担忧的复杂情绪,他闻着新鲜的油墨和纸张味道,感到微微的晕眩感。一本书,他的作品,这是确凿无疑的,印刷出来的诗作多少不同于手稿,后者的每一

1　圣殿关(Temple Bar),旧时伦敦城的入口之一。

页都凝结着温暖，被不断摩挲、划去、凝望、斟酌，爱恨交织，每一行诗句里都饱含着个人的真情（手迹正是如此真切的实在，是人自己的一部分）。印出来了，《维纳斯与阿都尼》，水纹底上印着："献给南安普顿伯爵与提克菲尔德男爵亨利·赖奥思利大人……"船已起锚，没有回头路了。这本书，这外在的东西，一定会在苍茫冷漠如海洋般的人世中备受打击，作者默默无闻，一文不名，没有人会对他宽厚仁慈；也没有演员会音韵流畅地诵读它或以坏记性和重口音来糟蹋它（为此饱受诟病）。这本书就是威莎赤裸裸地直面读者，尤其是一位特殊的读者。

"是的，"他回答，"斯特拉福人写的诗，斯特拉福人印的书。我们要让全伦敦人瞧瞧斯特拉福的能耐。"

菲尔德咳嗽了几声。"他们说你已经永远离开斯特拉福了。我是在家父的葬礼上听说的，我在盘点存货时遇到你父亲。他说你答应会一年回去两次。"

"男儿志在四方，我总不能一直度假吧，我给家里寄钱的。"

"嗯，他们也这么说，"他又咳嗽起来，"你有没有想过在伦敦安家？"

"等我买房子，"威莎说，"那也是买在斯特拉福。伦敦只是工作的地方。以后我有的是时间坐在火炉旁给孩子们讲故事。"说这话时他有些冲。

"对不起，"菲尔德说，"我多事了，好吧，祝你一切顺利，希望这本书畅销。"

"这也是你的书，"威莎微笑着，"即便里面都是胡说八道，至少书印得十分精美漂亮。"

船已启航，乘风破浪。它在情感细腻的年轻人中激起了痴狂。它成了时尚，肆意轻狂却又羞怯低调，语言甜美馥郁，回味悠长。威莎坐在旅店里，亨斯洛在一旁怨声载道；他听到人们交头接耳，说那人就是文采风流的莎士比亚先生。唉，这丰富的技巧，这轻巧、诙谐。此时他只盼着那个特殊读者的评价。书是 4 月 18 日问世的，都到五月了，他什么消息都没听到。阿莱恩说：

"再等下去也没什么用。"

"等？等什么？"

"别急，静下来。你已经没心思创作了，《理查》什么时候能写完？"

"理查？哦，《理查》，《理查》不急的。"

"可我们等不及了。玫瑰剧场今年不开张，我们从议事院得到的执照规定可以在离伦敦七英里外的任何地方演戏。这样我们能像样地撑到冬天，就可以为女王演出了。"他的话语里带着一种滑稽的乡巴佬强调："唉，霍奇，他们又不是下流淫荡的戏子，而是王室官员之类的。我们看戏得安分守己。"他又用平常的口吻说："不过是一个小剧团，威尔·肯普，乔治·布莱恩，还有那个神圣的小汤姆·波普，以及杰克·海明琪，行李也不多，你加入吗？"

"不，不了，我得待在这里。"

"好吧，那我们启程前那个晚上得痛快喝一场。"

接着有一天传来了坏消息，有人来拜访他。这坏消息在杂文作家和卑微的剧作家之间传得沸沸扬扬，说是议事会正在搜查异端邪教，被称为特派员的人在卑微的文人住所搜寻煽动性文章。在托马斯·基德（难道就是那位写了《西班牙悲剧》的神笔？）的住地，他们发现了关于耶稣基督并非圣贤的可怕文字，白纸黑字确凿无疑。基德吓得浑身冒汗，说这是马洛写的。最后定论确实是马洛所写，这下子文人们可就完了。我们得赶紧把所有文字，包括文稿、笔记、信件等都烧了。谁要是看你不顺眼，什么都会被扭曲成异端和叛国。基德早就进了拘留所，有人还说他受了刑，六根手指被折断，浑身淌汗，厉声惨叫。

威莎的住所来了个黑衣男子。威莎起初没认出他。他做好了被审问（例如《维纳斯与阿都尼》里面隐藏着什么异端邪说？）的准备。然后他想起一月里有一天在玫瑰剧场贵族包厢里的一幕。这个男人正严肃冷漠地看着威莎，他名叫弗洛里奥，有点意大利人的特征，是蒙田的译者。他说道：

"我能坐下吗？"

"我这儿有点酒，如果您不介意……"

弗洛里奥摆摆手拒绝了。"我比他更早读了你的作品，"他径直说起来，"我觉得过于甜腻了，像是一种口味太甜的酒。"他阴沉地瞅了一眼递过来的酒瓶，"我最初没建议他阅读，倒是埃塞克斯大人突然大清早地就叫嚷着说这书棒极了，还告诉他说书就是献给他的。埃塞克斯大人说什么他都信，所以他最终读了这书。"他停顿下来，神色阴郁地坐着。

"然后呢，"威莎大口喘气，"他怎么说？"

"唉，他激动万分，"弗洛里奥口气淡然地说，"他立即派我来叫你，也可以说是我要求来的；他欣然派了自己的马车，还让男仆带了封信来。我要求过来是因为希望能私下和你谈谈。"

威莎迷惑不解地皱着眉头。

"我看出你很惊讶，你一定在想，我不过是一个仆人，一个秘书，尽管与主人关系多少有点密切，可我无非是个拿薪水的人。从某种程度说这话没错，可换个角度又不对了。"他把那条穿着黑裤子的腿架到了另一条上面。"我出生在意大利，是个外乡人，外国人。也许正因为如此，我看英国人的眼光准极了。我走过很多地方，不过之前还没遇到过像你们英国贵族这样的人，上帝好像专门从这些人那里找乐子。"威莎坐定了，好像在听布道。"假如英国贵族喜欢骏马，没准上帝也会像爱马那样从我主人那里得到类似的享乐。财富、美貌、高贵的出生，还有那么点所需要的学问，加上敏锐，就像纯种马看到苍蝇或羽毛时浑身颤抖一样……"

"你一定已经读过我的诗了。"威莎微笑着说。

"我记得你关于马的诗，你自然明白我的比喻和用意，假如你懂马的话，你一定理解我说的关于主人的那番话。他是性情中人，常常激动万分，坐立不安，容易伤害别人，也容易受伤。如果你想要成为他的朋友……"

"我不敢奢望，"威莎结结巴巴地说，"我何德何能，竟敢要求……"

"你是诗人，"弗洛里奥平静地说，"也许你身上也有马的特性，尽管你只是个来自乡村的卑微小人。"

"斯特拉福是个城镇。"

"城镇？好吧，就算是城镇，这不是重点。重点是我不想让他受伤害。埃塞克斯大人是个战士，廷臣，有巨大野心的人，不可能对他造成太大伤害。但第一次见面时我就从你的眼神里看出你会伤害他。"

"简直是胡说，"威莎心虚地笑道，"难道不是我更容易受伤害吗？他有权有势，有美貌，又年轻，而我，正如你说的，不过是个乡巴佬。"

"也还算是城里人。"

"如果他叫我过去，我一定会兴冲冲心怀谦卑地去，不过我明白大人物都是反复无常的。"

"那就让我说说我这位主人，"弗洛里奥说，接着他似乎方才领会了威莎的话，"没错，没错，你肯定是在故事书中了解了这些反复无常，不过，他的父亲倒不反复无常，但他曾经因为信仰在伦敦塔里受苦，我在看蒙田的书并学会说'Que sais-je？'[1]之前也有这样的信仰。他很年轻就去世了，我的

---

1 法文，大意为"吾何知"？

主人八岁时就受法庭监护了，伯利大人[1]就是他的监护人，现在仍然是。主人就像马，不喜欢被管束，而伯利大人，还有主人的母亲和祖父都催促他成婚。如果他希望跟随埃塞克斯大人去打仗，有可能他会阵亡而来不及留下任何子嗣。这样整个大家族就后继无人了。新娘早有人选，就是伯利大人的孙女，姑娘很漂亮，是外冷内热型的英国美女。他不喜欢她，不想要任何女人。我想你的诗歌可能会害了他。"

"可是，那明明只是一则古老的希腊神话……"

"唉，他一直说自己就是阿都尼。我觉得诗人都低估了自己的影响力，"弗洛里奥慢慢地说道，"他应该结婚的，不仅仅是为了家族，也为个人的原因。宫廷里有各种让人堕落的影响，有人早渴望着要染指他的美貌了。我想你会比其他人更有说服力，劝他考虑结婚。"

"算了吧，"威莎微笑着，"连他自己的母亲都无法……"

"他母亲敦促他把握机会，履行义务，你也可以这么劝说，不过同样的话你来说效果不同。你懂得运用诗歌的魔力，虽然诗歌带着点邪恶，但这能吸引年轻男子。他视自己为阿都尼，这让他充满了自恋，你可以由此入手。"

"你的意思是，"威莎说，"我应该为他创作一些有关婚姻主题的诗歌？"

1　即威廉·塞西尔（William Cecil, 1520—1598），第一代伯利勋爵（Lord Burghley），著名政治家，先后担任英国国务大臣和财政大臣四十年，是伊丽莎白一世的主要顾问。

"你可以当这是交易，他母亲对此不惜重金的，"弗洛里奥站起身，"我得带你过去，他很想见你。我希望你明事理，别说出我们之间谈过的话。秘书的职责就是写信。"

"也就是说，"威莎有些激动，"他喜欢我的诗。"

"哦，是的，据说他完全被迷住了，而且对其中的丰富想象痴迷不已，这一切还都只是发生在某个五月的清晨。"

这个小男仆的迎接中不是已经有一种颓废的气息，带着点精美的腐朽感吗？威莎就像是穿透了奢华的外包装，发现了藏在那个豪宅中心的珠宝。他还真是个斯特拉福的乡巴佬，对其间的绫罗绸缎张口结舌，室内的帷幔就像整篇奥维德诗作，他踩着的地毯白雪般纯洁。弗洛里奥挖苦似的咧嘴笑着，不过他的眼神忧郁，他把这位新手诗人领到了等级划分森严的仆人们面前（金缎带、闪亮的制服，最后是黑衣仆人，佩丝绸流苏的），他们根据正规的仪式流程，将他最终领到了一间宽敞的卧室。威莎觉得那间卧室堂皇华丽却莫名的熟悉；他想起了自己少年时的幻想，那位金光闪闪的女神，那祈求的双臂。可是这里没有女神，之前的幻想征兆是错的。金质的床铺就像漂浮在地毯上的船只，地毯上画满了人鱼和海上仙女，赖亨少爷正倚在绸靠垫上休息，这几日他总觉得疲倦。他对威莎说：

"过来！到这边来！我已无话可说，你已经把我的话都拿走了。"（"你"，他说了"你"。）

"大人，我谦卑地……"

"别谦卑，千万别谦卑。过来，坐到我身边。骄傲点，不过别傲过我。我有了个诗人朋友。"

"亲爱的大人……"

三

"亲爱的大人——"

"叫我名字吧。"

"这恐怕不合适——"

"哎，合不合适该由我来说。再说这么个明媚的六月天里你闷闷不乐地拉长个脸才不合适呢。我要诗人是为了找乐子，可不是伤怀来的。"

威莎又恨又爱地看着他，诗人的生死对他而言什么都不是，他就像不在乎金钱一样也不在乎诗人（这笔钱给你，威尔；这是我手边所有的钱了……可是，大人，我想我囊中不缺钱……唉，我都忘了你不过是个可怜的、吃麸皮的十四行诗作者。）

"大人（我该称哈里[1]的），我听说我的朋友被自己的匕首捅死了，在痛苦中死去，我不可能无动于衷。他自己的匕首，

---

1 哈里，亨利的爱称。

直接戳穿了眼睛，不敢想象啊。据说他厉声惨叫，整个德普特福都能听到，绝不亚于耶稣遭受的痛苦。"威莎后来才得知这消息，当时他还在麦芽酒、戏剧、虱子围绕的现实世界里，在华丽的绸缎和令人晕眩的香水气味中，他先听到那些虔诚之人对反基督者的死亡表示出欣喜，接着听到验尸官在咕哝，说弗赖泽出于自卫，为了不被马洛杀才杀了马洛；最后他才把德普特福那惊悚的一幕与所有的一切联系起来：弗赖泽、斯凯尔斯、波利站在一边，躺在床上的诗人先突然爆发出笑声随即满腔愤怒，匕首闪出一道寒光，敌人的手迅速夺过匕首，然后……这句话萦绕在他的脑海，即被诅咒的浮士德的高喊："瞧啊，基督的鲜血在苍天横流。"

"你现在该高兴啊，管他朋友不朋友的，"赖亨大人即哈里说，"你已经没有对手了，现在我的诗人是绝无仅有的。"他在某些方面很精明，真是个俊俏任性的小伙子。"你明白这一点，失去一位朋友也无妨。"

"他只是一般朋友，不过写诗没人能比。"这是真话。在那些日子里，他每天要应召去议事会接受审讯，要他交代那些挂在杆子顶上的灵魂到底想了些什么，无论效忠的是上帝还是恶魔，愿谁谁的（你说过这话吗？）。而此时，他自己的杰作[1]尚未完成，可后继者却像新升的太阳一般闪耀登场。

"我也希望他只是一般朋友。唉，这也就是往他那位暴发

---

1 指马洛的《希萝和利安德》。后继者指的是莎士比亚自己。

户资助人烟草商的棺材上多钉一个钉子。就拿个沃尔特·斯汀克[1]爵士来说，我真受不了这个呆子，真不明白他在宫廷上要表现得像个布朗派、无神论者，还要与人乱搞是为了什么。你得写一出戏来嘲弄他，还有他那个邪恶的小圈子。"

他为何有如此的恨意？难道被埃塞克斯下了毒？唉，这些阴谋、诡计、迷宫般的陷阱。至于"黑夜学派"，威莎自有主意。这是一种新生活，属于后马洛时代（很妙的造词），专注于爱、完善和诗歌。威莎微笑道，"我这里有一首新的十四行诗。"他从胸口掏出了诗歌，那墨汁洋洋洒洒地几乎还没干透。（"……您对我的爱超越高贵门庭，比财富更珍稀，比服饰更华美，比苍鹰和马儿更欢欣……"也许这表达有点过火了，彼此的友谊不过几个星期，就喋喋不休地谈起爱来了？不过赖亨先生，哈里，先发话了。）

"哦，这会儿我没时间读诗，"哈里不耐烦地说，"我还在读你给我的第一首诗。先把它放在盒子里吧。"那是一只雕花樟木盒，气味清新，里面放着香料，他说是一位船长从西印度群岛买来的，那船长曾经很爱他，不过被他抛弃了。威莎心怀嫉妒地看到里面还有其他人的诗，不过，第一首十四行诗历历在目："自然之手绘就的女人脸庞……"没错，他确实有女性之美而没有女人的躯体，这竟给人陶醉般的愉悦。过火吗？没有永恒的时间，他会变老，他很快就三十岁了。

1　指沃尔特·罗利爵士，这里戏称他为"斯汀克"（意为恶臭），表达对他的厌恶。

这可爱的男孩说："今天，我们要去河的下游。"在明媚的阳光下，在河流中轻柔地划向格雷夫森德，不苟言笑的船工身穿制服，游船刷过新漆，金色织物的顶篷，这位朋友的英俊伙伴们笑声朗朗，他们对穿着庄重的诗人十分恭敬，后者则凭着自己富饶的想象力征服了四法学院和大学。葡萄酒和冷禽肉，还有各种精美菜肴，接着，阳光隐匿，一股潮湿的阴风吹入诗人心中，令他感到不舒服，又觉得自己简直像暴发户，出身贫寒，一文不名，手指上只有一枚光面戒指，只有衣着还算体面，他对眼前突然出现的这位开口大笑的贵族感到恶心，此人被大家称为杰克，齿间塞满了撒满粉的蜜饯。这些人无所事事，无聊得要死（无聊这个词很贴切，是从弗洛里奥那里学来的），绫罗绸缎遮蔽着他们病恹恹的身体。接着，太阳再次现身，他们化身为空气和火焰，这些英国男性之花。他们被称为天鹅，倒像是跟在游船尾巴后面的那些鹅，贪婪而冷漠。游船顶上的六月天空里鹞鹰在飞翔盘旋，这是全体人类的终极清洁者，它们见证着所有贵族的消亡。

"戏院什么时候重新开张？"

"啊，瘟疫的死亡率依然高于一周三十人。"

"我倒不关心戏。那都是俗艳淫秽的东西。"

"唉，总会有纯情李利[1]和他的男童戏子，"传来一个沙哑

---

[1] 伊丽莎白时代伦敦一位戏院经理，曾经开设"黑僧"戏院，主角均为男童，一度深受上流社会的喜爱。

的偷笑声，"洁白无瑕的男童们。"

"难道绅士就不能超越肉欲吗，诸如鲜血、喘息、马桶之类的东西？至于爱……"

他可以迎合大家，在艺术中施展技巧。他脑海里浮现了一个华美的舞台，不受阳光和大风的干扰，那些漂亮而慵懒的人们，就像他们一样在俏皮地谈论着，没有肯普的粗俗，也没有血腥画面或阿莱恩的咆哮。他要写这样的戏，要把台词给这些优雅的傀儡来讲。但是他叹了口气，明白自己永远会困在其中，挣扎在尘土与空气、理性与信仰，行动与沉思之间。在芸芸众生中孤独一人，心怀诗人的壮烈决绝。

"你的十四行诗越来越多地谈论婚姻。哎，我从母亲、祖父，还有贵族监护人那里整天就听到关于婚姻的唠叨，说是为我找好了一位新娘，现在你也和他们掺和到一起了。我的诗人好友也成了阴谋的一分子。"他有些愠怒地将诗稿扔到桌子上。纸页在清爽的秋风中颤动，风从窗户飘进来，轻柔地拂过地毯（上面手法颇为稚嫩地绣着树神和农牧神）。威莎微笑着，越发近视的眼睛凝视着颠倒的诗句：

对最美的生灵我们渴望它增长，
祈愿玫瑰之美永不凋零……

他心想：他终于微妙而谨慎地提到了这个责任。此外，自己是受了委托，是受了那精明的意大利人的指示。他不是拥有地产和侍从的贵族；他得赚钱。那位夫人，即清秀年长的伯爵夫人，年过四十的她用自己那坚硬的、戴满戒指的手用力握住他的手。十分感激，亲爱的朋友，我致以最诚挚的感谢。无非就是以阿波罗的歌声来唱出信使墨丘利的话。于是他小心翼翼地说：

"朋友就该说出心中的真话，诗人就更应如此。我担心的是蹉跎，假如我现在死了，我至少还有儿子，莎士比亚的名号不会消失。"他自信地说。可是余下的话让他觉得自己像是个演员，不禁自我嫌恶起来；他这是凭着动人的话语进行恳求，赚取金钱。他沮丧地发现这些话语是在撒谎。最初是话语，而话语中有撒谎的初衷。"可我无足轻重，"他摊开双手表明自己一无所有，"我对您心怀各种担忧，担心您战死沙场，暴毙街头，最近一周来，瘟疫就导致成千人丧生。您离去后还有什么呢？几幅可怜的肖像画，一两首十四行诗。我们祈求的是血肉的永恒。"

"确实，家族总是排在首位的，"他苦涩地说，"哈里总没有赖奥斯利重要。赖亨先生。"

"结婚并没有错，男人为了延续血统要尽的义务，他还是自由的。"

"你自由吗？假如男人要从妻子身边逃开，那我就不认为他依然是自由的。你是在剧本里梦想着驯服悍妇。"

没错，威莎心想，我总是低估他，十五岁就是荣誉硕士了，女王亲自授予他的学位，肯定他的才智和俊俏。是俊俏阻碍了他。他俩似乎都想到了女王，因为哈里说：

"要真争论起子嗣继承和大家族来，女王自己就是最好的例子。"

"女王是女人。"

"只是部分是女人，假如都铎王朝会消亡，那让赖奥斯利家族也一样。"听到这么沉重的话语竟然从姑娘般噘起的嘴里出来，威莎莞尔。他诙谐地说：

"好吧，他们说不必担心继承的事情，一切自有办法。"说着他走到窗边，像是漫不经心地朝外望，吹起了口哨，是一支流行民谣里的曲调。哈里知道这曲子："俊俏甜美的罗宾是我欢乐所在。"

"你太随便了。"

威莎转过身，很惊讶的样子。"吹口哨吗？难道我不可以吹？"

"不是吹口哨，你的举止太随便了。"

"我在此接受大人的训诫，请允许我恳请您的原谅，大人。"他装腔作势地说着，末了还滑稽地笑着鞠躬。哈里才可笑呢，他说起话来居然任性执拗得像个姑娘。"我尊敬的大人。"威莎补充道。

哈里咧嘴笑了。"好了好了，假如我是你尊敬的大人，那就让我们再瞧瞧卑微的屈尊和奉承吧。首先，你把掉下来的那首十四行诗捡起来。"他快绷不住了。

"是风吹落的，就让风拂起它吧。"

"哦，可是我无法对风下命令。"

"我也不行，大人。"

"啊，可是我能命令你。假如你不服从我，我就把你押送到地牢，让你与蟾蜍、蛇和蝎子共度一生。"

"我有过更糟糕的生活。"

"好，那么，你该受鞭笞。我要用鞭子打你衰老的双肩，我要打你个破衣烂衫、皮开肉绽、鲜血直流。让皮肉、衣服混在一起，难分彼此。"即便是演戏他也得有高傲的冷酷，要有权力去伤害他人，他要表现出来。

"啊，啊，别鞭打我。"他对自己都感到惊讶，衰老的威莎。一个朋友，一位爱人，他立刻觉得自己是一位父亲；他支撑着这对衰老的肩膀，这其中不仅有十年的差异。他也入戏了，跌倒在地毯上，发出嘎吱声，一边哦哦哦地喊着把关节弄得咔嗒作响，跪了下来。哈里立刻站到了他跟前，一只精巧的脚，皮肤如孩子般细嫩，踩到了十四行诗上。威莎看到上面的诗句："……世界应得的东西，别让你和坟墓吞吃到一无所遗。"他猛地伸出双臂紧紧地抱住年轻人那纤细的小腿。哈里站着尖声叫起来。接着威莎一把把他往下拉，力气用得并不猛，把他拉倒在这片织锦的绿色繁茂中，他的双臂来不及维持平衡，一边笑着，气都喘不过来。"好了，"威莎假装粗鲁地说道，"我赢了你。"他们打斗起来，手艺人的胳膊显然更粗壮。

"别再写劝婚的十四行诗了。"哈里气喘吁吁地说。

"哦，好，不写了。"这个谎话连篇的家伙发誓道。

他没法在这新生活面前维持自己旧有的生活。

当烤热的螃蟹在碗里嘶嘶响，

那凝望的猫头鹰唱起夜之乐章：

"咕咕；

咕咕，咕咕"那欢乐的音符，

油腻腻的琼翻倒了瓦壶。

他能清晰地看见她，仿佛看到她圣诞晚宴后在冰冷的水里洗餐具的样子。今年会好些，他给家里寄了足够多的钱，都是写十四行诗赚的。然而他没有按照承诺亲自回家。他要干活，身为寄居在贵族家中的剧作者，他要写一部戏，关于贵族们承诺三年内不近女色，最终却食言的喜剧。"写多长？"哈里问他。他回答："三厄尔[1]。"当时整个伦敦没有一个剧团（尽管瘟疫情况缓解了不少，剧院依然关闭），看来只能由贵族来饰演贵族了。圣诞节第一天，萨塞克斯勋爵剧团来到玫瑰剧场（亨斯洛在账本里将其记录为**感谢上帝**），可是为时已晚，男性贵族甚至得扮演女角，这都是为了演给女性观众看，

1　厄尔（ell），旧时布料长度单位，约四十五英寸。

而弗洛里奥大人得演阿玛多的堂阿德里亚诺，因为他有外国口音，而校长霍罗福尼斯只能是……

（圣烛节那对双胞胎就九岁了，真是时光荏苒。）

"……我奇怪你家主人没有把你当作一个字吞了下去，因为你连头到脚，还没有 hon-hon-honorif 这一个词那么长。"

"Honorificabilitudinitatibus." [1]

"唉，我可说不出来。"这是约翰·杰拉德爵士的台词，他那张滑稽的脸很适合饰演考斯塔德。这些台词充满机智和学识，甚至有些掉书袋，不过这些文绉绉的话倒不招人嘲笑。他就希望这样，让那些贵族演员们穿上华丽厚重的服装，那可是他的主人，也是他的友人赠送的。（"在那个时代，先生，也许牛津学士们不太爱开玩笑？"对方微微一笑，耸耸肩。）可是，他被迫参加了一个盛大的晚宴，他不能推脱说自己虚弱的胃口承受不了大餐，也不能推辞说自己正在苦思冥想或有东西要写，他难受极了，自己从亚登变成了莎士比亚，在某种意义上他很嫉妒自己笔下的劳伦斯修士，那是一部感情戏中的人物，该形象来自他脑海深处。此人与世隔绝，深居简出，是个隐士。他就渴望能这样生活。但是他又想起自己的使命，恢复那个已经失落的声名，还有家族财富。这种该死的爱，感官的沉迷，当他身处自己安静的房间时，内心爆

1　这是莎士比亚《爱的徒劳》（第五幕第一场）中创造的一个拉丁文单词，共二十七个字母，意思为"不胜光荣，可敬可佩"。

发出一种嫉妒，他得把这种情绪化成诗歌，等着被人撕毁（哈里会和某位大人或某位爵士一同哈哈笑着，摸摸手，拉拉手的）或被人同情，好像它承载着全世界的痛苦，他会看到泪水流淌在那柔软、光洁的脸颊上，周围仿佛有六弦提琴或竖笛在合奏。眼泪啊，眼泪。

你是音乐，为什么悲哀地听音乐？
甜蜜不忌甜蜜，欢笑爱欢笑。

"又来了，"哈里埋怨道，"总是找由头为婚姻说道。"

听一根弦儿，另一根的好丈夫，听，
一根拨响了一根，琴音谐和……

"你们这些人，又在给我下命令，可是，"这个精明的年轻人说道，"假如我现在就去求婚，与莉莎小姐共度一生，怎么样？我敢保证你一定会妒忌坏的。"威莎犹豫地笑了笑。"承认了吧，"哈里说着，从方才倚靠的长椅上猛一用力跳了起来，"你得承认你这么做只是为了讨好别人，根本不是你的本意。我母亲是不是去过你房间，监督你写作，吩咐你写这写那，可这并不符合你诗人的初衷，而是要你去利用诗人那些精美崇高的词汇，假如你不答应，你就得卷铺盖走人，再也别想见我儿子了，因为，你算老几，你不过是一个卖欢的戏子。"

"卖欢并没什么不好。"威莎说道，脸都红了。

"哦，真的吗？难道我说过不好了？"

威莎叹了口气。"我竭力讨好所有人，除了你。我为这个主题写了很多十四行诗，我能一口气写好多首，可是我一次只给你一首。好吧，我不再写了。"

"干吗干吗，何苦呢？你干吗要附和他们的调子呢？不，为何要为他们创作调子呢？"

威莎摊开空空如也的双手，觉得自己这样做就像放高利贷的犹太人。"我就是为了钱，我得糊口。"

"为了钱？哦天呐，为了钱？你不是什么都有了吗？我难道不都给你了吗？"哈里站着，双手撑在腰间，眯着眼睛，"要多少？为了三十块银币？"

"哎，这都是废话，我得寄钱养家。我有妻子，你又没有，而且也不想有。我不能不管妻子和三个孩子。"

哈里咧着嘴充满恶意地笑着。"可怜的威尔，已婚的威尔。"

"我有个儿子，我儿子长大了一定要成为绅士。"

"可怜的威尔，我可怜的、亲爱的威尔。我常常觉得自己已经很老了，对你说话的口吻就像是你的父亲。你儿子会像你一样的，尽管不能成为勋爵，但有可能成为爵士，哈姆奈特·莎士比亚爵士。我能从你身上看到他长大的样子。我也常觉得自己在现实中也许活不到目睹这一幕的年纪了。我常常觉得很累。"

哈里走到他椅子背后，抱住了他，那双带着宝石戒指的手横亘在友人的胸口，在冬日阳光下闪烁着。威莎拉住他的右手，紧紧捏着。"我不再写十四行诗了，"他说，"你已经看穿了这糟糕的把戏。"

哈里轻轻吻着他的脸颊。"再为我多写点十四行诗，"他说，"不过别再围绕那个陈腐无聊的主题，春天到来前让我们一起骑马回——回你妻子和孩子那里。"

"斯特拉福。"

"没错，回那地方。到时候我们得为哈姆奈特勋爵准备一样精美的礼物。"

"你真好，你总是这么仁慈。"

"但是，"哈里说道，他突然走开去，迈向窗口那里，"你得为我做点事，另写一首诗，要对女人们进行报复，对所有女人。"开始下起雨来，天灰蒙蒙的。雨落在光秃秃的树杈上，沉郁地落在窗户上。"尤其是那些一心指望婚姻，觉得婚姻就是神圣一切的女人。我希望读到另一部作品，上面有我的名字，我盼着能听到朋友们向我祝贺。"

"我所有的作品都是你的，"威莎说，"我必须要写的也是你的。不过我不能对女人如此残酷。"

他们并没有回斯特拉福。威莎一直在写关于鲁克丽丝和塔钦的诗歌，哈里和他那帮卑贱的朋友们混在一起，他投身其中，反讽的是，他和另一位诗人打得火热。那人是乔治·查普曼[1]，比威莎大概年长四岁，在罕见的玫瑰剧场开张的日子里（两年里屈指可数），此人冒险推出了自己最初创作的几部戏。他让萨塞克斯剧团演了一出咆哮式的悲剧《亚达薛西[2]》，剧中的波斯王子即大流士的次子咆哮着说了好几段话，有些像威莎笔下的霍罗福尼斯，尽管模仿得并不拙劣。哈里被那黑胡子的咆哮捕获，便将他召到自己房间里，就像威莎之前一样，也是在寒冷的一月份，那人把哈里逗得忘乎所以。弗洛里奥不太喜欢他，至于英俊甜美的埃塞克斯伯爵，即罗宾·德弗罗，他正好忙着其他事情，还顾不到诗人和演员们的无礼表现。

"威尔，"哈里说，"我恋爱了。"

威莎小心翼翼地放下笔，凝视了他足足五秒钟时间。

"恋爱？恋爱？"

哈里咯咯笑起来。"哦，不是谈婚论嫁的那种爱，不是什么大家闺秀。是伊斯灵顿的乡下鲁克丽丝，她是'三大桶'旅店老板的老婆。"

"你恋爱了，恋爱了，哦，老天呐。"

"她不知道我是谁，我一直和查普曼在一起。她以为我也是个诗人，她拒绝了我。"他又咯咯地笑了起来。

"因此就心生情愫了，好吧，他恋爱了，"威莎笑了起来，

1　乔治·查普曼（George Chapman，约 1559—1634），英国剧作家、诗人、翻译家、古典文学学者，深受斯多葛学派影响，被认为是十七世纪玄学派诗歌的先驱。
2　亚达薛西为圣经人物，波斯王。

"那她丈夫会怎么想？"

"哦，他不在，他父亲在诺福克快死了，不过目前还死不了，弥留之际很长。我必须在他回来之前得到她，威尔，我怎么才能得手呢？"

"我得想想，"威莎慢吞吞地说，"你在那里新结交的朋友会帮你的，萨塞克斯剧团的人，据说都会勾搭女人。"

"不是的，他们都喜欢男孩，伊斯灵顿还有个宅子。"

"唉，好吧，好吧，恋爱了，"他拿起钢笔，叹着气，"我得写诗了，这也是大人派的任务。我满脑子都是高贵女人贞洁被强行玷污的伤痛，我觉得那些写文章的卑微作者也有类似的伤痛。"

"你别嘲弄人了，给我写一首诗，我好送给她。你已经写了不少劝我与女人相爱的十四行诗，现在该写一首劝女人来爱我的诗了。"

"你的朋友查普曼大爷也许比我悠闲，他都能带你去伊斯灵顿喝酒，让他来写吧，尊贵的大人。"

"威尔，我可没兴致听你嘲讽人，乔治写不了这样的诗，她可没法理解他的诗。"

"她识字吗？"

"识的，也能写。她算账很在行。至于乔治，他也在忙着写诗，人住在伊斯灵顿的'三大桶'，正写着呢。他说得远离那些崇拜者，否则会分心。"

威莎忍俊不禁，心里有点乱，也有些嫉妒，不过还是觉得好笑。

"应该说，是怕被人讨债吧。我倒想去伊斯灵顿看看这位旅店老板的妻子，看看她怎么捕获了大人的心。"他也想去看看这个查普曼。

"啊，她的皮肤可白了，一对脚很娇小，纤腰盈盈一握，乌黑的头发，黑亮的眼睛。"

"那看来她不算时髦。"

"那些大家闺秀们主动追男人，她没有，她把我推开，把所有男人都推开。"

"也包括查普曼大爷？"

"乔治只爱他自己，这也是他让我开心的原因。我说过他也写诗，不过不是我给的任务。他说会把作品献给我。"

好吧，他还真很想见识一下这位查普曼。"好的，那我们什么时候去那里？"

"今晚，就今天晚上，你马上就能见到她了。"

骑行前往伊斯灵顿的旅程令人愉悦，市长大人刚新建了卡农布里塔。那天晚上很寒冷，一路铃铛声不断。到了旅店，火炉的温暖让两人觉得愉悦。

"她不美吗？"

"嗯。"她的眼神飘了过来，满是嬉戏嘲弄，一边把玩笑话甩回给三位正在狂饮的市民（他们已经吞下了两只鸡，正在撕着奶酪和黑面包）；她是个健美的乡下女人，他朋友对此很觉新鲜。唉，他得明白不是自己想要什么就都能得到的。

"我得说，"他开口了，"她合所有男人的胃口，也许你有点太年轻俊秀了。也许她更中意年长些、丑一点的男人。"一位有些年长丑陋的男人正迈着重重的步子走下楼来，一边打着哈欠，露出了满是污垢的牙齿，黑头发乱蓬蓬的。脸上满是赘肉，目光猥琐。此人就是查普曼大爷，他和威莎像斗鸡一般对视着彼此。

"啊，哈里。"查普曼高声说着，在火炉旁一张擦干净的粗糙桌子旁坐下，打着哈欠，"写诗可是个累人的活，"他说，"我方才打了个盹。"

"荷马睡了，"哈里咯咯笑着，"有时候你的诗句读起来就累人。"

查普曼不理会这话，他对威莎说："阿莱恩什么时候带着斯特兰奇手下的那帮家伙们回来啊？"

"我也不知道，我这一年都没听到任何剧院的消息了，"威莎咧嘴笑着，"断了消息，可以这么说。"

她拿来甜酒，容光焕发的模样确实挺俊俏的。哈里深深叹了一口气。呃，这可是头一回，大人确实爱上了酒馆老板娘。他得治好心病，找些速效药物，比如洛斯托夫特鲱鱼[1]。"这家店，"威莎说，"倒是很干净，骑马回去会很冷，我们今晚就留宿于此吧。"他眯起一只眼睛看着哈里。查普曼说：

"你那首维纳斯诗的题词很棒。"他大声读起了拉丁文，

---

1 "药物"与"腌制"在英语里都是 cure，这里可能为一语双关。

把沉闷的元音念得字正腔圆：

> 鄙夫俗士，望敝屣而下拜；我则求：
> 阿波罗饮我以缪斯泉水流溢之玉杯。

接着他轻声打了个嗝，把第一口酒气慢悠悠地吐了出来。
"我不知道一个人能否有两种写作风格，不过其中一种肯定会对另一种起到破坏作用。"

"也许好的一方会消除差的一方。"威莎说道。哈里一直凝望着她。"好吧，"威莎对查普曼说，"很高兴你至少对题词还是满意的。"

"哦，其他部分也不错，有不少关于丰富的乡村生活的表述。我们都有风格，各不相同，我们必须尽力而为，得记住关于按才能受责任的寓言[1]。"他接着猛喝一口，嘴角还淌着酒，一边直盯着哈里一边大声道：

> 别擅自定论，汝等肉身之灵魂，
> 无法承受斟满诗意灵感的杯盆，
> 它将升华的精神与感官阻隔，
> 假装注视这深沉的墨水盒。

1　《马太福音》25:14—30 和《路加福音》19:11—27 都提到的一个寓言。一个主人离开时依据三个仆人的才能高低留给他们一些金子，两个为他赚了钱，另一个只是把金子埋藏起来。主人褒奖了两个赚钱的仆人，惩罚了埋金子的仆人。

"谢谢你，"威莎说，"光临我这斟满诗意灵感的杯盆。"

"为夜晚干杯，"查普曼说着，一边举起了他几乎满杯的酒盏，"夜晚是我的情人和缪斯女神，我为她干杯。"

"为她干杯。"哈里说道，一副肉身已经在荒唐的肉欲下倍感煎熬。

"我们赶紧上床歇息吧。"威莎微笑道。

次日上午，他们在烈日下骑马返回霍尔伯恩，光秃秃的枝桠上挂着晶莹的蜘蛛网，像是镶满了宝石，他们开口说话，呼出的气息升腾着，就像语言的精灵。"哎，"威莎说，"我知道成熟些的男人对此事轻而易举，这就是经验，女人总是倾心于经验丰富的男人，她们常常能从男人的眼神里看出他是否老道。"

哈里一副怀疑的样子，接着露出吃惊的表情。"可是你怎么会看见。你看不到的。她卧室的门锁上了。"他脸色苍白。"不，不，不对，你是在开玩笑。"

"唉，是对你锁上了。虽然我一直打鼾，可是我并没睡着，我是在假寐，毕竟我会演戏。"

"但你看不到的，她不会对任何男人开门的。"

"你一睡着我就走出去了。"

"我没有睡着，我几乎没睡，我以为你上厕所。"

他没上厕所，压根没上。他是在楼下火炉的余烬旁静静地待了半小时。"唉，一点都不费事，我敲了门，她问是谁，我说我是南安普顿伯爵，是年长些秃顶的那个。她立即就开门了。啊，真幸运。那么温暖，那么白皙。"

"不，不，你在撒谎！"

"随大人怎么想，反正我已经告诉你门道了，你只需跟着做就行。"

这毛头小伙可算上了一课。

四

"'……拜大人雅量之恩准，吾之粗糙文字幸获接纳。吾之心血责任皆归大人所有；此乃吾之部分作品，特奉献予您……'"

哈里停止了高声朗读。

"那么，"威莎问，"您觉得查普曼如何？"

"查普曼可以将他文雅的诗句塞进茅厕了。这比《维纳斯》更好，我以为这是不可能的，但我想错了。"

没错，是更好。威莎明白，他也明白自己在英雄主义风格上已经走到了尽头。他焦躁不安地咬起指甲来。好长一段时间演员们都在外游荡，此时都要回伦敦了。阿莱恩离开了斯特兰奇剧团，至今仍然在一个差不多全新的剧团里象征性地挥动着老海军大臣[1]的旗帜；没曾想到斯特兰奇勋爵变成了德比伯爵后居然死于巫术（很多人这么说），肯普和海明琪离

---

1 指旧时的海军大臣剧团。

开巡演队伍，去找亨斯顿勋爵求他资助。亨斯顿勋爵剧团。可亨斯顿勋爵就是宫务大臣。威莎渴望的是辛辣口味，而不是这种永远甜腻腻的褒奖。哈里的那些朋友们，他们读了《鲁克丽丝受辱记》的手稿，对作者倾心着迷，好一通香喷喷、混沌沌的奉承赞美——噢，这丰富的技巧，悦耳的戏谑。现在手稿变成了清样稿，要不了一周清样稿就成了书；四法学院和大学的人又要开始鼓噪了。一时间威莎仿佛看到自己正写下截然不同的论调：没错，没错，这里还行，但是得删掉，它阻碍了所有动作；我不能这么说，这不是我的个性，这里又是怎么回事？——哎呀，听着，别人会不知所云的。他掌握了一种形式，也证明自己在行，可是现在他似乎得安于金丝笼的生活，终日饱食杏仁糖（他都觉得白齿疼起来了），写点珠光宝气的诗讨贵族们开心，做一个高高在上的手套工。春日里人总是会感到坐立不安。他想到了斯特拉福，即便在创作《鲁克丽丝受辱记》时他脑海里也浮现过斯特拉福。"哪儿来的就回哪儿去吧。"克洛普顿桥下那怪异的船尾旋涡浮动着。他要再去看看，要展现自己，身为伯爵的朋友，他要披着红斗篷，戴上法式帽，骑在阿拉伯大马上。

　　春光明媚，经过了漫长的旅程，路过了斯洛、梅登海德、亨利、沃灵福德、牛津、齐平诺顿、斯图尔河畔什普斯顿，那么多天，一路享受着自在轻松的绅士旅行，钱袋又满满的。接着，他猛地吸了口气，亨利街还是老样子，父母更苍老了，安妮已经三十八岁，宽厚的肩膀更显出庄重成熟的样子。吉尔伯特快三十了，依然很虔诚，说起话来容易癫痫病发作而口吐白沫，还没结婚；理查德已是二十岁的小伙子。家中已经没有了小孩，只有少男少女：哈姆奈特和珠迪丝九岁了，苏珊娜十一岁，他们的叔叔埃德蒙现在是十四岁变声期的小伙子。时光荏苒，走得悄无声息，总是背着人流逝。家里来了这么一位伦敦客，大家都很羞涩，只见他眼神疲惫，头发往后梳着，还称自己是这家的儿子、兄长、丈夫和父亲。他的孩子们都往理查德身边跑去，理查德叔叔。

"这么说你赚大钱了。"

"还没。这点钱算不了什么，会有大钱来的。"

"那你什么时候彻底回来？"

"快了，就快了。然后我就再也不走了。"

安妮和他互相觉得难为情，这种尴尬当年两人在卧室时就有了，那时他望着窗外人们殴打和驱赶女巫，没有回应她的亲昵。他们一同躺在从肖特利运来的床上，不过两人没有像夫妻那样拥抱。那个干燥夏夜，塔尔顿剧团的演员在酒馆里唱歌，可怜的玛姬挨了鞭打，哭得几乎要断气，自那晚之后，似乎有什么东西永远熄灭了。唉，妻子强迫丈夫尽了人道。到了早晨，他坐在床上，给儿子讲故事，一边搂着孩子瘦小的身体，内心满是绝望。

"伦敦都有些什么？"

"哦，那里有女王，还有伦敦塔，有大河。那里有很多街道，到处是商店，你可以在那里买到世上的一切，那里还有很多船，都是从美国、中国、日本、俄国开来的，俄国就是俄国人住的地方。"

"我能去伦敦吗？"

"将来就能去的，可同时你在这里也有任务的，你必须照顾好妈妈。"

"给我讲个故事，让我成为故事里的人吧。"

威莎笑了。"好啊，曾经有一个国王，他有一个儿子名叫哈姆奈特。"他想到了基德那部粗糙的戏[1]；名字这东西挺奇怪，他又想到了死去的斯特兰奇勋爵，想到他北部的乡音："看俺跟你演阿姆洛特，伙计！"意思就是他要发火了（这话是冲着他仆人的，可不是对演员说的），他就像人们还依稀记得的那位约克郡的英雄，此人是往昔丹麦人统治时期的人物，他发起火来就假装疯癫，目的就是为了找到凶手，而"这位国王的父亲去世了，可是他的鬼魂又回来告诉王子，说他是被人谋杀的，而谋杀他的人就是他的弟弟，即哈姆奈特的叔叔"。

"哪个叔叔，是迪肯还是吉尔伯特，还是埃德蒙？"

"这只是个故事，他叔叔想要娶王后，自己成为一国之主。"

"哦，那他就是迪肯叔叔。"

"为什么是迪肯叔叔？"

"哦，他说既然征服者威廉人在伦敦，那他就是理查

---

1 据说托马斯·基德先于莎士比亚写了一部关于哈姆莱特的剧本，后被莎士比亚借鉴。

王。吉尔伯特叔叔说他才是国王，因为他最年长，可是迪肯叔叔说从来没有国王叫吉尔伯特的，不过吉尔伯特可以当，当……"

"当坎特伯雷大主教？"

"好吧，就这样。这都是开玩笑。迪肯叔叔笑起来，因为都是玩笑话。"

骑行回乡，送了礼物给了钱，又尽了义务，威莎显然在春天里明白了，当父亲是件令人难以捉摸的苦差，不仅如此，他还惧怕其中的责任。身为一个演员，一个剧作家，他立即变身为自己的儿子，睡梦突然在黑暗中被打断，备受折磨，也许是受了诅咒，因为他是肉欲来袭后的产物。急迫的交配，夏日清晨的和弦韵律，寒冬之火融化了黑夜之岛，在这样的时刻，他出生了，荣耀超乎所求。只有在他们身上，在他的创造者身上，才隐藏着巨大的冲动，盛放的玫瑰、苹果，或是镜子里藏匿着的古怪咒语就能启动引擎开关。人只需一根蜡烛，那注定熄灭的摇曳火苗就足以让他心怀感恩，可另一件礼物却让人窘迫，就是那难以压制的欲火，它不会驯服于人的卑微需求。由无法遏制的热进入水中，让人不由想起汪洋涌入沟渠，灌进玉米地，压迫着果皮，而死亡就是淤塞河流最渴望抵达的终点。然而讽刺的是，得到的却是火，等待着，酝酿着，压抑着笑声，潜伏在火光的抚慰中。水流迟早会引发惊人可怕的爆破，被炸裂的并非是脆弱的肉体。当警铃向蜷缩的倾听者鸣响，四周弥漫着火，已经无路可逃，重负也无法被清除，这一切讯息（诗人死去，窃贼被绞死，叛徒被撕裂）都无法惊扰黎明的沉睡。人自身就是风暴的中心，是硕大的花卉核心。他能租下的最小房间，虽然只有一扇友好的大门通向车流或狂欢之光和音乐，当图画被焚烧，梦境的镜面破碎，它最终化为尘埃，依然通向沙漠，冲着时间风暴的怒号。

他静静地思考着，在牛津的旅店里未曾入睡，他想到了在全欧洲、大洋洲，中国、日本，还有传说中的美洲，诸神正在爆炸。可源头竟然只是个人背负的压力，那是阴影向实体投射的中心，比现实更加庞大永恒，却依然随着个人移动而移动，就在这无垠而贫瘠的疆域[1]中劳作耕种着，仿佛身处模拟宫庭。

醒来时已是春日清晨，他想抓住逝去的梦：在树林里有一片叶子或是一颗橡树果，若是被他触碰或捡起，春天就会得到解放，周围会长出大树，而那火焰则会聚集在他体内，压倒一切，将一切都分解成光与热，除了众所周知的那个终极，那些血肉、心脏、肺部都无法挽回地变成灰烬，曾经的核心奔涌着水流。

可是清晨的残骸随着洪水漂流，白昼已然探入，他需得

1　由于女王并未生育，这里的贫瘠疆域暗指女王的宫廷，因此后面有"模拟宫廷"之说，应该指的是女王剧团。

有所回应，找到裂成碎片的梦魇。散乱让他感到难受，休憩只存在于火焰或汪洋中，那里光点聚集，更新已知星球的空气。鲜血和更新的细胞，还有江流般的体液流过了石头似的黑痣，舞动着，起伏不定，可是儿子，即他本人，扎根在那棵枯树上，左手臂的手指指向一个死亡的世界，右手臂伸向一片新土地。那里有提琴手站立着，酒囊不会被倒空，身披藏红花色衣服的女子们静静地跳起孔雀舞，明日就像庄严欢欣的法律一样确定，琴弦始终奏响期待中的音符，词汇跃入池中，泛起柔和稳定的一圈圈涟漪。此时，他的儿子继承了这个咒语，将当下的一切都蒸馏在了一幅腐朽的画作中，这画挂在了每个房间里，他也进入了这幅画，陷入了麻痹，瘫软的双臂搭在浮木上，顺着河流漂浮……

"今天早上您气色不好啊，先生。"旅店老板说道。

"因为做了噩梦，就是噩梦。"

"嗯，我得去趟宫里。"哈里说着，放下了《鲁克丽丝受辱记》的清样。

无休止的枯燥乏味依然笼罩在模拟宫庭上。"是的，我听说那里有很多活动，到处是喧闹和骚动。"也是纷扰。威莎明白，哈里想要钻进女王芬芳的花床，那兴奋荣耀之地。这是必然的，生命归根结底不该受束缚，应该奔放。甚至，对男人的爱和女人的爱可以共存。

"都是洛佩兹的事情，洛佩兹是个医生，也是间谍，是从葡萄牙来的犹太人。"[1]

"没错,我知道洛佩兹,就连无聊的诗人也会知道朝廷的消息。"

"女王可不愿相信罗宾所言的背叛一事是真的,唉,她现在一定相信了。"他姑娘般秀气的脸显得非常兴奋,是那种有特权知晓核心大事件的兴奋。威莎觉得自己又老又疲倦,他看着对方。"他要被判罪,还有另外两个人,梯诺科和费拉拉,也要被判有罪。可是,出于对罗宾的怨恨,她不会让刑罚执行的。"

"你去之前,"威莎慢悠悠地说,"我有一个小小的请求。"

"好吧,快点说。"

"我想我已经不受待见了。"

"哦?"哈里张着嘴巴。"难道我说了什么不待见你的话?"

"没有,不过我从你秘书那里听到了一些事,我想他对我很失望。"

哈里笑起来。"弗洛里奥对任何人任何事情都很失望,弗洛里奥就是弗洛里奥,他就是我的秘书,仅此而已。"他噘着嘴,情绪变化迅速。"不过我可不愿意这样,把弗洛里奥给我叫来。"

"不,不,等一下,我想夫人,即您母亲一定对弗洛里奥

---

1 1594年春,埃塞克斯伯爵罗伯特·德弗罗控告葡萄牙犹太人御医罗德里戈·洛佩兹与西班牙密探勾结,阴谋毒死英格兰女王伊丽莎白一世。

说了什么，她也对你说过了吧？"

哈里摸摸下巴，"她是说过一些事，说得很温和。她说耗时间在那些十四行诗上，效果却似乎与她设想的大相径庭，唉，她是母亲，也只能这样了。"

"这位母亲不再认可她儿子的朋友，自从他不再创作关于婚姻责任的十四行诗后，她就不乐意了。我觉得弗洛里奥小爷多少有些敏感，应该明白我们在一起干了些什么。"

"弗洛里奥正忙着编字典呢，我想你是多虑了。"

威莎深吸了一口气，"一切都暗示要我走人，我也想了很多，我的意思不是要结束我们的友谊，因为我始终努力如你所愿，而且我们的愿望又如此一致。可是我既然挑了这门手艺，剧院又开张了，我得干活去。有些人把我视为诗人，却忘了我还是个演员。唉，演员是不能在此久留的。"他伸出手示意那些华美的帷幔，水晶饰品和黄金镶嵌物。

哈里露出不耐烦和疲倦的表情。"这我们下次再谈，你这是大惊小怪，无事生非。"

"我也担心，迟早你会对我抱怨，你那些朋友嘲笑你和戏子走得这么近。必要时，杰克爵士和罗宾大人对于你会比可怜的威尔更加重要。我得证明我自己，有文采确实重要，可是不比有地产，我得工作赚钱。"

"你有我的爱。"哈里笑了。

"这得付出代价的，而且价钱不菲。"

然而，夏天到了，《鲁克丽丝受辱记》俘获了高雅的读者，他们在玫瑰叶和金银花的攻势下心悦诚服，不过许多人从中读出了早期诗歌中少见的严肃道德主题，严谨和成熟的美德观（不是貌似美好的天真无邪，而是经验丰富的德行）。威莎得知，昔日斯特兰奇剧团的演员此时成了宫内大臣剧团的人，他们与海军大臣剧团联合在纽温顿靶场剧院演戏，不过他听说进展不太顺利。他关于罗马人残暴和驯悍的剧本上演时台下观众哈欠连连，剧场人数寥寥无几。他依然闲适地做他的诗人，还是住在朋友家中。樟木箱里那叠十四行诗越积越厚，这些诗歌他不会以诗人真名公开，它们只为了一个读者。锡德尼[1]因为自己对佩尼洛普·德弗罗女士，即罗宾那位甜美可爱的妹妹、可怜的佩尼·里奇[2]的迷恋，在诗中把他爱的痛苦昭然天下；丹尼尔出版了《狄丽娅》，而德雷顿[3]的《意念之镜》则在世人中广泛传阅；可是，尽管有谣传说威莎先生的"甜蜜十四行诗已在他朋友中私下流传"，这些谣言绝不能被公开

1　菲利普·锡德尼（Philip Sidney，1554—1586），英国诗人、评论家，代表作为田园传奇《阿卡狄亚》（一译《世外桃源》）。在论文《诗辩》中，驳斥清教徒否定艺术的观点，肯定古典主义原则。下文提到的诗作指《阿斯托菲与斯黛拉》（Astrophel and Stella），一译《爱星者与星》，是锡德尼写给埃塞克斯伯爵之妹佩尼洛普·德弗罗的情诗。

2　佩尼洛普嫁给了里奇勋爵。佩尼·里奇英文为 Penny Rich，意思是"只有一便士的钱"，而"可怜"的英文 poor 也可解释为"贫穷的"。这是当时流行的一种文字游戏。

3　迈克尔·德雷顿（Michael Drayton，1563—1631），伊丽莎白一世时代重要诗人，代表作有长诗《多福之国》等。德雷顿是莎士比亚的同乡和朋友。下文提到的十四行诗集《意念之镜》（Idea）据传是为亨利·雷恩斯福爵士夫人所作。

证实。有些事情必须得保密。

可是，六月里炎热的一天，哈里说："我们得一同出行，我要带你去看世上最棒的戏。"

"戏？"

"可以这么说，"他显得很兴奋，"别再问了。"威莎没再问问题。"比你那些塞内加的东西精彩多了，现在这部戏还没有名字，我们到时候给它起个名吧。"

"哪个剧团演？"

"哦，算是女王剧团的吧，"他咯咯笑着，"我已经订了马车，来吧。"

"这首十四行诗就差最后的对偶句了……"

"唉，这可以放一放的，我们可不能错过了开头。"

像往常一样，威莎一坐进豪华马车就觉得局促尴尬，车子从霍尔伯恩一路往西行驶，四匹灰色大马在前面昂首阔步。车窗的帘子垂下来，这样暴民们就没法偷窥了，阳光也不会把哈里晒黑。他把帘子掀开一角，看到人群朝着西面迅速赶路，吵吵嚷嚷的，有人在嚼面包，咬着蒜蓉肉肠，还有人带着防止暑热的水瓶，都是些平民百姓，乌合之众。"我总觉得，"他慢悠悠地说，"我们是在朝泰彭刑场赶。"

"唉，看来没法对你瞒太久了。泰彭今天要上演一场好戏。罗宾像鸽子一般抖擞着羽毛，要蓄势待发了。他大显身手，让女王认输了。众所周知她那位小丑医生从西班牙得到了一颗大宝石。有两人被派来拉拢他，哈，那几个家伙谁也别再想叛国了。"

"你早该告诉我的，"威莎苦着脸说道，"我可不想观看这些东西。"

哈里笑了。"天真的小威尔，是你让塔钦跳上鲁克丽丝的身子，让世间最可怕的事情发生在《泰特斯》一剧中，看来，你没法将梦境和现实区分开来，你太沉溺于前者，必然无法忍受后者。"

"我不去看了。"

"你要去，你要好好领教。"

他们在狭窄街道的卵石地面上费力地往前走，街道两旁都是摇摇欲坠的商铺和房屋；他们能听到凌乱的马蹄声，人群笑闹声，马车在相互推挤，有些路人离马车太近，惊吓了马匹或是正拨弄着黄铜和锃亮的马具，车夫便大声呵斥起来，马夫也在一旁咒骂着。四周充斥着呻吟和咆哮声，可是草民一方始终处于劣势。到了泰彭他们卷起帘子，光线照了进来，他们看到一群闷闷不乐的节日民众流着汗斜眼瞥着车内。贵族马车拥堵成一片，有一些衣着华贵的人还爬到了车顶，或是让马夫离开了座位；一些镇定的市民则镇定地坐在镇定的马拉着的大车里。大家都在等待着。

"罗宾来了，"哈里说着下了车，"今天是他的凯旋日。"确实如此，来的正是埃塞克斯，他四年前雇佣洛佩兹当自己的密探，因为洛佩兹比任何英国人都更了解伊比利亚的两个国家到底发生了什么。不过他把消息先透露给了女王，然后才告诉埃塞克斯，而当埃塞克斯把旧情报卖给宫廷时，还遭到众人嘲笑。于是他对洛佩兹心怀怨恨，控诉了对方的罪行，而女王则嘲笑他，指责他：这么说洛佩兹博士用西班牙黄金买了烈性毒药，难道他要进行暗杀？是愚蠢顽劣的罗宾自己心里想着下毒，女王的那个犹太小丑药箱里根本没有毒药。就这样，经过四年的艰苦和充满怨恨的工作，在六月的晴朗一天，终于高潮来临。"凯旋，"哈里重复道，"我要到他那里去。"埃塞克斯和他的谄媚者正在喝酒作乐，阳光下他们的衣着十分华丽。"你就待在这里闭眼遮蔽一切吧。"他咧嘴笑着。

那里有棵树。刽子手的助手正蹲在平台上，用铁锤一下一下地将一块厚木板钉实了。刽子手本人戴着面具，肌肉结实的手臂抱在胸前，像阿莱恩一样大摇大摆地踱步，不过他根本不需要堂皇的台词。风筝在晶莹透亮、未经污染的瓦蓝天空中一直不停地飘飞。远处传来一声呼啸。囚笼正靠近过来，拖过干燥的地面，尘土飞扬，引人咳嗽。其中一个拽拉东西的人长着一张蠢人的脸，没有牙齿，正张开黑洞洞、喘息的嘴巴，和朋友们打着招呼。周围发出了嘲弄声，人们朝着绑在囚笼中安静的人体吐唾沫，威莎前面有一个年轻女子开始跳起来，她想看得更清楚些，一副期待的神情。孩子们坐在父母的肩膀上。又有几个刽子手的助手走上前来，抬着一只巨大的铁碗，还有四个蒸汽锅。当近乎沸腾的水开始翻动、飞溅，被倒入铁碗时，人群欢呼起来。一个抬着蒸汽锅的人做出要往树边观众浇下滚水的样子，他咧嘴笑起来，人群急忙往后退，尖声叫着，哈哈笑着。囚笼终于抵达了终点，此时……

那就是诺科。他叫什么来着？诺科，不，梯诺科，这是一个外国异教徒的名字。他是头一个。此时这个梯诺科，这个穿着白衬衣浑身颤抖的黝黑家伙，被人粗鲁地从捆绑他的囚笼中解下来时，衬衣被剥了下来。刽子手亮出了刀刃，刀刚刚磨过，锃亮锋利，在阳光下闪烁着；人群里发出"啊啊啊……"的尖叫。刽子手大声道，说把这细长的脖子放进绞索的任务可不是他的；这是第一助手的工作。梯诺科步履蹒跚，恐惧得跌倒在地，人群中爆发出笑声，他被推着登上绞刑架，一档一档颤抖地走上去。在他身后，在绞刑架后面，行刑人正在一道粗糙狭窄的矮墙上等着，那是建在平台上的平台。此人年轻健壮，他张开嘴对犯人开起粗鲁的玩笑，一边把麻绳索套固定在那人脖子上。这时威莎看到犯人的嘴唇在蠕动，好像在祈祷；他那双颤抖的手正摸索着要碰在一起进行祷告，可就是怎么都碰不到。索套突然拉紧了，观众顿时屏息安静下来，大家都能清楚地听到被施以绞刑之人绝望的哽咽声。第二个助手猛地将梯子拉开，一瞬间那两条腿就悬了起来，可那双瞪着的眼睛还在眨着。这就是艺术，比威莎的艺术精准得多：只见刽子手拿着刀走上前去，阳光下刀光闪烁，没等脖子咔嗒断裂，刀刃就刷地从心脏劈到了腹股沟，此时刀刃迅速从右向左转，然后他将自己肤色斑驳的拳头伸入了犯人摇晃的身体里。第一助手从刽子手那里拿过血淋淋的刀，用一块干净的布仔细拭擦，同时眼睛注视着拳头拨拉的技巧。右手收了回来，还滴着血，那只手举着向众人展示脂肪包裹下的那颗心脏；接着左手伸出来，抓着盘绕纠结的内脏。众人欢呼着，站在威莎前面的姑娘跳起身，鼓起掌来；一个小孩坐在自己父亲的肩膀上，正吸吮着大拇指，表情淡然，他根本不明白眼前发生了什么，对这个成人世界一无所知。鲜血喷涌，汩汩而出，传令官的徽章在阳光下熠熠生辉。接着（因为绳索以后还要再使用）索套被松开，残破的尸体还直立着，鲜血依然在流淌。拉紧的绳索再次松开，刽子手把心脏和内脏扔进了冒着热气的碗里，手指飞快地抹掉了双臂上的秽物，手臂没有清洗就在一条毛巾上擦干了。人群发出愉悦满足的声音，人们继续兴奋着，不是还要上两个犯人吗？有人将一把短柄斧交给刽子手，和方才那把锐利灵活的刀刃相比，斧头显得短小粗钝，不过当它被用来四等分地肢解尸体时，显得十分锋利，头和四肢立刻被分解。遍布洞眼的躯干片刻就被瓦解成碎片扔进了篮子。

接着上来的是费拉拉，此人体形笨重，走上来时，敞开的胸脯上黑毛裸露，肥肉颤动，三层下巴抖动着，让众人乐不可支，他的眼睛像玩偶一般转动着。这一幕是喜剧，类似于肯普表演的喜剧。费拉拉像猪一样尖利地叫着，鼻腔发出"不不不不"的声音，一边被人推上了梯子，当索套圈住他粗大的脖子时，他的腹腔发出凄惨的呻吟。这一次刽子手用刀时稍慢了一丁点，刀刃刚刺入费拉拉就已经死了。不过那颗心脏十分肥大，胖得像是鹅肝，叛国的鲜血滴答滴答地流淌；肠子简直无穷无尽，像无数粉红色的香肠；看到被肢解的身体如此肥硕，观众欢呼雀跃。

最后，是这场盛宴的完满终曲。罗德里戈·洛佩兹博士，这个犹太人，阴谋家，这个小个子、黝黑、皱着眉头、猴子般不停说话的人，要让他死得毫无尊严：全身脱光。这个礼拜四够你受的了；听着，他和所有委身于欲望的外国人一样。洛佩兹在呼喊声中大声祈祷，说着外国话，他自己的语言。不，他是在对恶魔祈祷，难道阿多乃[1]不是恶魔的外国名字吗？此时，就听他用可笑的外国人口音的英语说道：

"我爱纽皇，巨像我挨齐酥克里斯特一样……"[2]

众人捧腹大笑，同时又非常愤慨，这个赤身裸体的外国猴子居然光着身子说着神圣的名字，长着根尖尖而肮脏的肉棒子，竟喊着热爱女王。赶紧杀了，别耽搁。他断气之时，身体爆将开来，不过没有喷出血。大人们一阵惊惶，赶紧捂住孩子的眼睛。拉啊，拉啊，抽拉着，刽子手的手发出恶臭，然后他拿起短斧走向尸体，他得好好剁一阵了。

按照事先的要求，威莎目睹了一切，将嗜血的一幕幕遍览无余。此后，他目光呆滞（呆滞得仿佛他正盯着镜子看），看到哈里在笑着，对方用手势示意要走了，要和凯旋的朋友

---

1 Adonai，希伯来语的上帝。
2 "我爱女王，就像我爱耶稣基督一样……"

罗宾一起去喝酒，而他，威尔，他可以坐马车回家了。他呆愣愣地坐上车，像是要朝着自己的刑场进发。群众大饱了眼福，大伙儿筋疲力尽，像是受了洗礼，得到了净化，散成了体面的家庭组合，各自回归安宁的家。

威莎从梦中醒来，猛地一震，梦里他见到了巴黎花园[1]，那里鲜血淋漓的狗狂吠着，它们被咆哮的熊咬伤了，一只猴子尖声叫着，骑在一条狗身上，于是狗群上前厮打，抓住了猴子，把它吞食了；一个小男孩被熊追赶，大声哭着，他头部还留下了乌青的熊爪印。他在梦里听人说，巴黎花园就是天堂花园，是甜美天真的家园。是哈里把他推拉叫醒的，哈里醉醺醺地笑着，这甜蜜天真的人儿还举了根蜡烛，就插在银烛台上。"好吧，老爹，怎么样？你喜欢贵族包厢里看到的那场免费表演吗？"他把蜡烛放在柜子上。这水灵灵的、充满诱惑的、在上帝尚未缔造道德前就创造的生命，他跳上了诗人的床铺，径直从天堂花园过来，衣服都解开了。不过威莎今夜能抵挡住诱惑，他把被单拉过来罩住自己的脑袋，颤抖着，说道：

"我很累，浑身疼痛。"

"疼痛，你确实会觉得痛，先是绞刑，接着就是开腔剖肚

---

1 巴黎花园，伦敦一斗熊场，位于河岸沟，莎士比亚在《亨利八世》第五幕第四场中曾提及。

取内脏，"他低声笑着，"我们今晚一直和姑娘们在一起，但不是在伊斯灵顿，不是的。那个伊斯灵顿的酒店老板娘，你算是说对了。我们是和姑娘们在一起，于是我就想到老爹还独自一人呢。"他一把抓过威莎的头发，发质光滑如丝，背后的头发很长，额头上的较为稀疏。他用力拉着。

"走吧，让我静静，我很痛苦。"

"唉，我没说错吧，这会儿就更痛苦了。"于是他又拽拉起来。威莎翻过身子抓住了那只拽拉的手，说道：

"有时候我心里除了憎恨什么都没有，只有憎恨和绝望。"

"啊，那就让我们憎恨吧，只有憎恨，没有绝望。恨吧恨吧恨吧。"他的指甲很长，他用另一只手的五根手指紧紧抓住威莎的胸脯。"让我掏出那里面的东西吧。"那五个指甲耙子似的慢慢用劲抓下来。威莎一时疼痛喊了起来，也把这只手攥住了。他抓着两只细嫩、女人般的手，紧紧攥着，说：

"我要是在这里得不到安宁，最好还是找别的客栈住了。"

"啊，别呀，你就住这里。我是你的主人，现在命令你住这儿。"

威莎心软了，他总是如此。这时哈里就成了鲁莽的攻击者。

"去死，去死吧。"死亡随后将至，威莎苦楚地预见到了这一天，那时候这苦不堪言的自我厌恶也就结束了。

五

"我都说过会是这样的结局,我一直都这么说,可你就是不听。"

哈里尖叫起来,把书扔在了地板上。那本书很薄,装帧粗糙,封皮也脱落了。威莎表情镇定,几乎是欣然地把书捡了起来。那是一首匿名的诗歌,名为《威洛比与艾薇莎,又名淑女与节妇的真实画像》[1],诗人匿名,不过他能猜出此人是谁,至少他知道谁是作品背后的人。查普曼的作品更厚重,这本东西比较单薄;很可能是查普曼把主题卖给了某个嗜酒的蹩脚文人,某位文学士。它无疑是很畅销的。威莎翻着翻着,翻到了一大段诗文,觉得像奶酪配黑面包一样难以消化:

"……亨赖突然感染了一种怪异的痉挛症,第一眼看到 A,

1　1594 年 10 月出现的一首匿名诗,伯吉斯认为该诗可能记录了莎士比亚和他的恩主双双卷入的一起情场风波。诗的内容是一个名叫亨赖(HW,南安普顿伯爵的名字亨利·赖奥思利的缩写)的人,朝思暮想要与旅店主人的娇妻睡觉,请教老友威莎(WS,威廉·莎士比亚的缩写)如何才能如愿以偿。

他顿时脸色苍白，心里暗暗痛苦，最终他再也忍受不了这种情绪的猛火攻势，便向他熟悉的朋友威莎透露了自己不为人知的疾病，威莎不久前也体会过类似的激情……"这些描述不对劲，每一处都有问题，可是在冗词赘语底下又有些许的真实。故事讲的是一位真诚美丽的酒店老板娘，即客栈老板的妻子，她抵制了人们对自己品行的各种攻击。除了哈里·赖奥斯利之外亨赖还能是谁？至于威莎的身份，文中也巧妙暗示了其演员职业："……瞧瞧还有谁能比他扮演自己更精彩的……对此结果，新演员多少会比老演员更感到高兴……由于亨赖在……上卑微可怜的状况，最终这部喜剧很可能会变成悲剧。"当然，有些表述更加直接："……纷繁杂沓的情感变化和诱惑，这些都是威尔解放理性束缚创作出来的……"

"你就等着各种议论吧。"威莎说着，将那本薄薄的书放在窗边的桌子上。窗外的梧桐树正在变黄。成群的燕子高声叫喳。又是秋天了，枯黄的季节，不过此时也许就是他奴役的终结。不是友谊的结束，不，他觉得这位贵族就像自己的儿子，就像他本人。但是拥抱结束了，六月的狂乱和自我憎恶所压抑住的秘密之爱似乎结束，他内心一阵释然，对此很确定。至于哈里，他在女王的事情上越发忙碌起来。威莎落井下石地说道：

"伯利大人肯定也会听说的。"哈里露出狂躁不安的笑容，他说：

"唉，伯利大人什么都知道，伯利大人砸桌子警告了。"

"警告？什么时候的事情？"最近威莎一直很忙，近几周来他一直忙着演戏方面的其他事务。

"他给了我最后通牒，要么和尊敬的莉莎小姐结婚，她那张天杀的丑脸啊，要么支付赔偿，赔偿损害，以弥补我监护人受伤的内心，还有这个麻脸贱妇所浪费的等待时间。"

"赔偿？用钱弥补？你非得赔钱？"

"五千镑。"

威莎吹起口哨，那可是斯特拉福手艺人表达惊讶的粗俗做法。

"你该怎么办？"

"唉，我得去筹钱，这可不容易。不过我宁愿赔上十倍的钱财，也不愿意趟这浑水。我才不要结婚。"

威莎小心翼翼地说："假如我没听错的话，你依然可以违背心愿投身婚姻的。爱情令人愉悦，可是婚姻从本质而言与爱情无关或关系甚微。"

"不要把你的旧事硬搬照抄在我的未来上，你是把人家肚子搞大了被迫结婚的——"

"是吗？难道贵族大老爷与斯特拉福的手套商人不同？"

哈里走到酒桌旁，给自己倒了一大杯深红色的伏格洛蒂酒；他喜欢这样，这些天他因此有些微微泛红，而且他还不肯与朋友分享。

"我觉得你不该这么劝我，"他说，"有时候我觉得自己会因为过于随便而遭受灾难，不是因为我忤逆他们，而是因为我过于随便，唉，算了。"他大口喝起酒来。

"你永远都不必，"威莎说，"也不会有理由担心我行为不检，我从没带你去旅店猎艳，我还设法阻拦你去伊斯灵顿冒险，我才不会那么傻，让自己身处被谴责的境地。我们单独相处时彼此是朋友，有别人在场时我是你家中温顺的仆人，就像弗洛里奥小爷，可现在我不了。这本书让我知道该怎么做了。"他双手拿着《威洛比与艾薇莎》，像是要撕了它。"你说你现在需要五千镑，真希望我有能力帮你搞到这笔钱。你要是抵押宅地就错了，我现在就帮你去想办法筹钱，靠漂亮的诗歌可不行。等我们再见面时，我俩就平等了。"

"你不可能与我平等的，"哈里说这话时带着狡黠的嘲讽，"你再努力也当不了伯爵，伯爵可不是靠剧院或在饥荒时囤积面粉，或是取消抵押就能获得的。爵位一直在那里，是拿不走的。"他又给自己倒了酒，不过这次他还给朋友递上了一杯。朋友摇摇头，说：

"我预言会有金钱可以收买一切的那一天，金钱早已控制了这个城市。迟早有一天打补丁的贵族们会盼着能与肮脏的商人家族联盟。至于我自己，努力发展就能有绅士的地位，而你，一旦出头只能遭遇灾难。"

"此话怎讲？"

"现在我不想多说，就让我们以埃塞克斯大人为例。"

"我不想以他或任何其他人为例，"哈里突然激动地说，"我可不想看到这样的局面，人们谈起贵族来就好像他们与普通人没有差别。你演你的戏，国家大事就该政治家操心。"

"也就是说埃塞克斯大人不再只是士兵或朝臣了，也是政治家了？那下一步呢？"

"我觉得，"南安普顿大人说道，"你最好马上离开，拿着那本污秽的书赶紧走，不，"他说，"我要再读一遍，我们今晚还要见面，没准那时大家都清醒冷静了。"

威莎对此咧嘴一笑。"唉，大人，我有其他事情要忙，演戏的事情。不过明天您若是想到我的住所来，我会乐意悉听尊命的。瞧，我已经把它写在纸上了，住处和大街。主教门离霍尔伯恩不远。"

哈里又扔起书来，这次是朝着朋友扔。那个快要脱落的封面这次真的剥离了，封面纸张廉价，装帧粗糙，不像另一位崛起的斯特拉福人理查·菲尔德印刷的作品。

在远离泰晤士河的地方，在商人或类似人员居住的各种漂亮宽敞的建筑物以北，甚至越过了城墙，比城墙以北那些漂亮的避暑别墅更远，肖迪奇的空气很不错，那里的剧院也比玫瑰剧场更漂亮。伯比奇在经营业务上和亨斯洛一样出色，他本人还是个老演员，虽然在我看来技艺不算高超。不过现在他的儿子，即理查，很有前途。可能会比阿莱恩发展得更好。那个不正是贾尔斯·阿莱恩吗？老伯比奇不是通过他得到了奈德家族的土地？也许是吧。在七六年确实如此，是二十一年的租期。不过是一块杂草丛生、满目狗屎的地皮，据说那里还有人的尸骨，有骷髅头对着测量师咧嘴笑。现在这里成了漂亮的剧院。二十一年时间，瞧着吧，到了九八年，也就是四年后，阿莱恩还会续租吗？我要是他我可不租了。不过，人可比剧院更重要，确实，宫内大臣剧团，精兵良将，有理查·伯比奇[1]、约翰·海明琪、汤姆·波普、哈里·康德尔等。至于威尔·肯普，没说错吧？我们曾经一起共事，两个威尔。但是他重操旧业，即用抛媚眼和即兴表达来弥补忘词或台词不熟练。他似乎过于猥亵，还自以为这啰嗦多余的打油诗有多精彩。不过他依然有人气。吸引观众才是重要的，迪克·伯比奇[2]来演绎嗜血和谋杀（唉，就是这样，世道如此，世人就想看这些），肯普则在朗斯的狗冲着天庭柱子撒尿时粗鄙地大笑。要从所有人那里赚钱，也从小的王公贵族那里，我要在他们的腰牌上涂写我的幻想。现在老玫瑰剧场的海军大臣剧团依然像是在旅店而不是在专门的剧院里演戏，不过他们有保留剧目，《浮士德》《马耳他岛的犹太人》《帖木儿大帝》《乔装》，等等很多戏。我也有啊，《哈里》《泰特斯》《驯悍记》，还有那部搞砸了的假普劳图斯戏等等。这总好过从现在到圣诞节就加班加点地创作。别浪费了，全都拿起来用。如果一个可怜的犹太医生在作家死后依然是他们的反派人物，

1　理查·伯比奇（Richard Burbage，1567—1619），莎士比亚所属的宫内大臣剧团（后为"国王剧团"）的台柱，也是那个时代最炙手可热的演员之一。曾在莎士比亚不少剧作的首演中领衔，扮演哈姆莱特、奥赛罗、理查三世、李尔王等角色。

2　迪克，理查的爱称。

那——感谢克里斯托弗[1]——他们就有个犹太角色了，也可以放在马基雅维利的意大利；意大利也可以发生这样的敌对家族剧（嗯，得用布鲁克的蹩脚诗歌打底），就像哈里的朋友丹佛斯兄弟，像他们与朗格家族的冲突类似。唉，蒙太古也能用上，这是南安普顿家族的一个名字。还有喜剧 LLL[2]。

以演员身份来参与，完全是演员的角色（他们需要我，难道不是？），这是起步。

让我喘口气，让我大喝一口，因为，我的心上人，她来了。她马上要进来了。这时他正走过比肖普门，亨兹迪奇，就在卡莫梅尔大街，圣海伦广场，圣海伦教堂，他看到了她。她从自家的马车下来，就停在圣海伦附近的一所房子前，她戴着面纱，一位没有蒙面纱的女仆陪着她。不过，在清爽的秋风中，她的面纱瞬间被吹起，他看到了，他看到了那张被阳光抚成金色的脸庞。另一个秋季，另一个布里斯托尔的秋季，在一阵羞耻的狂风中又回到了他身边。当时他因为囊中少了几颗碎银，挨了一顿揍，被撵出了暗黑的妓女窝子。现在情况不同。可是他觉得，这个女人并非不检点之女，不是出卖神圣肉身的那种人。马车是新漆过的，两匹杂色马梳洗得干干净净。车夫慢悠悠地下车，一副庄重堂皇的样子。门

---

1 指克里斯托弗·马洛。
2 指《爱的徒劳》（ *Love's Labour's Lost* ）。

打开时能让人一眼瞥到其中的华美，大厅墙上挂着一幅镀金画框的肖像画，一张桌子上放着银质的烛台。接着门关闭了，他脑海里往日那一幕或幻想也消失了。难道这都是他的想象？此时他们正在剧场排演《罗密欧》，在休息或短暂的酒饮间歇，他向老詹姆斯·伯比奇打听。他知道她；他知道肖迪奇及其周围发生的一切。他说话了，依然是急速、气喘的方式：

"关于她的过往有很多传言，据她自己说（别人是这么转述的）她童年时被弗朗西斯·德雷克[1]本人从东印度群岛带回来，带到了现泊在德特福德的"金鹿"号上。据说她父母好像是那里的摩尔贵族，当时与德雷克手下的人发生冲突被杀，于是她就成了孤儿，在那里哭泣，人们出于同情，把她带到英国，算是被领养了。也有人说这位布里斯托尔的绅士还能拿王室专用金来抚养她，结果她就长成了一位英国淑女。唉，她是无法真正成为英国人的，靠礼仪气质这种神奇的东西是做不到的，至于淑女嘛……"

"布里斯托尔？你说是布里斯托尔？"

"他们说是布里斯托尔，不过谁信呢？她肯定曾经在克拉肯维尔住过一阵子，就在吞布尔大街的天鹅旅店，她一定和格雷旅店的绅士们相处甚欢。现在她自己有了钱，这是无疑的，不过钱是怎么来的就语焉不详了。据她自己说，那位布

---

[1] 1577年英国冒险家弗朗西斯·德雷克（Francis Drake）指挥"金鹿"号（Golden Hind）帆船开始环球航行，远航至西班牙在美洲的殖民地掠得大批财物，1580年回国后受到伊丽莎白一世的加封。

里斯托尔的绅士，即她的养父去世时留给她一些财产。假如你对布里斯托尔的奴隶主有所了解的话，也许会相信她。领养和继承财产也就是人们所谓的，忏悔吧……"

"她叫什么名字？"

"哦，她有一个外国的或者是非基督徒的名字，是一个伊斯兰名字，不过她现在有一个基督教的绰号。我好像听到说是叫露西小姐。她只来过剧院一次，还蒙着面具，带着香盒，一应俱全的样子，帘子都没拉开，就像信基督的淑女一般。我猜她该有二十二三岁。"

当威莎为将来倾心憧憬时，往昔的梦想一下子唤醒了他，这事情不妙。在秋日清晨，他一边行走一边琢磨着刚碰到的创作技艺难题，可出于好奇，他忍不住朝着她靠近。圣海伦的钟声敲响，提醒他这位女子是个异教徒或伊斯兰教徒，只能避身在教堂的阴影处。他要去做什么呢，难道是脑海里某种神秘和隐蔽的东西在召唤他吗？这意味着什么，这个漂亮房子里的黑女人？也许是他少年时对神龙出没的大海和香料遍地的海岛的羞怯欲望在作祟。自从和哈里成了朋友，他就沉溺于青春，他自己的青春此时只能再现于戏剧和诗歌中，年轻的他曾一贫如洗，苦干手艺，还过于仓促地与悍妇成婚。他想象自己十年前的样子，气宇轩昂地在广场上地舞剑，剑刃在阳光下奕奕闪亮，喷泉的水花四溅，俨然是激情洋溢的贵族才俊。可是他住所的镜子映照出了一张疲倦的脸，双眼最显黯淡，前额的头发全向后倒。白纸比蓝色玻璃镜更善于奉承。他写下了最后几幕戏，情绪一泻而下（啊，爱情，青春，爱情），肢体行动却时时受阻。唉，这一直是格林的风格，也是马洛的，更像是诗人而非蹩脚文人之作，不像是拙劣剧作者的文笔。难道这是他的奢望吗，要做诗人和绅士？在这无常的世间，人渴求再多都不为过的。

他又见到她了，这一次她没有蒙面纱，那是在十一月初宛若春日的某天。他走到她住所附近，抬起头，窗子开着，她正一脸惊奇地向外望，晨光里透着一种乳状的金色，她的手肘搁在窗台上，裸露的双臂纤细而优美。轻风中她的肩上披着白色羊毛披肩，低胸的紧身衣勾勒出清晰、诱惑人的乳沟。她的鼻子精巧秀气，这他曾在另一个人脸上见过，她的嘴唇厚厚的。她幽黑的眼睛敏捷而愉悦，不过威莎总觉得这双眼睛会迅速泪光盈盈。她对身后的人说着话，朝街上望去，那人隐在她后面，也许是她的女仆。他无法听到她的说话声，不过她笑得有些邪恶。她充满了诱惑力，这毋庸置疑。他站着，忧郁地仰望着。她的目光扫过街上寥寥无几的景物（有两个小孩在玩耍，一个土耳其人样貌的胖男人骑在一匹白色骟马上，还有一个修椅子的人），视线与他遇上了；他竭力定住眼神，而她显得有些困惑，她笑起来，把目光转开了；而后她关上了窗。

之后他就再也见不到她了，直到圣诞节后，这期间他的心思基本没在谈情说爱上（他依然身披厚重的斗篷经过她的住所，并自问她会在哪里，生病了吗？永远离开了吗？或者不过是回西部访友了？），他的《罗密欧》大获成功，他早就知道这戏会火。格雷学院要求圣诞狂欢期间上演《错误的喜剧》；在那些文人雅士的高谈阔论中"剧场"戏院被频频提及，都说是莎士比亚大师的缪斯殿堂。1月4日（那期间他开始在一本日志兼札记的本子里做记录，所以记下了日期）哈里到他的住所来拜访。

"哦，"哈里边说边在昏暗的房间里走来走去，寻找酒壶，"我们俩又恢复了某种友好关系，亲爱的莉莎小姐要和德比大人成亲，上帝祝福他俩，他们有相配的愚钝，所以我那位欺负人的监护人说这事花不了五千镑，幸亏我这么晚才发现这一点。"

威莎竖起了耳朵。他也许，他可能……

"他昨晚在格雷学院很嚣张，那可恶的老家伙。所有人都很嚣张，格雷和内殿学院之间的关系相当龌龊糟糕，你可能也听说了，你的戏难道不是在他们所说的'错误之夜'演砸了吗？"

"我是听到一些话，我当时不在场。"

"他们在格雷学院模仿着摆了个王室排场，弄来个什么伦敦大佬到场，还从所谓的内殿国请了个使臣来，他们都管内殿学院叫内殿国的。可是来的人太多了，那什么使臣的家伙挨了一顿猛揍。不过那天晚上有一场化装舞会，格雷派的内殿派的都言归于好，真的很蠢。伦敦大佬对自己王国的贵族们下了许多道命令，说是他们必须都得去'剧场'戏院开阔思维，领教一下亲爱的莎士比亚大师的指点，"哈里笑起来，"唉，喝了太多的酒，我都吐了，真消受不了那甜酒。"

"你看上去很不错，还是老样子。"

"唉，不过有老爹给我忠告我会更好的。"

威莎咧嘴笑了。"我一直在这里，这里，或是在我的工作室，你最近忙于宫廷的事情，没时间光顾卑微的戏子。"

"的确，这我承认，是在宫廷，不过那里没大事，全那么虚伪。"他拿起威莎的酒给自己倒了一些，尝了一口，又说："这酒挺烈，我得给你送点金雀酒过来，不是很甜的那种。"他喝着酒，皱起眉头，说道："他们说的那位克拉肯维尔女修道院院长是谁？"

"女修道院院长？"

"啊，格雷学院那边的狂欢闹哄哄的，大家都在议论一位女修道院院长，此人掌管克拉肯维尔修道院。蠢极了。她要组织一个修女合唱团为王室吟唱晚祷词或类似的歌曲，是为伦敦大佬的加冕礼表演的。她叫露西·内格罗[1]或类似的傻名字。"

威莎觉得这名字叫起来不好听。"内格罗？有位女士，还是个姑娘，她住在圣海伦附近，她叫……"他停住了。"我不太认识此人，不过在克拉肯维尔是有黑女人，年纪挺大了，脏兮兮的，很卑微，不值一提。我是听人说的，并没亲眼见过。"

---

1 英文为 negro，即"黑人"。

"你最近谁都没见过，你不是正拼命赚钱吗。"

"我们都很忙，各忙各的，"他大口喝着酒，说道，"这么说吧，我买了一些剧院股票，我觉得能帮到你。"

"我对剧院股票一无所知，不管它们是什么。"

"是整个剧院经营的一个股权，投资者或购买者可以提取相应比例的收益。'剧场'戏院经营得不错，会越来越好。"

哈里把酒一饮而尽。"我很开心，"他漫不经心地说道，"我希望你能一直进展顺利，我会记得送你金雀酒的。"

威莎脱口而出：钱花得比我想象的多，我不知道哪里去筹钱，我需要一千镑。"

哈里吹起口哨。"唉，剧院业务不再仅仅是演戏了。冬天一大早就去借一千镑，这数字不算离谱。"

"除了你我还能向谁借钱？"

"啊，"哈里咧嘴笑着，"我记得你说过你赚你的钱，走你的路，总有一天衣衫褴褛的贵族会和经营剧院的家庭联姻的。"

"我从没这么说过。"

"我知道，你们新贵族是不会向旧贵族乞讨的。"

"这里需要资金，除了地产哪里还能有资金？这里又是谁拥有地产呢？"

"我们就有啊。"

"土地最初属于所有人，征服者过来夺走了土地，并将它分配出去。这种不公不会一直延续的。"

"你在讨论不公？"

威莎脸红了。"有人这么说，我接受阶层、地位等一切事情，我现在只是想谦卑地向朋友救助。"

"一千镑，算是贷款吗？"

威莎小心翼翼地说："人是不情愿向朋友贷款的。"

哈里笑了，他说："我只收很少的利息，嗯，十分利吧。"

威莎回以微笑。"我们定下以一磅肉来抵押拖欠的契约吧，大人从来正直，我一直认为大人是憎恶放高利贷的。"

"我都怀疑你到时候还有没有一磅肉。你都瘦得不成样子了。"他那只戴着宝石戒指的手突然戳了戳威莎，这个年轻人尽管整夜寻欢作乐，白日里依旧充满活力。他们照旧扭打起来；酒都洒在了擦得干干净净的地板上。

六

1月4日

疯了疯了全都疯了。H刚离开，迪克·伯比奇就心急火燎地赶来了。剧团受命要为德比伯爵和那位被H抛弃的莉莎小姐的婚礼进行表演，尽管天气冷得刺骨，迪克还是大汗淋漓。一切都像喜剧表演般安排巧妙，处处和谐，可是真实生活往往如此，剧作家会觉得自己比上帝或命运之神或这个疯狂世界的操控者更加高明。疯狂之处在于时间如此短暂，三个星期后就得去格林尼治宫。唉，就让我们躺在乱糟糟的床上，后面还有更巧合的，H把我的书推下了书架，其中一本是乔叟的，开头就是名叫忒修斯的公爵娶了依波丽塔女王那个故事，还有一本是埃德蒙·斯宾塞崭新的婚礼颂歌。斯宾塞写道：

别让帕克，别让其他恶神跳起来，

别让邪恶的女巫施展她们的魔咒，

别让小妖精们蒙蔽了我们的眼睛，

用虚假的东西来欺骗我们。

于是我躺在那里，看着火苗沉落在各个燃烧的洞穴里，就像火神在舞蹈，我得说像仙女在跳舞。这时来了个名叫波顿的人，可以让奈德·阿莱恩一开始先演这个角色，于是我笑了起来。我坐着工作时下起雪来（我不能写普劳图斯的双胞胎，不过我可以让迫克或帕克把可怜的恋人搞得晕头转向），敲钟人边朝手指呵着气边顿足咒骂着。不过我升着火，热得像在仲夏时节，瞧，我想好题目了。

1月6日

我踩着吱呀作响的积雪去酒馆，我看到了她。她要么刚从外地回来，要么刚大病痊愈。对她这样的人来说这里的寒冷一定难以忍受，她站在窗口浑身裹得严严实实，雪光中她的褐色皮肤单调暗沉，对此我心怀怜悯。我不相信四法学院的男人们还会继续因为她的肤色而嘲笑她，我不相信她来自那个克拉肯维尔部落。她是棕色皮肤，并不是黑人。从她身边走过时我大胆地挥挥手，可是她没有看我，或许她有意忽略我。于是我又思忖起有关恋人场景的押韵台词，乏味乏味乏味，可来不及重写了。唉，我把关于坏收成的那段话给了仙王奥勃朗，接着又为窗户里面的那个黑女人创造了一个奇幻故事，觉得那个子宫是滋养仙后年轻随从的发源地。我只祈求有一个矮小丑陋的小男孩能给我当侍从。

1月9日

剧院里一大早人们就一组组地在排演了，这是应付临时通知的办法，即写出一部戏，该戏结构灵活，可以拆开来演。四处没有墙壁遮挡，我就能趁机看着她，我的心跳得很快，话都要从嗓子眼里出来了。我往住处赶，她的马车正好经过。接着一位绅士从斯皮德菲尔德那里过来了，他的马在肮脏的雪水地里打滑跌了一跤，结果她的两匹马受到惊吓，在后面跳着嘶吼着。我敏捷地冲过去，尽管气喘吁吁的，我勒住马头，一边低声安抚它。她的马车夫走下来，女仆先从车上露出脸来，接着她的脸也从另一侧露了出来，她拉起一侧的面纱，想看看究竟发生了什么。于是我走上前，脱下帽子鞠了一躬。

——一切正常，马儿打滑了，瞧，它又可以走了，一切恢复正常。

——非常感谢，谢谢了，等一下，我要……

——啊，女士，不，我是绅士，我就是剧作家莎士比亚，就是"剧场"戏院的。

——你是那里的？你就是伯比奇大人剧团的？

她怎么知道他的？她的口音不是当地的，没法发出 th 或 w 的音来，只能说"坎谢"，"腾一下"……不过那金色的皮肤令人陶醉。

——那您见过伯比奇大人表演，是吗？

——我是在《倪嚓山四》[1]里见过的。

于是我微笑着说：

——那部戏就是我写的。欢迎您随时到剧院来，我会很荣幸地尽所能来接待您。

可是她女王般地微笑着，说：

——我很砍谢。我们得上路了。

说完，她吩咐车夫继续上路，我站在脏兮兮的雪地里，心里明白 H 说过只借我一千英镑，我依然是蹩脚文人，我得筹到钱才能成为他们所接受的全资股东。

1月13日

天冷得要让人生冻疮，我嘲笑自己这一行竟然还要在台上演仲夏时的情景，到处堆着些花花草草。她一直在室内，大门紧闭，百叶窗也拉着，好像怕有冷风灌入。我对那些甜腻的押韵厌烦透了。晚饭后（那顿饭吃了肥肉和布丁，令人昏昏欲睡）我梦到自己变成了长驴脑袋的波顿，正在娇小的、肤色金黄的仙后的闺房里。你真是又聪明又美丽。镜子里照出了坏牙齿，还有疯长的灰胡子，皮肤像蠕虫。完全是个老头。

---

1 《理查三世》。

1月20日

今天我闯入了禁地。那松散拼贴的戏还在排着，不过听到我写给忒修斯的那段话，即关于恋人、诗人和疯子的那段台词，我像费罗斯特拉特老头[1]似的搓着手站在一旁，心里突然涌上了交集着疯子恋人诗人的自豪感。下午，我像战士一般勇敢地来到她屋前，一点都不像是在表演，我敲了门，并对女仆说话，那是一个鼻子细长的姑娘，我告诉她剧作家莎士比亚要和她的女主人说一番话。她说，女主人有要事在身，无法拨冗相见，她说也许她能替我传话。我说不行，我是代表宫内大臣来的，不能由仆人传话。于是她，她，她本人来到门廊，问是谁。她看到我，说：好吧，请进，有何贵干。于是我恍恍惚惚地走进一间漂亮的镶嵌饰板的房间，而后大家一同坐下。我找她的借口无非是热忱邀请她明日去看《罗密欧》。那伯比奇大人也演吗，她问。我说是的。啊，她说抱歉因为她有约在先要外出。那您，女士，在伦敦有很多熟人吧？哦，我常常收到邀请。至于我自己，女士，我觉得诗人的生活中有太多的溜须拍马的人。我一个礼拜前刚去过老友哈里·赖奥斯利，就是南安普顿伯爵那里，他是……他是你朋友，是吗？南安普顿伯爵是您朋友？哦，我也有不少伯爵和公爵朋友；今天上午我就要去见忒修斯公爵……

---

1 《仲夏夜之梦》中人物。

您英语讲得真好，女士。那么，您母语是？说两句吧。她说（我把它写在了纸片上）*Slammat jalan*。这是什么意思，女士？这是我们对即将离别之人所说的话，它的意思是：一路平安。这就礼貌地让我告辞了。不过我告辞前亲吻了那只奇妙温暖黄褐色的手。

1月27日

昨天我几乎没空写作。装饰一新的驳船前往格林尼治，天气晴朗寒冷，礼炮轰鸣，火盆里燃着熊熊火焰，我们盛装出行，周围摆上了葡萄酒、麦芽酒、排骨、猪头，还有各种丰富精美的菜肴，此后我们对着大厅赞叹不已，女王穿着富丽堂皇，戴着金色皇冠，裸露的胸脯上挂着钻石，在原木和火炭的热光中熠熠闪亮，贵族们朗声笑着，女士们嗤嗤窃笑，女王珠子般的眼睛盯着 E 大人，紫水晶鸡血石红宝石等在手指间闪烁，镶宝石的剑柄，金色衣装的新娘还有穿丝绸打着哈欠的新郎。于是，在咳嗽声中，我们的戏开演了，威尔·奥斯特勒浑身战栗忘了台词，他打着响指让提词员提示，其他一切都好，除了肯普，他即兴扮演国王，没有引来太多笑声，他自己觉得该有效果的，还为此责怪观众。最终几乎对肯普是打击连连，不过他参了股，我无非一介诗人。大家沮丧疲惫归来（河上的火把亮光就像河水着了火）。但是在冰冷的屋子里我被桌上盖着 H 封印的信彻底惊醒了。一切就绪，我也参股了。一阵喜悦和感激的兴奋。因此我今日去了她家，冬日阳光闪耀着，全世界仿佛笼罩在叮当作响的金钱之光中，我很快被迎入，此时一切都如此顺利。我给她带了礼物，希望她笑纳，那不过是宫廷带回的一碟糖果，不过是从宫廷带来的，这一点很重要，女士。啊，我的戏在格林尼治宫为女王陛下表演了。在女王面前？啊，是的，那她穿了什么，还有哪些王公贵妇到场，告诉我，所有的一切全部的一切一切。于是我把一切都告诉了她。

2月2日

今天是哈姆奈特和珠迪丝的生日，可我已经很久没回家了。我往家里寄了信和钱。我这里很忙，无法脱身，我是为大家忙着，难道不是？唉，太忙了；若是无法忠于他人，那就忠于自己。我问她现在的生活如何，可她没怎么透露。她想要什么，想从现在的生活中获得什么？她也不知道。当然是爱了，我说；我们当然都希望得到爱，爱的喜悦和爱所给予的保护和有力的支持。她说不知道。我问她现在应该怎么称呼她，因为我总不能总是称她为女士。她说自己的真名叫法蒂玛。我走时吻了她的双手，嘴唇停在上面不肯放开。她没有把手抽开。

2月6日

我正在写一部新戏《理查二世》，眼前摊放着霍林斯赫德[1]和马洛的《爱德华》[2]。啊，已故的基特，腐烂已久，虫蛀已久。我们又能有多久呢？今天上午在意大利人居住区米诺里附近发现一具尸体，被扔在阴沟里，浑身是血，衣服被扒光，钱物被盗走，我常在附近看到他，名字好像是杰维斯之类的，是个体面的商人，现在命没了，还死得这么难堪。我就喝了点甜酒来驱散脑海里的阴影。不久我就出发去她那里，我决定这次要勇敢些。酒劲上来了。我来了，我对她说，要给她读诗。她穿着一件上等细麻的宽松长袍，在烟煤燃起的火光中，我看到她的手臂和肩膀裸露着。她说愿意听。那就请听吧。这首是罗马诗人加图鲁斯的，你不懂拉丁文，不过我会用英文读。让我们活着，我的莱斯比亚，相爱（这个莱斯比亚是谁？——她是诗人的情人。）……太阳落下又会升起。对于我们，一旦夕阳西下，就余下无尽长夜让我们睡眠。啊，多可怕，莱斯比亚（我想说，法蒂玛），用拉丁文念起来就是：*nox est perpetua una dormienda*。她颤抖起来，然后他们做了什么？哦，他索要一千个吻，接着再要一百个，然后再来一千个，接着又是一百个，再然后又是一千个，再接着一百个。无数的一千一百一千一百。成千上百个最甜蜜的亲吻交替。拉（那）也吻得太多啦。

　　——你们国家里的人亲吻吗？

1　拉斐尔·霍林斯赫德（Raphael Holinshed, ?—1580）的《编年史》（*Chronicles*）是莎士比亚许多剧本取材的来源。
2　指马洛的历史剧《爱德华二世》。

——我们吻起来和你们不一样。我们的叫"契姆"（chium），是用鼻子的。

——做给我看看。

——不，这我可不干。

——求你了。

她羞怯地把精巧的八字鼻贴到我的左脸颊，翘起一次，再放下来，就像把犁过的田重翻一遍。

——啊，不错，不过英国人的吻更好。

这么说着，我把她拉入怀中，把双唇压了上去。这并不像我所知道的英国人的吻：她的嘴唇既不像玫瑰花蕊也不像薄薄的肉片，它们饱满丰厚，像是她印度群岛的某种奇怪水果或花朵。她的牙齿往外凸，排列形状就像栅栏，要阻止被亲吻融化。我的嘴离开了她，开始吻起她冰凉又温暖、光滑的棕色肩膀。可是她欲迎还拒；她推开我，又把我拉回去，接着又推开。于是我说：

——我爱你，对上帝起誓。我的爱我的爱我爱你。

——我不爱你。

于是她更用力地推开我，这出乎我的意料，没想到如此苗条的身躯会有这样的力道。可是我动了情，绝不罢休。我抱紧她，她用金色的小拳头猛击我，用她的母语朝我喊着。她斗不过我，便要咬我，她那洁白的小牙齿空咬着。我必须压住她，我几乎是拼命奋力地亲吻上去，吮住了她咬人的牙齿，我紧紧抱住她的时候，几乎要把她摁进我的身体里去。

很快她就乖乖就范。

快吗？快极了。我很快就发现她什么都懂。她在这方面可不是新手。我感到有些沮丧，任何男人当他们发现对方不是处女时都有这种感觉，而沮丧会导致一种愤怒，这种愤怒带着点野蛮。不过我是在极度欢悦中占有了她，越是得手就越是贪婪，我自己都感到吃惊。最后我冷静下来明白自己就这么有了情妇，而且还是个稀有物种。

2月14日

今天是圣瓦伦丁节，鸟王俯下身啁啾着祝福节日。黄褐色和白色的鸟在长椅上交缠。啊老天，她教给我的是怎样颤动啾鸣的技巧啊，还有怎样使眼神、颤尾翼、抖擞起翅膀。我们飞起来，我发誓我们真的飞了起来，我发誓我们展开翅膀穿越屋顶，那里全变成了凝胶状的空气，我们飘浮起来，升到了深褐金黄的星云里。这是肉体的荣耀，是文字构筑的肉体。她呼唤着名字奇怪的异国之神：海西埃比卜、甘普蒂、维齐里普特利，以及围绕穆斯林神的四个大天使。在狂热中我开始写东西，施展起舞台技艺。我写了几行《理查》的台词，对文字的力量感到绝望。我强迫自己进入一种对她和对我们在一起的所作所为心怀仇恨的情绪，让我自己相信我是被迫堕落的，很快就会被毁灭。我绞尽脑汁，书写着英国的往昔，以一个冷静的历史记录者的身份来思考如何让英格兰的过去和当下的民族情绪相契合，而我同时要做个长椅上穿丝袍的土耳其人。她的仆人们斜睨着我，看到我日益憔悴，眼袋发黑。我请她来我的住所，说这样更好。在她的卧室里（我还记得从前的那个八月）我总是得留意屋外是否有脚步声，担心房门没锁好，或是害怕有人在锁孔里偷窥。她说她会来的。

2月25日

钱啊钱。我没有足够的礼物（成匹的丝绸，塔夫绸裙装，镶嵌珠宝的面纱）。身为蒸蒸日上的实业家，威莎应该赠予黄金。物价那么高，她说。都是因为去年收成不好。她最爱吃的是什么？香料烩羊肉，胡椒味呛人。吾既恨且爱。她身上的气味又腥又甜，让我吃不消，快要疯了。（这期间可怜的理查在走向那丑恶的死亡。我称她为杂毛巴巴里，就是那匹你常骑的马，被我精心装扮的马。于是我看到了她的双重性，她还在喋喋不休地说伯比奇，那个不错的家伙。唉，那个一文不名的博林布鲁克[1]不会骑上她的。）

3月4日

我在她身上身下身体中倒腾的时候，斜着目光盯着一颗痣看，就在那棕金色水波荡漾还带着阳光气息的皮肤上，或是盯着那八字形扁鼻子旁的一颗细小的、未被挤过的粉刺。今天她的口气酸臭，吃了太多沾糖粉的杏仁糖块。她嘴里嚼

1　即理查三世。

着杏仁糖蜜，并不想要，对我的狂热漫不经心，随我怎么折腾。于是我生气，于是我把她压在身子下面，像母狗一样匍匐在她的肚子上。她噘嘴说我得带她去一些好地方，像别人一样请她参加筵席。我听了很嫉妒；她甚至不愿来"剧场"戏院，我可是很盼着她来的，不过得戴着面纱，放下帘子，别让男人们瞧见了。我试探着想知道她是否知趣到会想去我的住所，虽然是躲在马车里来回，待两个小时就行。要不我们一起找地方住吧，这里太小了？她说她要自己的房子，这样自由。我没有提起自己有妻子孩子，她也从没提过结婚的事。

3月15日

我听到宫里有消息说 H 不再受女王青睐，说他最近有了大人物的成熟，自己开始撩拨一个毛头帅小伙的蜜桃粉脸的。唉，爱啊，总是雌雄难辨，伪装多端，魅惑着我们，捕获我们的骄傲和欲望。我对她意乱情迷，恨不得像吃羊羔肉一样吞了她。我对她说了密友的娈童恋，以为她听了会开心，可是她说男人这么做只是因为缺少一位有足够魅力的女人，引他走上上帝乐见的正途。她给我讲了关于聪明鹦鹉的故事，她用自己的母语写下它的名字"席卡亚·巴彦·卜迪曼"[1]，她说毒蛇咬了公主们的脚趾，人们以为她们死了，最后一位神奇的王子来亲吻她们，她们复活了。接着她又说为那些故事

---

1 Hikayat Bayan Budiman。

我得给她一个金币。

4月20日

　　菲利普·锡德尼爵士的《诗辩》终于出版了。自他开始写此书后，我们这些年写的戏都比《高布达克》好。他本该有不错的悲剧和喜剧，以及愉悦身心的教职。可如果我们拿镜子照照本性（感谢你，讨厌的查普曼，这是你独创的话），我们准会看见万物归一。就这样，我赤身裸体歪歪叽叽，翘着那根雄鸡喔喔的竿子靠近她，我觉得自己是个小丑，同时又是一位即将拥有金色王国的伟大国王。悲剧是一头山羊，喜剧是村民普里阿普斯[1]，而死亡则是连接两者的词汇。将国王的头砍下来，将他埋入土地，会有新的生命长出来。

5月1日

　　我们在一起，她和我，就在我的卧室里，她刚到，穿着某种款式的猎装，戴着皮帽子，之后偏偏 H 也来了，最近几周我只是听到他的消息，我垂涎欲滴地为那一千镑钱表示感谢的那天，我们两人也不过见了几分钟，此后几乎没有好好见过面。她对他满脸倾羡，我发现，这位在屋里踱来踱去的贵公子，手上戒指闪烁，一边高谈阔论，两只手还随着声音节拍甩动，他滔滔不绝，还说到某某女士讲过什么，说公爵

1　普里阿普斯（Priapus），酒神和爱神之子，是男性生殖力之神。

大人谈到了邪恶时代，还有女王陛下的大劫来了，等等。他满嘴的法语，什么 *bon*，*quelquechose*，*jenesaisquoi*[1]，她满心好奇地听着。于是，他就像去看美人秀的顽童，一个劲地夸赞她独特、肤色迷人、娇小玲珑。他说，把她带过来，我们得把她展现出来，朋友们一定会被她迷住的。整个过程中，她与他尽情狂饮，等他走开的时候，她已神魂颠倒，压根忘了自己是来干吗的（或曾经做了什么），只是不停地谈论他的服饰，他那亚光金的剑柄，还有那一口巧舌如簧，活脱脱一个机智善辩的墨丘利。我没好气地说，他现在是去找他那个胖乎乎的男童妓了。哦，我可不相信，她说，他对女人很有绅士风度，这我准没看错。

5月10日

明媚的春日里，他赶来说那些俊俏的男孩毫无忠诚。他最倾心的这一个（他喊他皮普）就背信弃义地转投 T 大人怀抱，竟挡不住那些漂亮玩意儿的诱惑。不过，我告诉他，爱就是担忧，从爱恋到失恋只在一瞬间。

——唉，女人也一样，他说。寻欢都如此。你自己的情妇也不过是肤色像麒麟。

——什么意思？（我内心突然一阵恐惧）。

——我们在欧洲是无法控制女人的行为的，男孩也一个

---

1 "好"、"某物"、"我不知为何"。

样，土耳其苏丹把她关在后宫，让太监把着大门。我们可不能这么做。

——你到底什么意思？

——我好像看到你那位迪克·伯比奇和她同坐一辆马车。肤色是盖不住的，她戴着面纱，但是一只棕色胳膊伸出来从卖花人手里拿过了一束花。

——你这是设法让我嫉妒和生气。（我有花要布置，今天不能来见你了。）

——她是你妻子吗？难道你是她主人？

——我给这臭婊子钱的。

——那也是我的钱，可以这么说吧。唉，可是你们没有签下契约。

5月11日

骂她，打她，差点想杀了她。她尖叫着，手腕被我攥得咔嗒作响，她说她没做错事，但要是想做谁也拦不了。我撕开她的胸衣，撕扯着，扭打着，咬牙切齿，要嚼碎一切。她的女仆担心主人安危，拼命敲打锁住的门，可是我大声咒骂，她只好啊啊啊地走开了，唯恐自己也倒霉。此时我进入的通道是灼热的快感的地狱。如果说之前我们曾升腾和飘浮起来，此刻我们便是在地下挖掘，眼睛、鼻孔、呼气的嘴巴都塞满泥土蠕虫，还有急速掠过的尘埃，一切都转化为沉重却溶化的胶状物，那是捣碎的红色肉体混合了葡萄酒汁。我们张开拓荒者的翅膀俯冲进火焰，向下挖掘，那是整个地球的中心、节点、精髓、意义。在第七次接近死亡时，我的耻骨处摩擦得生疼，她咆哮着、汗水淋漓，像个棕金色的鬼魅般沉沦下去。幻觉中我看到天花板开启了，就像某种怪异的百叶窗装置，揭开如珍珠玉石般的苍穹，它凝望着我们，明亮的眼眸就像一群狐狸的目光，天父捋着胡须（杂色斑驳的胡子），周围都是姓名粗俗、恶魔般的圣徒，如圣安鬼希，圣喜色格兰德，圣爱杀克，圣裸色里奥，圣吉尼普，圣炮哥，还有醉眼微红的胖酒神。在床上跳跃的是天使兼恶魔赖亨先生，他喊着这么干那么干继续干，让我见识一下，给我瞧瞧。我就做给他看。此后，就在寒冷下雨的五月夜晚，我坐在自己的家中，觉得那里完全就是我自己建造的可恶的黑暗地狱，筋疲力尽，毫无羞耻，堕落不堪。

5 月 14 日

今天下午我得去演戏。不过是《二绅士》中的安东尼奥的角色。我对普洛丢斯说：

你不用因为我的突然决定而吃惊，
我要怎样就怎样，说到就会做到。
我已决定你应当到公爵宫廷里去，
和瓦伦蒂诺在一块儿过一些日子。

普洛丢斯是我的儿子，由迪克·伯比奇来演，他就咧着嘴笑着站在那里。我要朝他喊：告诉我，告诉我这是不是真的。这里是真实和赤裸的舞台，我不要听你撒谎。你到底有没有和她在一起？我忘掉了后面的台词，得由提词人来提示。这时羞愧心几乎让我浑身打颤。我朝站位上的观众群看去，寻找正在笑的人，几乎没人笑，很少有人笑，他们也不喜欢这部戏，我抬头朝着木板墙上的天空看，又将目光转回拉着幕布的书房，觉得也许自己已经死了，早已是鬼魂。接着我好像听到旁边包厢有低声说话和笑声，是她，是她和别人在一起。这可不行，不可以，我不能想她。可是我做不到。

5月20日

唉，没办法，我得服从我的大人。最近她兴奋不已，雀跃着大开眼界，增长见识，频频出席大张旗鼓、华丽堂皇的游船盛宴，正式在大千世界亮相了，她和哈里以及他的朋友们，还有女士们（啊，她们都长见识了；我教会她们的；LLL[1]就是学习学习再学习）一起乘船朝格林尼治方向前行，鸥鹰在纯净的五月天空里滑翔。就是这样。可怜的威尔穿着深色衣装，可她却穿着火焰般的丝绸袍子上了船。哦，P大人和奈德·T爵士，还有K伯爵都对她着了迷，那群皮肤淡

---

1 LLL 即英文 Learn Learn Learn，学习学习再学习，又与莎士比亚《爱之徒劳》一剧名暗合。

粉色的女士们都对这个肤色赤褐的无知女人充满嫉妒和恶意，她们认为这个女人家乡的男女都长着四条腿，怪异地倾斜着身体。她们嘲笑她的口音和各种姿态，可她们汗流浃背时她却是一片棕色的清凉。贵族男子们围着她转，为她端去切成片、蘸着辛辣调料的鹅胸肉，银碟上盛着一小块果酱饼。她黑色的眼睛频频朝 H 瞥去，雪宝石般的牙齿密集齐整地闪着光泽；他目光炙热，被她吸引，定在了她棕色的胸脯上。我看到他修长的手指像是着了火，在刮擦着她的手掌。我浑身发烫，看到他们两人躺在一起，高贵的银白泰然地在女王般的金色上移动。他没有忘记威洛比和他的艾薇莎，伊斯林顿的伎俩；他明白自己那一千镑钱可以随时自由从容地买到想要的东西。火炬之光中一日将尽，划船人放慢了船速，雄天鹅、雌天鹅、小天鹅梳理羽毛，或是沉入银色的睡梦中，鹗鹰也不再来惊扰暗紫色的五月天穹。情歌手们唱着银色天鹅之歌，每一个嗓音与一组六弦琴中对应的那台发出的弦乐完美融合。她主动将手交给了他。

5 月 25 日

怪异的是，他们分别独自向我展示这些欲望，竟让我感到一种异样的满足。灵魂和身体永远不可能同时得到满足，尽管我们假装爱是统一的。爱只有一个字，却有多重意义；爱只在字面上是统一的整体。在她身上我能抵达野兽的天堂，那也是天使的地狱；和他在一起，肉体的欲望可以暂且搁置，那里有最令人渴望的爱，柏拉图歌颂的爱。此时我内心的恶魔说：可你爱慕的是他美的外形，这种爱是不纯净的。我梦见我们好像在恭谨地跳着帕凡舞或是萨拉班德舞[1]，三个人一起，在舞蹈中野兽和天使在我身上得以和解。某种程度上，我希望和他分享她，和她分享他，可也许只有诗人能有如此超凡脱俗的想法，他既不理解灵魂（施予者），也不懂肉体（接受者）。因此我等着有人来告知我，说我既失去了情人也失去了友人。

5月30日

他要得到她，他说，因为她新鲜，因为她绝无仅有。他不问；他只攫取。她也等着被攫取。我说，你也把我写给她的取走吧，她并没读过。把这些作为那馥郁酥胸的芬芳赠品。也把这首十四行拿走吧，关于肉欲之风险（听听狗的喘息：要过了，再要，还想要）。我清楚这一切的欣悦感受，这倒霉男人的快乐；这有点像被戴了绿帽子。诀窍就是开心，保持风度，微笑；更好的是，得希冀这种失落，并将其视为自我意愿的产物。他会厌倦她，我得强迫自己愿意再次接纳她。于是我想象自己变老，秃顶，流着鼻涕，刚掉了三颗牙齿，觉得垂涎吐沫地渴望拥有年轻人的肉欲是羞耻肮脏之事。除

---

1 帕凡舞（Pavane）和萨拉班德舞（Sarabande）均为流行于十六、十七世纪西欧的风格庄重的慢步舞。据称英女王伊丽莎白一世很喜欢帕凡舞。

了想象自己变老，我脑海里还出现了一幕：在阳光和肮脏的尘埃中，我自己，我心中所有的男人本性，因为时间、肉体和懒散之故受到责难，我在自己灰色的胸毛中抓住了一只虱子，下水道的恶臭，我大腿上的疖子，阳光下腐烂粪堆弥漫着臭气，城市和整个世界的上空飘浮翻腾着发脓的病菌，停滞不动。是时候让灵魂超脱肉体了。

6月2日

我的爱，我的爱。我梦见自己看到他们对着可怜的威尔这笨拙的戏子指指点点嘲笑着。你就扮演老人吧，这是最适合你的。我梦见一位老人被一位在一旁演戏的年轻王子抛弃了，还欠了他一千英镑。难道我就没有远大志向吗，大人？唉，让我到您身边把那个黑女人带走吧。

6月5日

我在市民暴乱中看见自己的灵魂也参与了这样的暴乱。我带着棍棒和暴民走在一起。不就为了物价吗，他们激烈地夸夸其谈，灵魂震荡着。牙齿被打碎，年轻的骨头遭到了狠狠的击打。

6月13日

学徒们把做黄油生意的人一顿痛打，说他们把每磅黄油卖贵了两便士。全城的人都对这买卖感到愤怒不满。杰克踢了汤姆的头，让他倒在肮脏的街道上置之不理。我看到血淋淋的脑袋染红了伦敦鱼市地面的石头，一位衣衫褴褛的老妇踉踉跄跄地走过，呻吟着往家赶，连放黄油的篮子都被她扔了。宫内司法官手下的人不辱使命，一剑刺穿了一个肥胖的年轻学徒，还在一个可怜的男孩身上捅了五刀。死者为 A. 奥尔姆、H. 尼宁杰、T. 尼尔、C. 尼克博克、L. 伽恩、R. 伽利克、C. 福克斯、C. 库斯兰、埃德·克拉博、G. 布雷斯、威尔·比格斯、J. 西默尔、M. 西韦尔、N. 维莎特、马丁·文塞特及其他人。夜晚学徒们打着火炬在街上游行，砸玻璃，闹着要让犹太裁缝们、说话支吾的人、卖啤酒的丹麦人、织布的弗兰德人流血，还说自己认识 W. 莎士比亚。没错，他们在克勒肯维尔揍了黑人妓女，剥掉了其中一人的衣服，并用力擦洗她的身子，要在强暴她之前洗掉她的黑色。至少她，她在霍尔伯恩或其他地方是安全的，他已经带走她去偷欢了。很快会有戒严令。他们已经逮捕了五名学徒，有传言说要在最初的暴动现场绞死他们或五马分尸。所有这一切都是因为一磅黄油卖贵了两便士。唉，除了这些我灵魂之城里还能有怎样的暴乱呢？手指戳进黄油般光滑的深处，这种快乐，还有军队和暴动者践踏过我的血管，高喊着杀啊杀啊。城里洒满了黄油浸染的鲜血。现在价格涨到七便士一磅了，比原先贵了四便士。人们也不扔鸡蛋了，因为它们要卖一便士。

6月26日

一切都在预料中，尽管剧院里喧嚷的学徒不多。今天枢密院下令剧院都关门，时长两个月，瘟疫期到了，达官显贵都出了城，心烦意乱的女王日益老去（虽然所有的镜子都模糊黯淡或是被涂抹过，里面的倒影是二十年前的脸，她心里却明白她的牙齿裂开了）。我要回家吗？

我几乎动弹不了，不是因为我的身体，而是我的灵魂，我罪恶肉体的中心。我躺在没铺好的床上，听着时间的毁灭，反基督徒的威胁，海上新的西班牙大帆船，女王六十三岁关口来了，天堂发出征兆，一匹马正在吃马驹，鬼魂在涂了黄油的路面上滑行。假如我是某个大人物，我就能这样永远躺着，有人为我洗刷身体，为我端来食物，让我不再需要行动。可我还有剧本要写，要从废墟、污秽、罪恶、混乱中哄骗出秩序和美的形象。我拿起笔，叹了口气，坐下来干我的活。但我干不下去。

七

（布道，女士们先生们……等一等，让我先喝一口再说下
去……就在睡与梦之黑暗教堂的任何一个夜晚，面对着最可
鄙的卑贱之众）

肉欲污秽的淫乱、兽奸和鸡奸在这个国度四处游荡，拍
打它们淫荡的翅膀，扬起咳嗽、恶臭、弥漫的尘土，把理性
引入歧途，这你可以确定，在这个时代的可怕异变中，你也
知道神的愤怒。一支全新的反基督舰队不正在我们的海岸边
挑衅吗？可是人们看不到自己的过错。难道法国和英国之间
没有新的冲突？可是人们看不到自己的过错。难道女王陛下
没有跨入自己的人生大关，七乘以九等于六十三，即命中一
道大关，正如圣戴维的主教大人所说，感官开始衰落，力量
渐渐软弱，没错，身体所有的能量一天天退化。然而人们不
会看到，留给他们忏悔过错的时间已经不多了。

你可以将一个人的罪恶视为所有罪恶的类型和范式。他

撒谎，他在淫荡的罪恶中挣扎，忘却了自己对贤妻的责任，只想着将自己滚烫的钢条插入下贱的印度人那柔软湿润的黑色淤泥中。唉，他已失去了她；他有时间忏悔，可忏悔也许太迟了，假如再有犯罪的机会他会加以抵制吗？他不会。其他诗人和剧作家到了无力作恶的时候，便向至高无上的上帝表达深切的悔恨，这些事例俯拾皆是。但倘若时光倒回，他们又会在酒醉中蹒跚趔趄，嘟囔地对着衣衫褴褛、满脸长斑的娼妓野兽般猛戳。那里有肮脏的格林和不敬神的梅林或马林（管他叫什么名字，已经和他那些亵渎神明的文字一起焚尽，被恒久狂烈的虚无吞噬）。我给你带来了新消息，打鼾之人。有一个人，一个敬畏上帝的真正基督徒，他是 F. 劳森先生，拜上帝恩赐，他能目睹诗人在地狱里狂吼，他把这些呼喊写进了一篇名为《反抗邪恶的口号与诗化讥讽者的淫荡絮语》的书中，他在其中描述了这些人在地狱烈火中接受无休止惩罚的惨状（凭他的幻象所见），滚烫发臭的牛肉汤里有恶毒的蛆虫，蠕虫的牙齿噬咬着软脑膜。你当然会在不安的睡梦中惊醒并大汗淋漓。

上帝是万能和公正的。可是在他无所不包的仁慈中，他会经常严惩、谴责、磨炼此生的罪恶者，以此告诫那人倘若不放弃会有怎样的下场。你把这写进了《约翰王》的剧本中，这无非是遍布剧本的糟糕废话，蹩脚的东西。怪你自己犯下的罪恶吧。难道这些无人问津的人物，被不停抱怨的褐色缪斯，甚至是杂种扔进阴沟的，不是些叫嚣咆哮的无聊虚无？

难道你绝妙的诗句，如此精彩，会被那些篡写艰难时局的平庸文人偷去？"如果英国对自己尽忠，那我们就绝无悔恨。"柯维尔大人不是写过"除非英国人毁灭，英国才会毁灭"吗？剑桥的某位叫 C. G. 的匿名人士不是曾说："如果我们忠于内心，我们无需担忧和恐惧敌人"吗？这是一种抄袭形式。一种罪恶会导致许多罪恶产生。

你因为有贵族恩主和伙伴而得意洋洋。"在我眼里，美丽的朋友，你永远不会老，因为我眼中始终是初见的你"（啊，卑鄙！）"于是你的美依旧。"对此有何回应呢？没有。他和我的埃塞克斯大人一起去多佛，准备前往加来[1]，虽然女王陛下会用几句冷嘲热讽让他再赶回朝廷。可是不管怎样，他对你的看法从来没有变，你就是一个暴发户，粗俗狎昵。你觊觎曾经身为他御用诗人的位置，可现在还有其他人也得到了他的欢心。你嫉妒查普曼大爷，嫉妒他最近与贵公子走得很近，也嫉妒他的《亚历山大港的盲丐》在玫瑰剧场上演并大获轰动，被很多人评价为比威莎的作品棒多了。（别害怕，你会为迪克·伯比奇窃取奈德·阿莱恩的成功之道。）愤怒涌了上来。唉，泪水流淌在床单上，把你水壶扔出窗外，责骂那个小男孩，是他从普通人那里为你买来一便士的晚餐和半便士的面包。赶紧吃吧，快点吃，狠狠地大口吃，再去多拿一些，想象着鹅胸肉，涂抹了浓酱汁，包裹着厚厚的棕色汁

1　Calais，法国北部海港，与英国东南部港口多佛隔海相望。

水和薄片面皮，经过烘烤的肉，还有在香料中腌过的鲱鱼，丁香和琉璃苣乳酪蛋糕，抹了肉桂奶油的坚果蜂蜜蛋糕。啊，饕餮大餐。而后上床，懒散地打嗝，躺在那里，纸上除了胡乱按下的油腻的手指印和滴着酒渍的涂鸦，空无一字，纸堆上蒙着灰尘。唉，躺下吧，想象着那个失去的她的模样，她在你面前的狂热姿态，她因为淫荡的欲望而呻吟着。

让英格兰死去吧。让西班牙人来掳掠我们的妻女，被叛逆的法国人怂恿（所有的罗马天主教徒们）。你已经在无聊的爱国剧中尽了自己的责任。就让多尔曼大师书写下一位登上英格兰王位的人，并笨拙地将故事奉献给我的埃塞克斯大人，释放出愤愤不平的抱怨和内心的恐惧。你在打鼾。人们在侵略的威胁中被迫向海边行进。你还在打鼾。加来要沦丧了，课税要解除了。你还在打鼾。伟大的复活节钟声敲响，教堂大门锁住了一群善男信女，再次征集他们入伍，跌跌撞撞地走向多佛。你一直并仍然在打鼾。可悲的人，国家毁灭的促成者。"浮华人世即将崩坍"（抄袭自查普曼）。

在巨大的震荡中醒来。

原来如此。威莎冲着炎热清晨的痛苦世界眨眨眼睛，在上午布满灰尘的强烈阳光下张口结舌，不知道究竟谁造成了这场震荡。他口中发酸，脑袋胀痛。床边的桌子上还放着晚餐后油腻的残羹冷炙。他想吐。不过，首先他得弄明白他为什么会感到晕眩。他发现自己的手短而粗硬，上面染着墨水，这是染色工人的手，是印刷工的手。迪克·菲尔德正俯视着他，一脸严肃焦虑的样子。可是迪克·菲尔德正在斯特拉福，为他给安妮捎钱带信，还有礼物……

"怎么了，"威莎说道，"怎么了怎么回事？"他知道自己散发着腐臭味，便坐起身，他的衬衫肮脏污秽，他一边抚着自己遍布皱纹的脸，清醒过来。

"你听到我说话吗？我应他们的要求早早就回来了，应该说是你妻子的要求，是关于你儿子的，这里还有一封信。"威莎拿过折叠的信纸，笨拙地打开信，对着满是尘土的阳光，眯着眼看信，一边读了起来：

"……别人给他吃了被称为发酵酶的东西和药糖剂，可他似乎没有好转。他把吃下去的都吐了出来，人变得很瘦很瘦。睡着的时候他有时候会大声喊有恶魔。他还说到父亲，他都没怎么见过他……"

"好的，好的，我明白了。"威莎愣愣地说，他坐在床上，一遍遍地读着信，手不停颤抖。就是这样，很冷静，很就事论事的样子，好像信里写的是远房亲戚。"我不可能回去的，我已经捎钱回家了，谢谢你帮我送钱，你看到那孩子了？"

"他吃不下东西，他们说这是西班牙传过来的热病。"

"我来不及去看了，是吧？他会死的，对吧？"

菲尔德还穿着骑马时的斗篷和靴子，他流着汗，尴尬地站在那里。不过他突然大声说："他可是你的亲儿子，老兄，你自己的骨肉啊。"

"是啊。"威莎说着，依然坐在床上，擦着自己的秃顶，一边端详着指甲里的头皮屑。"你总是说男人得和妻子与家人生活在一起。我有过退休回斯特拉福的打算，当个太平绅士，有不错的家宅，过上舒适的生活。"

"你看来还不明白，"菲尔德说，汗水出得更多了，"是你的儿子哈姆奈特，他快死了。"

"哈姆奈特，"这个名字突然让他从困倦和懒散中惊醒，"我的儿子。"那是未来的栋梁，是要继承他的地产、在他的鹿苑里漫步的绅士，他会有骑士的称号。"哈姆奈特·莎士比亚爵士，"威莎说道，"一个骄傲的名字，他会提起自己的父亲，是父亲为他在剧院里打下经济基础，唉，这行业并不比印刷业低贱，难道不是这样吗？"

"你的骑马靴，"菲尔德说，"在哪里？你得立即上马，路上尽是士兵，他们从加迪斯[1]远征回来了。"

"加迪斯，在西班牙。你不是说他得的是西班牙热病？"这时这消息才猛地袭来，冲破了那层膜，其中的意义如洪水般涌上来。"哦，天呐。"他边说边立即下床，笨拙地在房间里寻找干净的亚麻衣服，一边痛苦地呻吟着。

"这话不该由我说的，"菲尔德拘谨地说道，"我常常觉得，这里到处是分心的东西，在伦敦。"

"谢谢你，感谢。男人应该与家人在一起，你刚才说过。"

1　Cadiz，西班牙西南部的一个古港口城市。

他朝小镜子里看看自己，病怏怏的，衰老，肮脏。他用浑浊的冷水拍打自己，用毛巾擦拭着，直到感觉像被蜜蜂蜇过般生疼。这样对他好，他想，夏日里要赶紧骑马穿越乡村。

"我并没有恶意，"菲尔德说，"因为对我们这种人来说有些事情没有益处。我们，说白了，就是生活在人世的边缘，到不了中心的。他们最近在斯特拉福读了你的维纳斯诗篇，至少你父亲读了。我不得不同意他说的话……"

"斯特拉福的手套工匠是不该写这样的诗的，斯特拉福的印刷工也不该印它，它简直太异端了，不是布朗派的虔诚挽歌，"威莎摸索着穿上了短上衣，"看来一个正派的斯特拉福手艺人被邪恶的伦敦给腐蚀了，而他的儿子也要死了。"

"啊，你父亲现在不这样说了，"菲尔德说，"他现在谈的是圣人和蜡烛。至于你母亲，她不读你的诗，你妻子也不看。她们都是传单小册子的虔诚读者。"威莎盯着他。"印得很糟糕，不过也许正规印刷厂也不会想要印这样的东西。"

威莎疲倦地笑了笑。"可怜的迪克·菲尔德，我们都陷入了困境，不是吗，夹在两个世界之间？我们的罪恶和痛苦并不在于要做出一个选择，而后放弃另一个，而是两者都想要。嗯，准备出发吧。"

"我希望等你到达前会有奇迹发生，他们一直在祈祷。"

"一些人对着传单里的上帝，另一些人对着烛光里的上帝，而我一个都不会祈求。"

骑马出伦敦很困难，到处是被遣散的士兵，他们在街上喝酒，情妇们贴在身上，大家都沉浸在凯旋的狂欢中，不愿意有人要为私事穿过人群。那些流着口水大喊大叫的英雄们，在炎热中敞开衣襟，邀请绅士们下马，从溢满酒水的杯子里畅饮，瞧见没，来吧，让我们为女王干杯，为了最终毁灭皮普国王[1]和他所有的圣徒蜡烛干杯。他们死死抓住马鞍侧面，拉着缰绳；有人醉醺醺地跌倒了，差点被马踩上去；还有的被马鞭挥着让开了路。军官们不比士兵穿得得体，他们趔趄着，高歌着，一边抚着自己埃塞克斯式的大胡子。唉，确实是值得庆祝的好消息：加迪斯投降了，西班牙舰队着了火，只有两艘大帆船逃了回去，还交了巨额赎金。斯特拉福垂死的男孩算不了什么，他的呼喊被赞美歌颂的钟声湮没。

他朝着西北方骑行，想起往日对为人父的意义和畏惧感的思考（当时他是骑马回来，不是出城），那时他觉得这是一个任谁都难以承受的责任。儿子十一岁，现在却要死去。他死了会怎样呢？不是进入烈火（如果上帝存在的话，上帝当然是不公的）就是进入虚无，通往任何一方的路都是痛苦的。最好还是没诞生在人世，最好没有生下来。火从水的奔涌中而来，难以驯服低顺，势头凶猛；在动物的狂喜中喷出乳白的液体，释放了一个宇宙，有星辰、太阳、诸神、地狱和一切。这不公平，可是人生来就是接受不公平的。

可不知怎的，他在儿子身上隐约预见了难以言表的诗

1　Pip，应指当时被打败的西班牙国王菲利普。

意。他看见一位英俊的年轻人，衣着华贵，疲倦地骑在马背上，一只手抓着猎鹰，在树林围绕的草地上出没。他不会结婚，早明白女人不值得信任；他曾经坠入爱河，尽管他完全知道这颗心会被折磨成粗糙的网球；他在淡淡的忧伤中恢复过来，话语里充满了对女性的尖锐批判。他饮酒克制，两只白皙的手（左手上有一个乳白的老茧）握住亚光的酒杯，和脸色黯淡的朋友们聊天，他们都不值得信赖，大家聊着哲学，他在自己的宝座上半躺半坐，显得散漫优雅。他身上有一种坚忍的觉悟，已然实现了真正的人生目标。他身处往昔和未来之间，不信任任何一方。他无法行动，但是他也无需行动：没有任何暴力的目的，他忧伤的平静不受干扰。喂食好孔雀，他阅读蒙田；秋夜当猫头鹰捕捉老鼠时，他在卧室里读塞内加；马基雅维利或是伪马基雅维利的阴谋属于被艺术转化的世界，那是一个被他拒绝的蒙着珠光的象征。他是某人的儿子，但他没机会做父亲了。可是这姓氏会怎样，将如何传递给遥远的未来？

于是他发现自己在这个形象里倾注了某种不育的渴望。儿子就是父亲，可以说，他也希望这种儿子-父亲关系消亡。这死亡似乎也是他而非高烧导致的。至于姓氏的永恒，它似乎存在于其他地方，真正重要的也不是姓氏，是鲜血，是灵魂。可是他还没有真正领悟。到达梅登海德时他突然爆发了，那是所有父亲因丧子而发出的无比痛苦的咆哮。但是他无法祈祷让儿子活下来；他只能祈求，当儿子死后要面对不公的上帝所赐予的地狱之火时，无论是怎样的火焰，他自己都要站在儿子这一边来迎接它。如果他不能为儿子而死，那至少让他为他承受加倍的诅咒。他绝望地骑行着。到了牛津他因为发烧而停留了两日。"谷市之冠"的老板娘对他悉心照料。等他抵达斯特拉福，另一场高烧也平息了。

他和父亲一起坐在亨利街屋后的花园里。八月的天气晴朗，他手里拿着一壶低度麦芽酒，因为天热，酒上蒙着一层酵母花。阳光让身体微微出汗，感觉舒畅，微风拂过还有些凉爽，那口小棺材下土时，风儿吹过发出的声响就像一支欢快的管乐队。夏日在吟唱着，关于冰冷的教堂，一曲单调低沉的"尘归尘土归土"，还有哭泣的家人哼唱着。他似乎不被那家人接纳，他干涸的双眼让他感到自己与他们隔绝开。他站在墓地的外围，他是个穿着上好斗篷、冷漠的伦敦人。掘墓的老头吹着口哨，声音从牙缝里传出来，令人烦躁，而后那人醒悟过来，露出尴尬的傻笑，眼珠滑稽地转了转，瞥着那位穿斗篷的绅士。大地就这样接纳了那可怜的男孩，大地还有什么接纳不了的呢？他只有十一岁，还没有显露独特禀赋，既没有对书本的渴望，也没有关于鸟类和草木的渊博知识，男孩粗陋的语言中并没显现敏捷的思维；一个高高瘦瘦的男孩，脸长得和叔叔吉尔伯特很像。他喜欢放学后和叔叔吉尔伯特玩耍，听他讲简单的圣经故事，手里一边干着活，俨然是耐心的手套工匠。他好像不太喜欢叔叔理查德。他的姐妹们有时候很宠爱他，更多时候会做出姑娘常有的姿态来责怪他。

"她们两个是好姑娘，"约翰·莎士比亚点着头说道，"是她们母亲和祖母的帮手，她们会成为贤妻。"好姑娘，威莎心想，贤妻。我生下了这些善良平庸的孩子。不过苏珊娜十三岁就很漂亮了，她是个年轻的乡村美人。可是很快，一想到这个他就心里一沉，很快她就会被引诱到玉米地里，在乡间春日里消磨无聊。可是身为父亲他又能做什么呢，尤其又是一个不陪在她身旁的父亲？"有女儿真令人欣慰。"约翰·莎士比亚说。

"你真这么认为？"威莎咧嘴笑。"我总觉得你把孩子们多少当成了累赘。"

"啊，这是男人年轻时的想法，"他父亲含混地说，"我现在老了，他们都在身边就觉得很不错。等你将来安定下来也会有同样的想法。"他等着儿子说点什么。"你有否想过，"他最终还是问了，"安定下来？"

"首先要做的是，"威莎说，"这我已经对罗杰斯说过，我要买新宅。"

"新宅！"老人的鼓胀的脸颊刷地红起来，就像经过整个秋季才成熟了一般。新宅，那是斯特拉福上流阶层的精髓、核心、旗帜和象征。

"给我妻子和孩子们住的房子。"威莎想了想说道。"妻子和女儿们，"他又更正道，"她们挤在你这里很长时间了。至于我，也许要很长时间才能离开舞台。"

"尽早离开吧，"父亲话里略有些催促的意思，"我觉得这对男人没什么好处。现在奈德也说要演戏，他比其他人都更像你，虽然他写不了十四行诗和那些关于裸体女神的诗。他说想演戏，我就说家里出一个戏子已经够了。"

"是想着要买新宅的戏子，"威莎说，"埃德蒙能这么想就不错了。"

"唉，我明白新宅是什么。不过是一宅子的女人，奇怪的房子，当然，"约翰·莎士比亚说，"现在再生个儿子也来得及。安妮还不老。埃德蒙就生得很晚。我就很幸运有儿子，我自己，可是我儿子好像不乐意给我生孙子。吉尔伯特是不会结婚的。"他有些忧伤地摇着头。"有人说他身体里有恶魔，因为他有癫痫病。你会发现女人们几乎不朝他看，可怜的孩子。迪肯又很怪，尽干些怪事。我竟然生了一群怪儿子。"

"迪肯干了什么怪事？"

"哦，他整天外出，有时候一星期有两三天都在外面，还带着钱回来。他从不说是怎么弄到钱的，只说取之有道。不过有一天有人曾在武斯特见过他。"

"他在干什么？"

"他和一个脚步蹒跚的老女人在一起，走在雨里。不知道他在干吗。有一件事是肯定的，他不想结婚。他是个模样周正的小伙子，除了一条腿短了一点，很多姑娘愿意嫁给他的。但是他一个都不想娶。他也不想干手艺活。他就是怪，特立独行。但是他心很软，可怜的哈姆奈特生病快死了，他一直安慰安妮。"

"是吗？"

"唉，他都陪她掉眼泪，一直好言好语地劝她。她性格内向孤僻，不愿意与人说话。不过迪肯陪她伤心落泪。"

"我想，"威莎悠悠地说道，"他会说丈夫不在身边对她可真是不幸。"

"哦，他明白丈夫们得外出赚钱的。不过现在你回来了她很高兴，她的丈夫和主人回家了，这是女人最大的安慰。"

高兴？安慰？他们一起躺在那张从肖特利运来的旧床上，炎热夏夜让他们充满了回忆。他记得，人们总说，儿子离世，夫妻间的一道光就消失了。他们仰卧着，流着汗，各自想心事，彼此沉默，都以为对方睡着了。这天夜里，他终于开口了："我们最好怎么做？你愿意来伦敦，带着女儿们一起来，我们在那里安家吗？"他想象这一幕，仿佛正在经历：市民莎士比亚大师，以及莎士比亚夫人和两个女儿，他们在肖迪奇或芬斯伯里租了一套体面的房子，他不再与贵族公子交往，也不在半夜疯狂写作了，不再有自由，没有了——想到这里，他赶紧刹车。他宁愿重新做回无聊肥胖的手艺人，写写改改剧本。四法学院的绅士们会怎么说？啊，你见到朱丽叶了？你会说是他的阿德里亚娜，他的卡特林娜。"你愿意留在这里？明年我们就会有新宅了。"

"这是你的愿望。你在那里有自己的生活，菲尔德小爷对你的弟弟说……"

"迪肯。"

"嗯，是理查德。"

"他对你们说了什么？"

"他说的都是关于伦敦的事情，我才不愿意住在那里被人取笑。"

"所以你宁愿相信印刷学徒工的话？"他竭力想把话吞回去。"不管怎样，反正我不想知道。无非是一些关于诗人和戏子的坏话，自从罗宾·格林去世，基特·马洛被人杀害，总是这些议论。"

"我没听说过这些名字。"

"唉，说闲话的人把我们都叫做无神论者、醉鬼、淫棍，说我们把钱都花在罪恶营生里了。我问你，难道这样的人会像我一样往家寄钱，会谈论什么买新房子吗？"

"我不知道你赚的是什么钱，我只知道别人看到你穿着丝绸和你高贵的朋友们一起作乐。我还知道，唉，算了。睡吧，天知道我最近有多缺觉。"

"你知道什么？"

"哦，"她长叹一口气转过身去，"你写的那些诗，它们被送到菲尔德小爷那里印刷。"

"都是些旧东西，那些诗。我把鲁克丽丝带回来了，虽然这里没人愿意读。菲尔德自己对我说，说父亲读了维纳斯，可是你说它是淫秽肮脏的东西。"

"我没这么说，不过它写的是光身子的女神。"

"是的，一位裸体女神在野外和一个男人搏斗。"

她没读过这部分。她说："还有一些小诗，有一些是写给男人的，一些是写给一个黑女人的。"她啜泣起来。

"你从来没为我写过这些东西……"

"十四行诗？是十四行诗吗？菲尔德是怎么拿到我那些十四行诗的？"

"我一点都不知道。"威莎已经站起身，月光照在他的衬衫上。"快睡下，"她命令道，"你得说清楚了，他们说的一切都是真的。"

"不是这样的。是因为我为朋友们写的这些诗落到了肮脏的手里……"

"也许是朋友们的脏手呢，你睡还是不睡啊，随便你，你要是愿意就走吧，可你得让我睡啊。"

"我要找迪肯说说这事，我要了解详情，看来有小偷，有叛徒……"

"理查德不在家，这你知道的。别闹了，乱骂人太丢脸。你儿子还尸骨未寒。"她又开始啜泣。接着她又说："我读过其中一首十四行诗，就是你说的那种诗，我这里还有这一首。"

"不可能，在哪里？谁给你的？"他在月光中又上了床，用手搂住泛着银色月光的脖子。她双手用力挣脱了他温柔的搂抱，说道：

"看来，一切都怪我了。傻瓜，我能拿它怎么办？"

他明白自己没道理。"这首十四行诗在哪里？"

"啊，等明天早上再说了。"

"我现在就要看到。"他拿过火绒箱，摆弄起来，月光下他走到壁烛台的蜡烛旁，那地方从他童年起就没变化过。"我想知道是谁把它交给你的。"

"理查德……"

"唉，又是迪肯。"

"是另一个理查德交给他的，确切地说，是你的朋友奎尼大人。"

"迪克？"他疑惑了，他怎么都不相信。"迪克·奎尼？"

"就放在我的书里面。"她指了指，光滑丰满的胳膊在烛光中泛着暖红色。"就夹在书里。"

威莎皱着眉头困惑不已，他拿起那本破旧的用于虔诚祈祷的硬皮小书，里面都是西班牙反基督徒的警句和关于世界末日的话。他发现有一页是折起来的上好羊皮纸，未及展开，他立刻回忆起那个五月的夜晚，他那颤抖的手指（难道此时手指不同了？）从胸口拿出了墨迹模糊、发着酸臭的东西，一旁背叛了他的黑发女子在嘲笑，而她的新情人也在奚落他。这是多少年前的事了？

我的爱是黑色，她的美也许不闪烁
被如此包裹住的光会全部变成灼热。

我心热如火如炉，大地皆由我掌握；
在如此地狱燃烧，天堂也可以弃舍。

"好吧，"他说，"都过去这么长时间了，这是我早年的作品，那时我还不认识你……没错，就是那天写的。"他凝望着它，"很糟糕的东西，可那时我还年轻。"接着，他仿佛心怀敬畏，看到了其中的名字。"老天，"他说，"难道我们还要为此纠缠不休吗？"

"上床睡吧，"她说，"现在你满意了。"

他本想次日一早就启程返回伦敦。可是他父亲说道：

"我希望你能多住几天，有一个好消息我得等一切落实了，不再有反复了再说。我觉得现在到了公布的时候。尽管现在伤心事那么多，我还是希望你能受到点鼓舞。"

"唉，我们都能各自努力开心一些，不扫了大家的兴。"

"大家？哦，这些法国人联盟，诸如此类的，还有女王正在度过她的什么……"

"人生大关。"

"简直是异教徒的迷信，比起世上万物，这些对我们都无关紧要。琐碎小事才让我们最开心，虽然我不觉得这是件小事。"

"说来听听。"

此时他们正在店铺和作坊里。吉尔伯特显得比他这个年纪要更老成严肃，他正仔细检查着一块小牛皮，手里还拿着铅笔画着。他抬起头严肃地说道：

"唉，这些东西，都被制作成上流物品，唉，可是这并没有什么变化，在上帝眼里是一样的东西。"

"究竟怎么回事？"威莎微笑道。

"哦，吉尔伯特在翻什么东西，他总这样。"父亲清了清嗓子，好像有些尴尬。"我申请了家徽，申请被批准了。现在只需等待纹章院首席执掌正式颁发证书。"

"好啊。"威莎在一张粗糙的工作凳上坐下。他开始慢慢领悟其中的意味了。"家徽？是盾形家徽吗？"

"是猎鹰摇晃长矛，就是在人们称为盾带的东西上面有一个银长矛。"

"上面的格言呢？"

"我念不准确，是诺曼法语。"他拿起吉尔伯特的铅笔，在一张纸上写下了很大的字母：NON SANZ DROICT。

"'不无权利，'"威莎翻译道，"不错，"他停顿了一下说，"非常好。"

"我们一直就是绅士，"他父亲说，站直了身体，带着一丝感伤的自豪，"经历了艰难困苦，感谢上帝，坎坷过去了。多亏了你，你越是尽快脱离目前的营生，回来过绅士的生活……"

"我们英国人就是这样，"威莎叹了口气，"我们常常会忘记钱是怎么赚来的，认为只有土地才真正有绅士派头，土地和财产。好吧，我会尽力多买地，我也很高兴现在我们被认可是绅士了。"

"你很快就可以在服装和封印上用这幅家徽了，"父亲说着，孩子似的吐出词汇来，"戒指、旗帜，所有一切。这可是给亚登家的漂亮一击。"他顽童般咧着嘴笑。接着，他又恢复了成熟严肃，说道："真奇怪，时间的变化会让各种事情怎样逆转过来，你母亲都忘了她的家族代表古老的信仰。我想都是你的安妮让她相信了这种平民宗教，并对主教嗤之以鼻。至于我，一把年纪了，也接受了她曾经的立场，虽然是暗暗接受的，很秘密。至少，我觉得其中有比我之前认可的更多真理，人类确实被残忍无谓地烧死了。我明白，我相信，我会在这样的信仰中死去。他们说男人像酒而女人像醋一样地消亡。"

"不管会有怎样的结果，"威莎说，"我们离世时都是绅士。"

"想想这对你儿子会怎样。"他父亲柔声说道，有些难过。

"啊，是啊，一切都过去了。"

吉尔伯特就像一口钟，鸣响前发出嗡嗡声。"我们都知道自己在干吗，"他说，"却不知道可以干点啥。"

就这样，他骑马返回时心里感受到的更多是讽刺而非苦涩。一个贵族居然会如此对待朋友。这里有人要对您说话，大人。他说，此人是一位绅士。最好去刻个印章，把他的嘲讽印在上等牛皮纸上，就这样印下来，用热蜡印出晃动长矛的猎鹰。不无权利。您将我的心暴露，大人，袒露在哈哈大笑的世人面前。您也由此证明了自身的卑微。这朵被人赞颂的鲜花里藏着虫蠹。相信我，那些明白人比我更了解自己的耻辱；他们知道这耻辱来自何方，大人。等等等等诸如此类。难道肮脏的查普曼（这是一个粗俗的名字，一个奇普塞德人[1]的名字）没有可能把自己的诗放在那个有香料味道的盒子里，心怀恶意和嫉妒地偷了盒子，雀跃地冲向菲尔德，以为菲尔德就是个偷偷摸摸的印刷工，会拿为数不多的银条（他的喝酒钱，伙计）来购买吗？他会不付那个诗人钱，却付我很多钱吗？可菲尔德是这样的人吗？他也许是的；他与斯特拉福之子的需求不同；威莎为了给家里带钱去找他那天他没说一句话，另一天当他带去令人震惊的消息时他也没说。难道是因为羞耻他才在耻辱制造者面前保持沉默吗？

不过，真正的敌人就是高贵优雅的贵族，他的船桅是银质的，马披的是丝绸，船帆是金缕质地，会在背信弃义的微风中，或是宫廷礼仪的风向里高傲地扬起，他毫无忠实，没有爱和忠诚的能力。这时，困顿的巨浪向他自身那艘破旧的三桅帆船袭来，他再次看到儿子的棺材被放进坟墓，他疑惑着，当死亡始终潜伏在过道、腐肉、酸酒中时，当死亡成为与生命抗争的孪生子，那些对荣誉、地位、背叛的高声呼唤

1　Cheapside，伦敦一街区名，当年为诗人剧作家等的聚会场所。

是否比摇篮里焦躁的孩子的哭喊更响亮。荣誉只是一枚徽章。是谁拥有它呢？就是那个星期三死去的人。

　　只是徽章？仅仅只是徽章吗？

八

徽章。盾形纹章。盾牌，靶子，饰有纹章的盾，盾形纹章，三角旗，长标旗，封印，戒指，大厦，建筑，器具，制服，坟墓或纪念碑……

弗洛里奥说："我很高兴地发现……"

封印是在费特巷匆匆雕刻的，要在盾牌、靶子、盾形纹章上印刻和展示同样的图案或功绩……

弗洛里奥说："在这个奇怪的国度，绅士可以成为诗人。其实，诗的基本要素就是文雅，可是很少有诗人能成为绅士的。"

"不过关键是那封信本身，"威莎说，"除了那封印……"

"他还没读过信，"弗洛里奥说，"我觉得他最好别读。他不太好，不仅身体有恙，情绪还非常低落……"

"紧跟风尚。"

"啊，不是，他在法国染上了瘟疫。黑暗中独自躺在床上，没有人说话。至于你在信中所说的，我知道很有道理。可以说我的主人疏忽大意了，他的朋友 T 伯爵很想要这类高雅优美的作品，所以它们落入了约翰·F 爵士的手中，从此不断一圈一圈传下去……"

"直到被某一位穷困文人拿到手。"迪克·菲尔德可能在斯特拉福谈到这些作品，不过他并不是很想把它们印出来。是某个无名小辈把它们带去的，说是有位绅士让他带的，不过他不便透露绅士的名字。不是查普曼大爷，迪克·菲尔德说。查普曼大爷也并不穷困；他新写的气质剧[1] 在玫瑰剧场上演很成功。

"就算你对吧。"弗洛里奥说。他看上去胖了些，也许和爱情滋润有关，和罗莎，诗人的女儿有关。"你也可以认为，如果你想到的话，我的主人把你的十四行诗给他的朋友看了，这肯定不是出于恶意，更可能是出于自豪。我觉得你应该理解这一点。"

"好吧……"威莎有些失望，他对整件事感到的苦涩和激动开始减退；身为演员，他对角色始终是喜新厌旧的。"最近我们有些生分，你也知道，我送上十四行诗，可这些诗又被粗暴地退回了。"

"我是按吩咐退还诗歌的，"弗洛里奥说，"恕我无权解释他为何要退还。不过，坦白说，他身处某种境遇，这种境

---

1 当时流行的一种假科学认为，人的思想气质是由各种比例的体液（血液、黏液、黄胆液、黑胆液）组成决定，一个人体内哪种体液多，就会导致哪种类型的气质。这种"体液决定气质"的机械心理学也影响了某些剧作家，按照这种理论创作"气质型角色"。Humour 一词现为"幽默"，古时也有"体液""脾性""气质"之意。

遇更多是因为他的地位，而不是他本身。你也明白的，他本性率真诚实。不过有时候，他必须得明白自己是谁，尤其当大贵族要向女王的敌人宣战之时。女王陛下不让他跟着埃塞克斯大人前往加迪斯，这就激怒了他。他病了，也做不到了。接着他就受到名不见经传的诗人和戏子的讨好。接着就有了女人的问题，不是淑女。他把女人藏在什么地方，总之，这是他对自己称之为卑劣生活的一种逆反行为。"弗洛里奥做了个意大利人常有的耸肩动作。"你也许会称其为罪恶。英国人喜欢谈罪恶，这与，"他含混地说道，"与英国人的某种双重性有关。"

"请你详细说说这位女士，哦，确切说，女人。"

"我不太了解她，据说人很黑。他送她去了乡下，可是他一直谴责娼妓，即诗人的娼妓，他是这么称呼的。有时候他对诗人评价很低。"

"那这个诗人如何？"

弗洛里奥舒坦地靠在那张巨大的皮椅子里，黝黑的大腿交叉着。他身后的桌子上散乱地摆放着编写字典的资料；他的书架上放满了厚厚的书籍。他的生活很不错，这是一种观望的生活。他哲学式的满足有一种象征物，即那只肥胖的黑猫，它正躺在冒着火星的梨木火堆旁。今年的秋季很冷。他说：

"你自己吗？我想说，你是时候与他重修旧好了。阶层差异接近了。"他笑着道。"我是说，你们各自的阶层接近了。

我想，回头看看，你带给他的更多是裨益而不是伤害。"弗洛里奥并不知道一切，这是无疑的。"你只是没有把自己的观点强加于人的权力，仅此而已。我会转告他你来过，你要捎话吗，或是带一首十四行诗？这次不会再被退还了，我可以保证。"

……至于他的家徽或标志，那是一只猎鹰，正展开银色的翅膀，直立于同色的花环上；它扶持着一杆金矛，正如之前描述过的，矛杆插入头盔，是通常那种有穗饰的……威莎，身为绅士，就返回了主教门，脑海里萦绕着各种意象。"这并非我的担忧，也不是广大世人梦想着即将到来的预言神谕——"那是对最美好时光的回顾，月亮经过了月蚀，和平展开了无尽岁月的橄榄枝，那不过是一个月前。这些伟大和公众世界中稳固秩序的象征物让他思考何为欣喜，让他重新反思什么才是真正持久的爱。至于无尽岁月的橄榄枝，那是不存在的：水果会变黑干瘪；树木会凋零。剧院的地契一年内就要到期了；老伯比奇正在商议要买下黑僧剧院的剑术教练厅，他的目的就是要造一间室内剧场。一切都会变的。人要换住所，换工作，换情人；丈夫和妻子之间的爱会消失，人的艺术和手艺会发展或衰退或仅仅发生改变，这一切都不是他能掌控的。只有在男人和男人之间还有希望保持一种爱，它发乎意志、智慧，以及关于忍耐的智性艺术，超越了单纯的动物需求，即那种以血性蒙蔽双眼的欲望。于是，他把那部关于威尼斯犹太人的喜剧搁置了一两天，回过去写十四行诗，他要写爱的复苏，他自己曾经的痛苦，以及一个诗人兼绅士的新骄傲：

> 你，将在这诗中竖立起纪念碑，
> 暴君的饰章和铜墓却将变成灰。

他在一阵创作激情中一口气写了二十首十四行诗，并将它们包装在一起，亲自在包装上细心地把家徽和格言描画好并涂上色，而后送出。正如弗洛里奥所预言的，这一次的馈赠没有遭遇粗暴的拒绝，取而代之的倒是阅读的静默。

> 那么，我的第二个天国啊，请张开
> 你最亲最纯的怀抱，迎我归来！

他收到了病人写来的便笺，文字有些迟疑，似乎更多的是谦卑而非亲切友好。威莎几乎在得到回复的同时就骑马前往霍尔伯恩。这一次，那里不仅有平日就在的仆人、管家、餐务，以及佩戴着饰链、熊一样的总管，还多了三个大胡子医生。别和他待太久；他很快就觉得累了。请留意了，那间大卧室光线阴暗，霉味很重，门窗紧闭，空气不流通，厚窗帘遮挡了阳光。哈里的床边亮着一盏黯淡的灯，信徒之灯。哈里本人躺在那里，消瘦憔悴，丝绸床单上散乱地放着几张纸，上面是威莎用黑墨水写下的文字。黑暗中他谦卑地笑着。

"啊，"威莎说，"你怎么了？"

"他们说我病了，你不是也病过吗？"他拿起其中一首十四行诗，朗读起来："'而我像病人，心甘情愿地吞服……'"

"哦，是这首。"

"……'醋药来驱除我身上严重的疫病。'"

"见不到你我也会生病，如果你愿意听我说真话。"

"我当然愿。不过我宁愿你不生病。"

"唉，我已经好多了，能够和你在一起，什么病都好了。不见面就会生病。"

"我的威尔就是与众不同，我觉得你会让我很快好起来，是法国天花之类的病。疮疡、肿胀、发烧，他们给我放了血，敷了脏兮兮的膏药。"

"你一定得待在黑暗中？"

"啊，来一点光吧，老天呐，要一点光[1]。"

威莎走到窗边，拉开了精美厚重的窗帘。十一月的阳光洒了进来，像是一桶淡甜酒突然裂了一道缝。"要通通气吗？"他问。

"和光一样不花钱的。"威莎便将窗推开了一条缝，足够让十一月的劲风把两三首十四行诗吹得打旋飘浮。哈里本人做出滑稽的无力样子把灯吹灭了。病房里霉味和浓重甜腻的化脓及药剂味道都被吹散了。威莎从地上捡起两首十四行诗（"……你对我的怜悯就足够把我医好。""……神坠入爱河，

1　原文是拉丁语 *Fiat lux*。

我为他忘忧。"），把这些纸页叠在一起，他说：

"我希望多少能帮到你。"

"哦，对身体很有裨益。我觉得都能起床了。"

"你要真起来，医生就会责怪我了。"

"让医生走，尽是些检查、猜测、假装懂行。他们放任身体自愈，却将功劳自居，还收取丰厚的费用。"

"你当时一定病得很重吧？"

"病得很不是时候。最近宫廷里发生了很多事，我都置身事外。我整天喝些牛乳酒、肉汤，不能喝葡萄酒，不能近女色。真是奇怪，难道不是那个德国修道士最早提到这三宝的？是马丁·路德。酒、女人，还有圣歌。那个国家的语言真是粗俗[1]，不过我觉得它在这里倒挺受用。"

"这么说你现在不见女人了？"他想知道，却不愿直接问。

"得休止或暂停一段，诸如此类的要求，"他很虚弱，"哦，对了，还有你那位黑皮肤的小情人。"老天，他说起来竟那么随意。"异端邪教。这是一段经历，可以这么说，我们共同的经历。真是怪啊，我似乎对你比对她更亲密。"

"她现在在哪里？"

"她想成为淑女。你相信吗，她居然有野心想嫁给英国贵族，这个黑东西。她还来对我哭着说怀上孩子了。"

"怀孕？是你的？"

1　指德国，前文的"酒""女人""圣歌"均为德文。

"天知道是谁的？也许是我的，也许是你的，也可能是任何人的。从时间看可能是你的，如果我没推算错的话，虽然会有早产的可能。让我们说说别的话题吧，别谈这些无聊的孩子的事情。"

"我非得弄明白，"威莎说，"到底发生了什么？"

哈里打着哈欠。"风一吹进来我就有点乏了。"威莎坐在原地关上了窗子。"哦，好吧，既然你这么关心，这我没料到。那以后我听到了各种关于她的事情，主要是说她的房子、马车、仆人都是由西班牙黄金支付的，还说她的目的就是通过你接触我……"

"我当时一直求爱。"

"等一下，还有是企图通过我接触罗宾·德弗洛，并杀了他，甚至还要杀其他的国之重臣，而后，一旦被逮捕，就拿怀孕求情。"

"唉，尽是一派胡言。"

"这些日子流言满天飞，可以这么说，都是关于西班牙人的，什么间谍，两面派，说是被派来搅乱局势。她其实只是个无辜的小娼妇，虽然皮肤黑了点。她欠下了房租和仆人的工钱，"他咧嘴苦笑，"你会说，这没准能给我个教训，谁让我偷了朋友的情妇。你能理解，我对你心怀愧疚。"

"你还是没说……"

"我送她去考德利生下那个杂种。唉，我可不是个坏人，我知道要仁慈些。"

"我懂的，明白。然后呢？"

哈里耸耸肩，"唉，还有别的事情呢。跟加来的西班牙人及其领袖的冲突这些琐事。她也刚从大众视线中渐渐消失。我有时会自问是否这一切都是梦，她光滑的棕色身体会历历在目，还有那日渐隆起的腹部。哦，就让我们把她当作是自己的一场病吧。我们来喝点酒，我发誓现在已经痊愈了。"

可是没有酒。哈里拉了拉床边的招呼铃，那三名医生，那三个酒、女人和圣歌的截然对立面，走了过来。威莎本来一两天后要再来的，可他不能再像这次一样做出可能刺激病人的事了。而且，他还给房间里放进了光和空气。"我明白的，"威莎边说边看着仆人们匆匆进来恢复了室内的沉闷和阴郁，"光线和空气都有很大危害。"

处在康复期的他显得慵懒疲倦，空气流通和强烈光线恢复了彼此间曾经的友谊。可是友情究竟能否真正复原，能否重获最初的喜悦呢？他再不是年轻小伙之身，徒留一具疾病缠绕的弱体；年轻人的自由精神变得狡猾、探寻、精明，不免有些卑劣和邪恶，有了那种埃塞克斯希望朝臣所具有的气质。威莎也觉得自己变老了，变得不容易满足，觉得生活像坏掉的牙齿般烦人，生活的缺口暴露在一条探寻的舌头面前。甜言蜜语、油嘴滑舌的莎士比亚大师。在贝尔蒙月光中的最后一场戏（真正的月亮自然扮演了一个角色，虽然它无法掩饰自己的清寒冷淡，将月光洒在了没落的"剧场"戏院）值得称赞和褒扬，尽管人们的赞美都远不及戏本身的精彩。大家觉得这出戏美妙绝伦，可人们又能知道些什么呢？只有他自己明白，假如文字和技巧能屈尊地带点五旬节的优雅，戏又会变得怎样。他隐约看到眼角余光外的隐秘一幕。这是在演戏，其中包含着现实的真相，有上帝冷酷的反讽，这些只能在演戏中被捕捉到，打现实一个措手不及。

　　生活的现实是黑暗的；他渐渐地相信了这一点。它更多的是关于邪恶、痛苦、失落，而无法写入从蜜糖之山海布拉[1]流出的诗歌里。宫廷里上演的是某种邪恶的假面戏，可那些关于御印与争权夺利、谋权篡位的现实，关于信仰崇拜的闹剧，是满脸麻子、不洗脸的女王在七彩镜子前装扮成了仙女，是将匆匆掠过的污秽简化为笨拙演出的黑暗喜剧。埃塞克斯就在其中干着令人不快的勾当，他想占有加迪斯的赎金，而女王为了自己的腰包则要求他们交出赎金，这个贪婪的老女人当着侍女们的面高声叫喊，与那个嘬嘴高呼的男孩对峙，而淑女们还得装聋作哑。对一点点西班牙黄金的欲望变成了无耻的愤怒，为个人利益起了争执，派系纷纷建立。当圣烛节再次临近，老詹姆斯·伯比奇的死成了威莎关注的焦点，可是他间接地听说埃塞克斯和哈里带着一群拥趸与塞西尔和女王本人作对，以及诺森伯兰伯爵颤颤巍巍地挑衅哈里，激他拿起剑回应挑战（可到底为了什么呢？会得到或失去什么

1　Hybla，意大利西西里岛上地名，盛产优质蜜。后人以"海布拉山"比喻产蜜之地。

呢？难道多吃一口面包或多饮一勺酒会有那么重要吗？）。让可耻更加可恶和令人痛心的是优柔寡断：口口声声的威胁，紧握匕首，却洒不出诚实的热血。

竖笛和六弦琴的甜美旋律，烛光像是顽劣世界的仁慈，它们在这布满蛛网的地窖里显得格格不入。威莎叹息着，觉得自己似乎总是无法为自己时代的那些卑微的邪恶写下一个准确尖锐的词语，刻画出令人羞愧的形象。他和迪克·伯比奇和他的兄弟卡斯伯特（自他们的父亲去世后，两人分别成了黑僧剧院和"剧场"的新主人）站在一起，正在观看玫瑰剧场查普曼那出没什么价值的新戏。他们嘲笑着说把好好的银钱糟蹋了；他们披着斗篷抱起胳膊，靠门站着，就在底楼站票位置，不过离观众席较远，看着《趣日的欢乐》中的一幕戏，关于拉伯维尔伯爵和莫伦女伯爵的，他们都对比自己年轻的配偶心怀嫉妒，活像头带黑帽的忧郁的道西瑟[1]。当时伦敦人就是这样的打扮。

"可是，"事后，当他们在道格酒店坐下来吃奶酪喝酒时，威莎说，"他们不是真实的人，他们身上没有冲突的元素，他们只是一副药剂。你们懂我的意思吗？人类的灵魂不是类似的平静光滑的混合体，组合起来永远愤怒、忧伤或多情。查普曼的这些人物是平面的，就像粗糙的绘画。他们表现的是不真实的自己，既不能让自己也不能让别人感到惊讶。你们

1　查普曼喜剧《趣日的欢乐》（*A Humourous Day's Mirth*）中人物。

懂我的意思吗？"

迪克·伯比奇愉快地摇摇头。"这是现在流行的方式，"他说，"据说，这在前人的教学中就根深蒂固了。这是气质。我现在就能很好地表演这种忧伤的气质……"

"任何气质型的人物你都能演得很好，我们知道的。可这是反复唱一个调子，接着再唱另一个。但人的灵魂并非不断重复的一个曲调，它是复调的。甚至连夏洛克都有很多面，有时候他令人怜悯，有时候又很可笑，还有时候很可恶……"

"夏洛克是个肮脏的犹太人。"

威莎深深叹了口气。"那是人们想要相信的事，他们希望他成为一种洛佩兹式的人物，那是一种讽刺手法，编造出一种肮脏犹太人、老淫棍、年轻好色之徒，或是幻想中的英雄的形象。可是讽刺只是诗学的很小一部分。"

"它现在很时尚，"伯比奇说，"无论你怎么想，它多少是一种我们必须接受的喜剧形式。"

"反正我不接受。"

"假如查普曼能写，你也行的。"

"我可以讽刺他们的讽刺手法，仅此而已，不行吗？时代变化快，一部戏剧应该不受时代所限。"

"这就像是在嘲讽昨天的饥渴，可是昨天的饥渴是不能用明天的食物来消解的。"

"啊，真是警言妙句。"威莎微笑道。

"今天就给我们当日的食物吧，"伯比奇祈求道，"还有买房子的钱，威尔，把房子的事情解决了，然后坐下来认真地研究下怎么比查普曼更查普曼。"

"已经解决了，"威莎说，"新宅是我的了，转让证书也都签好了。难道查普曼能买下他家乡最好的房子吗，别管他家乡在哪里？查普曼，"他傲慢地补充道，"对他的出身总是三缄其口。"

"他的……？"

"出身。"

"反正不是绅士，"迪克·伯比奇含混地说，"虽然他懂不少希腊语。"

"是永久产权吗？"卡斯伯特·伯比奇突然问，他方才一直没说话，在桌面上洒的麦芽酒里画着几何图形。

"新宅？哦，是的，是永久产权。"威莎明白卡斯伯特的想法，他喜欢卡斯伯特，此人比他年轻两岁，严肃拘谨，一丝不苟，嘴唇薄薄的，目光坚定，最近好像有烦心事，其实大家都很焦虑，尤其是关于租期的事情。

"你们谈论该创作和表演什么剧本，"卡斯伯特责备地对他兄弟说道，"却忽略了在哪里演出这个问题，我们也需要新地方。"

"哦，阿莱恩会续租约的，"迪克不经意地说，"他说过要这么做。"

"他可没对我说过。"

"我们在黑僧剧院有地方，比以前的剧场都暖和。那里的居民说服不了枢密院。唉，大人亲自告诉过我……"

新剧场周围的贵族住户抱怨过这样会带来不便，有可能会产生噪音，还有不良分子转来转去，咀嚼血肠，以及化妆间的喧哗。迪克过于乐观了，他生性如此。

"我们有两家剧院同时经营，"迪克说，"你再看看另一家。"

"两家都演气质剧。"威莎说。

"说到气质剧，"迪克说，"彭勃洛克剧团正在让一个泥瓦匠创作呢。我见过他演希埃洛尼莫[1]，非常吵。他对气质剧很热衷，据说他对气质剧有一整套理论。"

"泥瓦匠？"威莎皱着眉头问。

"是的，"迪克·伯比奇面无表情地说，"又一位不是绅士，却懂得希腊文的诗人。他酒喝多了就在丹麦人的啤酒馆里嚷嚷一车又一车的希腊语，可是没人听他的。什么阿克那里翁、色诺芬[2]，诸如此类的，然后就往地板上呕吐。"

"一个懂希腊文的泥瓦匠？"

"哦，他上过威斯敏斯特公学。当过兵，自称在两军的营垒前杀掉一个敌人，还拿到了战利品。那是在低地国家。他很像希腊人。他的父亲或者继父或是其他什么人是泥瓦匠，教给他这门手艺。我想一个泥瓦匠也许能构建牢固的戏剧。"

"是更牢固的剧院吧。"卡斯伯特说。

---

1 基德的悲剧《西班牙悲剧》中人物。
2 Anacreon，公元前六世纪希腊抒情诗人；Xenophon，古希腊雅典城邦的军人、历史学家、随笔作家。

"人各有长，"威莎说，"我指的是行业。"接着他想起了自己的行业。"他写过什么？"

"嗯，有个剧最开始是汤姆·纳什[1]为彭勃洛克剧团写的，但没有完成。还是讽刺剧，气质剧之类的。他只写了两幕，而后出于担忧没再写下去。于是这位率直的本就站出来，说由他来写下面三幕，还问纸和笔在哪里。"

"他叫什么名字？"威莎问。

"他叫本，本·琼生[2]。"

"很好的泥瓦匠的名字。"

"他很有幽默感。纳什吓得直咬指甲，担心他讽刺过了头。可这个本说他既不怕希腊人也不怕别的家伙。"

"他讽刺的是谁？"

"啊，谁都讽刺，"迪克·伯比奇含混地说，"城市、宫廷、议会，谁都不放过。"

小事情，别人的戏。谁会想到这会把一扇最好关紧的门打开呢？一个空虚的夏天近在眼前，哈里又跟着埃塞克斯一起去打西班牙人了。"有个秘密，"他对威莎说，"我要给你带

1　即托马斯·纳什（Thomas Nashe，1567—约1601），与罗伯特·格林（Robert Greene，1558—1592）和托马斯·德克（Thomas Dekker，约1572—1632）同为英国伊丽莎白时代"大学才子派"作家、剧作家、诗人。

2　本·琼生（Ben Jonson，约1572—1637），英国剧作家、诗人、评论家，其艺术创作对英语诗歌和舞台喜剧产生了持久影响。琼生是气质剧的泰斗，被认为是詹姆斯朝仅次于莎士比亚的剧作家。

回一件小礼物，西班牙黄金做的，或是粗粗拔下来的西班牙黑胡须，或是小姐和女士，不管叫什么了。"

"说到黑女人……"

"她们并不完全黑，我听说有些长着红头发。"他喝掉了金雀酒，像个粗俗壮硕的军人般打着酒嗝，可他自身与那形象相去甚远，接着说道："啊，大海在呼唤，今晚我就骑马去普利茅斯。"

"小心西边的漂亮姑娘，她们会变回东边的人，既不漂亮，也不是姑娘……"

"这我可不知道，从没听说过，不过你脑子里可尽是这样的人啊。"

唉，没错，确实如此。当他写作时，当他躺在床上因为炎热辗转难眠时，当他在城市里徘徊，留意着各色人等，脸庞、话语、性格，那么多的感受都会殊途同归地回到她的身体。公共生活里的那些粗俗举动也会引出她来，他没法为自己筑起城堡和壕沟。这究竟是什么，这些人是谁，这些衣衫褴褛、几乎衣不蔽体的人群和家庭，这些在城外跋涉和蹒跚而行，走得脚上满是老茧的人？乞讨者都要离开城市了。他不知道他们为何要离开。他问理发师。

"难道你没听说吗？"这个满身洋葱气味的男人问，一边剪着威莎头顶赤褐色的头发。墙角的一个小男孩唱着歌，间或抽着鼻涕；他的父亲用胳膊肘恼怒地推他，还拨动了鲁特琴上伴奏的小琴弦。"议会说所有老兵和乞讨者，诸如此类的人都得派去皮卡迪利打仗……"

"是皮卡第[1]吧？"威莎皱着眉头问。伴奏的鲁特琴手奏出了最后的三度音。

"就是皮卡第，我刚刚在想其他事情。市长大人不喜欢这些条规，因为他不愿意被枢密院命令，他让大家都知道了这些命令的内容，于是所有穷人和乞丐就有时间挪出伦敦。但是还会有麻烦，你们等着好了。"他恶狠狠地剪下了一绺卷发，好像那是个小小的生命器官。

还会有麻烦。现在发生的事情都像煤炭装卸工人的麻袋直接撞击宫内大臣剧团；它都无需由理发店闲聊慢慢传开了。迪克·伯比奇走进来，浑身颤抖地告诉大家关于枢密院的下一步举动，这还是在无瘟疫的剧院旺季呢，他说所有的剧院都要关门。

"关门？"劳伦斯·弗莱彻高声喊道，他们正在排练《威尼斯商人》，还在对角色进行一些小调整，增加一两句台词，一切都进展得很顺利。

"这个泥瓦匠是把他那摞砖一块块轧在每个人的脚趾上，"伯比奇喊道，"我早就说过《狗岛》光戏名就足以让枢密院激愤咆哮了。"这就是他之前温和而含混地提到的那部讽刺一切的戏，充满了各种鲜明的气质型角色。"现在他们愤怒了，要咬我们所有人。"

---

1 Picardy，法国北部旧省名。

"是市长让枢密院这么做的，"奥古斯汀·菲利普斯说，"市长也和枢密院一样要为此负责，在乞丐那件事上他们是有冲突的。"

"谁都不能信任，"伯比奇说，"他们都一样。这个泥瓦匠傻子不配当演员或诗人，除了是只笨猴子，他啥都不是。"

"好了，"威莎说，"又不光是他，这是无疑的。他只是写完了剧本，是彭勃洛克剧团溜着舌头演出来的。"

"你还没听说全部的事情，"伯比奇冷冷地说，"不仅仅是剧院关门，改过自新。还有人说要叫人来把戏院全部拆毁。大法官都接到命令了，我是这么听说的。"

"除非让我们死，他们别想得逞。"海明琪说。

"是的，没错，"伯比奇咆哮道，"除非让我们死。他们会砸掉剧院，毁了所有演员，并为他们做过这件功德无量的事情沾沾自喜。"

"够了，"威莎平静地说，"收起你的新式讽刺吧。"

"什么？你说什么？你刚才说什么？"

"彭勃洛克剧团发生了什么？"哈里·康代尔问。

"纳什早知道这一切会发生，"伯比奇说，"他很聪明，去了雅茅斯[1]，可是他们把琼生、肖（或是沙阿，甭管叫什么名字了），还有加伯·斯宾塞关进了马歇尔希监狱。他们找不到其他人。在被他们抓住之前琼生跌跌撞撞跑到玫瑰剧场，加

---

1 Yarmouth，英格兰东部港埠。。

入了海军大臣剧团，还恳求提前从亨斯洛那里拿四镑钱。"

"真是少见的泥瓦匠。"弗莱彻嘀咕着。

"这就是你现在找的那种人，"伯比奇说道，他又咆哮起来，"粗鲁又吵闹，不知道何为审慎。我们曾经都是绅士之子。我们一度发展得很顺利。"平心而论，威莎记不得曾有这样的时光，他们总遇到不顺。

"好吧，"卡斯伯特·伯比奇说，"不要再缅怀往事了，我们很快要失去'剧场'戏院了。"

"会过去的，"肯普说，"总是会过去的。"

"可我们现在该怎么办？"菲利普斯问。

骑马回家，突然返回斯特拉福，给家人一个惊喜，告知新宅和纹章的事情，这些都是坚固可靠的，是可以持久的。

"回家去。"威莎说。

于是他真回了家，女士们先生们，他要是没回家该多好。一路上八月的阳光灿烂，牛津"谷市之冠"的老板娘在欢迎他。终于，他的心带着绅士的骄傲，在他那件精致的紧身上衣下跳动着，向斯特拉福走去。做好准备吧，已故的斯特拉福伟人的幽灵，用你们发青的嘴唇向这位成功的新人致以敬意。整个小镇，环绕着他鞠躬行礼吧。可是，进入希普斯顿大街，他得先经过克洛普顿桥，那里有奔涌的逆涡流。又回到了让他奔赴锦绣前程的地方。他微笑着，想到了塔钦。他又看到了那个丰满白皙松弛的身体，畸形的南方国王向它走去。他的笑容显得紧张，乌云遮蔽了阳光。接着云朵放出了白日之神，他要经过的是克洛普顿亲自抛下的斗篷。那栗色的坐骑为主人洋洋得意。到桥头，河左边。大人，给您一座好棚子，上帝保佑您，祝福您，大人，您是本镇和本乡的骄傲。明媚阳光下的希普大街，夏日炎炎中的教堂街，还有……

就是这里，这心血凝结的巅峰和皇冠。新宅，克洛普顿的家宅。他不断颤抖的眼球第一次定在了自己的房产上，产权转让早已完成，他在伦敦就忙这事了。他知道妻子和两个女儿已经搬入；他还给家里寄了钱装饰房子。堂皇的大门在阳光下熠熠生辉，沐浴在莎士比亚的荣耀之光中。他要敲门吗？不，他不要请求，尤其不能用拳头来敲击才进入自己的家宅。前门锁着，他经过大门，左手拿着蜜蜡石，穿入小门，进了花园。那里草木丛生，得好好修剪。过去的主人昂德希尔对花园疏于管理。到处是蜀葵、羽扇、飞燕草、成片的紫衫树篱；威莎遐想着将来整洁漂亮的美景。草坪中央还有一棵桑树。

厨房门为他打开了。那是一间雅致凉爽的厨房，铜质平底锅闪着光，不过没有裸露的手臂在干活，擦擦洗洗，撇奶油。他经过厨房来到客厅，简洁的家具擦得锃亮，一只订婚时的柜子，质朴的硬质椅子。他微微颤抖，因为不知怎的，这里不像是一所供人居住的房子。珠迪丝在哪里？苏珊娜呢？安妮呢？这里好像是他专为自己买下的住宅。他轻轻地走到楼梯旁，仿佛自己的尸体很不体面地躺在楼上的一间卧室里。

他走上了楼。

到了楼上，他踌躇不决地看着五扇关闭的房门。不知怎的，他脑海里闪现出约翰·哈林顿。埃阿斯，一个厕所，一个冲水便桶。[1]为什么房子里没这些东西？这是个很清洁的想法，他眼前突然浮现了迪克·伯比奇的身影，戴着帽子，很忧伤的样子，就坐在马桶上。他轻声说："安妮？安妮吗？"周围似乎很快发出一阵悄然的慌乱声响，其中一扇门后面有人在低语和走动。他疑惑地打开那门，门开启了，他看到了眼前的一幕。

松弛的白色裸体正在穿衣服，神色惊慌，两个人。"这，这，是她，可以这么说。"理查德颤抖着，来不及扣上衬衫扣子，他咧着嘴笑，讨好地傻笑着，想遮住自己的家伙，不过它正在迅速缩回兽性的羞辱中。威莎站在那里，开始怒火中烧，浑身震颤，戴绿帽的感受竟让他有一种难以言表的满足，那是一种得到确认的满足，是一种激愤，仿佛让男人谋杀、焚烧城市、呜咽着躲进坚固城堡孤独自怜等罪行都有了正当理由。他盯着那张床，就是她从肖特利运来的床，一边点头。她用睡袍裹起自己衰老的、背叛了丈夫的裸体，一副厚颜无耻的样子。"她病了，"理查德继续道，"发热躺下了，所以我

1　约翰·哈林顿爵士写过一本关于抽水马桶的书，书名是《埃阿斯变形记》（The Metamorphosis of Ajax）。其中的角色埃阿斯（Ajax）是个琼生式的气质型人物，体内黑胆液过多，终日郁悒寡欢、愤愤不平，后被变成了马桶。Ajax一词拆开后是 A Jax 或 A Jakes，亦即马桶。

过来，于是……"突然，他蹒跚了一步，一边重重地扣上扣子，声调也改变了。"是她，"他说，"是她让我这么做的。"他开始抱怨起来。"我不想做的，可是她……"他甚至用手指颤抖地指向她，抱着胳膊站着，在新宅的这张次好的床边毫无羞耻感。

"是的，是的，"威莎说着，简直是在安慰他，"就是女人。"

九

　　就是这女人，就是这女人，就是这女人的错。这出乎意料，不过他骑马回伦敦时格外镇定。我感谢你们俩解放了我这个戴绿帽的，没有什么像戴绿帽这样对男人的健康和活力有益，这是一种对个人愧疚感（备注：愧疚、镀金、赋税、丹麦税赋）[1]的补偿。至于怒火和打击（绅士的挂剑饰带还在腰际晃荡，封在剑鞘里），难道舞台上的冲击还不够吗？我是拿钱演戏的，才不会免费演。这就是我退出的原因，我亲爱的妻子，我会回来吃晚饭，还要与女儿们谈谈，如果她们真是我的骨肉。至于你，我的弟弟，请找别的老女人来干你抚慰的勾当，你这鼻涕虫，钻进其他废弃的洞眼里去吧。

　　哦，上帝，上帝，上帝啊。

　　尽管如此，他依然觉得麻木，神不守舍。伦敦秋日的演出在他耳畔就像梦呓。

1　原文是 guilt, gilt, gild, geld, Danegeld，这是莎士比亚在玩文字押韵游戏。

安德鲁·怀斯

抚摸着这部出版的剧作，

《理查二世》，我这出版商

真是欣慰得意，在此慎重

提议，请细致斟酌删去

那略有偏颇的一幕，即关于

罢黜国王的剧情。最近有秘密的眼睛

窥视着被暗示提及的叛国

连轻声说出"继位"

（难道"继位"不是轻声说的吗？）

转眼间，就会掀起秋日狂风

像吹落苹果般脑袋掉地——

理查德·伯比奇

他们让步了：我们又能演戏了。

盈利，不过——盈什么利？只有玫瑰剧场赚了钱

有三片新花瓣，可对我们无非是荆棘。

斯宾塞和莎还有讨厌的本

已经穿过了狂野的马歇尔海[1]

成了海军大臣的三根船桅。

1　影射马歇尔希（Marshalsea）监狱。

安德鲁·怀斯

哎，真不错，不错。就在圣保罗教堂内庭

在天使像前他们大声嚷嚷

要花钱看理查之死的悲剧

还有波令布洛克[1]的——可这是个脏词。

理查德·伯比奇

完了，我们的剧院完了，租期到了

卑鄙的贾尔斯，恶棍阿莱恩，他们赢了，

我们无家可归了——

卡斯伯特·伯比奇

不过靠近"幕墙地"[2]，

有个同名的幕墙剧院，那是我们父亲

十年前从那个没脑子的蠢货杂货商

约翰·布莱恩手里买的。迎接冬季吧，

就像在秋季收获黄金，丰收满怀，

瘟疫走远了，议会被召集起来，

城市会拥挤。

---

1 即亨利四世。
2 一块空地，因靠近伦敦城墙的幕墙（Curtain）得名，"幕墙剧院"就在附近，
　是莎士比亚所在的宫内大臣剧团 1597 至 1599 年主要的演出地。

哦上帝，上帝，上帝啊。

理查德·伯比奇

并非如此，因为宫廷新来的人
说西班牙舰队就在海上，
在搜寻迟钝的俘虏，据女王诏书所言，
它俨然是伟大的西班牙无敌舰队
自法尔茅斯出发。至于议会，
它要休会，城市很快就被撤空。

卡斯伯特·伯比奇

西班牙人很快散了，流言说，
就像八八年一样，上帝以滚雷
轰炸我们的敌人：五十艘船沉入
五十寻水深处，余下的
骂骂咧咧着仓皇掉转船头回家。

安德鲁·怀斯

哦，票房不错，自从埃塞克斯大人
回到朝廷，叫嚷着冤屈。瞧，有多少人
想象看到他的身影
出没在波令布洛克的角色之中。

哦上帝，上帝，上帝，上帝，上帝啊。

他们甚至没有发现自己的愚蠢，不是那种做错事的愚蠢，是技巧的笨拙。因为通奸，乱伦通奸需要技巧；被抓现行就是技巧笨拙。可是我们没预料到——不，可是我们的剧本里尽是丈夫不期而至，从科林斯、锡拉库扎或是斯托克纽因顿回来，这是喜剧的关键。我简直受不了这种愚昧，这糟糕的错误，这种技巧的匮乏。

我要是不知情，没看到该多好。

因此，最好放松些，回到自己的技巧和历史及公共事件的暴风骤雨中，把自己畏缩逃避的灵魂包裹在庞大的山体中，那是抵挡所有痛苦的活动盔甲，除了没有挡住那位贵族恩主后来的背叛。

"你们变得过分拘泥道德，"哈里说着把一条腿搁在朋友家椅子的扶手上，那可是朋友最好的一张椅子，"你先是把罗宾当作得意洋洋的波令布洛克，然后认为他必然会衰老退出，接着你再接受那位霍茨波式的莽夫，然后他又成了罗宾，之后他会死，然后被那个肥胖懦夫捡着[1]，从此名誉扫地。"

"我并没太在意埃塞克斯大人，仅仅是《理查》的票房好，我觉得能乘胜追击，而且，"威莎嘟哝着，"他们让我写气质剧。"

---

1 霍茨波（Hotspur）是莎剧《亨利四世》中的人物，被哈尔王子刺死后，尸首被福斯塔夫（即文中"那个肥胖懦夫"）捡到，佯称是自己杀死的并以此邀功。

"他们都说那是罗宾。"哈里说着灌了一口他自己带来的酒。威莎一点都不想喝。

"大家都说，等我们坐在正厅前排看你的《理查》时，我们就算是为自己的事业发掘了一位诗人。"

"什么事业？你这话怎讲？"

哈里喝着酒，似乎有些郁闷，然后说："现在发展不下去了。女王对那位可敬的大人冷嘲热讽，自从他获得伯爵爵位后，他自己也这么认为。罗宾在法耶尔演英雄，还为此博得不少的感激呢。"

"我听说攻下法耶尔的是沃尔特爵士。"

"你到底站在哪一边？罗宾受到不公待遇，很快就会有人来偿还的。"

"我，"威莎温和地说，"不站在任何人一边，我只管自己的事，我不过是一个卑微无名的诗人。"

"不再是我的朋友了？"

"哦，哈里，大人，对这些大事件我没什么说的，我身在风暴边缘，可以说只能感受点微风。难道我说要效忠您所谓的这个事业，就会有得失？再说我对这件事说什么有用吗？"

"有一位罗马诗人，"哈里说着，用两根手指转动酒杯，语调有些做作，"你也许听说过此人，他名叫帕布利乌斯·维吉里乌斯·马尔罗 [1]，他歌颂奥古斯都皇帝的丰功伟绩……"

1　即维吉尔。

"这么说埃塞克斯大人要成为奥古斯都皇帝了，是吗？"

"你好像毫不怀疑，确实，"哈里笑着，"你就是类似于维吉尔的人物。"

"我宁愿做奥维德。"

"啊，就在哥特人当中流放啊。听着，我是认真的，女王已经老糊涂了，这些漫骂罗宾的疯话、怠慢、不公，甚至，有一天还殴打他；你知道这事吗？一拳揍在脸上，毫无来由的，就是因为她任性跋扈，一时冲动。逃到国外我们就什么都没了，看看那些她要派去爱尔兰的大将们的素质。罗宾说什么都被嘲讽。她已经没能力治理朝政了。"

"这是叛国，大人，我亲爱的大人。"

"那是充满诗意的叛国，唉，这难道不是波令布洛克的叛国吗？"

"君主是不能罢黜的。"

"唉，听听我们这位灰白胡子教士叨叨神权。没有人会毁坏神权天授，所以亨利四世就是个篡位者，因此那个鲁莽者必然要崛起，这话没错吧？"

"亨利四世是领受油膏的合法国王。"

"那我在街上找个唱歌的叫花子涂涂油膏好了，"哈里说，"我自己还能经过涂油礼成为哈里九世呢。这一定是非常珍贵的油膏。"

"旧时光早结束了，"威莎说，"我在霍林斯赫德的史书里读到这些人的事迹，拿他们创作剧本，那时权力属于能把握的人。往日早就在波茨沃斯战场结束了。"

"是的，是的，我看过那部戏……"

"我们不希望旧日重来，男爵们就为了一顶连雨都挡不了的金缕帽相互咆哮谩骂。"

"也就是说油膏该洗净了，"哈里说。"你一听说篡位者和叛乱就心惊胆战，可是你的剧作却让他们流利善辩，巧舌如簧。"

"每个人内心都有恶魔，"威莎说，"我们充满了自相矛盾。最好能在舞台上净化这些邪恶。"

"你可以净化你自己，忘掉自己也曾激发过他人的情绪。这么说至少有道理吧，那就是，为了纠正错误，你首先得把错误展现为可以纠正的东西，而在表现错误时，你就导致了更多的错误。嗯，在一部关于英格兰历史的戏剧中，你也可能犯下了你自己那份叛国罪。至于这叛国与错误，"哈里说，"不过是文字上的。"

"你这话听起来像是吉斯公爵[1]本人说的。你应该记得，我们第一次见面时，你和你那位皇帝都在玫瑰剧场，那位马基雅维利，"威莎说，"我怀疑是可怜的基特·马洛或是我们当中其他的卑微诗人污染了你。"

"我没有被污染，"哈里平静地说，"我在朝廷发现了腐败，国家正因为腐败而摇摇欲坠、分崩离析，年轻人一定要净

1　指第三代吉斯公爵（3me Duc de Guise，1550—1588），亨利一世·德·洛林（Henri I de Lorraine le Balafre），法国政治家，"三亨利之战"的中心人物，苏格兰玛丽女王的舅舅。

化它。"

"哈里，"威莎叹了口气，"我比你年长十岁，不，不提了，就当我没说这话，年龄不代表什么。还是问问你能不能活到我的岁数吧。"

"生命，"哈里不经意地说，"如果年龄本身不代表什么美德，那么活得再久也一样。我要干一番事业。假如在此过程中我死了，好吧——那就是死了。不然我也许就死在这次海岛航行中了。"

"你很善于自辩，这我明白。你是受封了骑士的，赖亨爵士。"

"唉，像埃塞克斯骑士爵位的东西多的是。"

"不过这样死去是光荣的。要是像那个可怜的犹太人一样死，你还会觉得光荣吗？在众人高呼中荒谬地死去，肉体像帘幕一样被撕裂，露出内脏被人拉出来？我指的是叛国者的死法。请留意我的话，千万注意了。没有人会罢黜女王，她会颐享天年，但她的日子也不多了。"

"她会越来越衰老，把国家弄垮的，"哈里说，"她会抱怨荷包里钱币太少，一日三餐喝骨头汤。而我们得忍受她令人作呕的口臭、满口的烂牙，还得夸她永世的娇美。她喋喋不休，混淆法语、意大利语和拉丁语，她在卧室里阅读爱情小故事，对它们垂涎欲滴。"

"法国大使对她的睿智赞不绝口，"威莎不安地说，"至少我听人这么说。"

"是啊，你听过这个见过那个，可你什么也不知道。女王是一堆腐烂的垃圾。我知道的，我就在朝廷上。我们需要你做的，你这位再世的奥维德，是写出揭露丑恶与匮乏的东西，戏剧或者诗歌。鼓舞年轻人并指明方向的东西。写一部关于某个老迈昏庸唠叨的暴君被废黜的戏。"

"当年，"威莎慢慢地说，"我写诗时，我是为了取悦你。当你似乎不再乐意读诗，甚至不喜欢十四行诗，我就不再写了。我并没有因此受到伤害——该是你在这世上崭露头角，占有一席之地的时候了，诗歌的闲情所剩无几……"

"没错，没错，你接着说。"

"我的意思是我会继续创作来取悦你，如果你愿意的话，不过只是合法的愉悦……"

"哦，老天，又开始道德说教了。"

"我不会再写任何煽动性的东西了。我不会让我的笔成为叛国的工具。唉，哈里，"他恳求道，"别和朝廷上那些疯子搅在一起。"

"难道要我对疯女人打躬屈膝？我不希望你继续用'叛国'这个词，你是谁，算什么，居然要提醒我别叛国？"

"作为一个朋友，一个爱人。我觉得朋友应该有一定的权利——"

"既然你说你是朋友和爱人，"哈里有些一本正经地说，"你有权提到自己的权利。不过，首先你得证明自己确实在两方面都尽职了。"

"尽职，"威莎苦涩地重复道，"从我还是个小孩的时候，我就不断被人严肃教训要尽职，对家庭，对教会，对国家，对妻子。我现在年纪够大了，能明白唯一不言自明的尽职就是对我们脑子里的秩序负责。用偶尔严厉的一脚，或者永久的坚硬地板来压制混乱是人的责任，其余一切都是一本正经的伪君子为自我利益辩护的话。要在时间之流上刻下秩序的印记是不可能的，我必须设法通过艺术使之成为可能，也只能如此了。除此之外，我担心的就是别惊醒了恶龙。"他在哈里的嘴唇上看到他已经准备好了这个比喻。"而且，"威莎说，"别提什么屠龙者，因为恶龙之血会形成新的恶龙。就让它们沉睡吧，全都睡去。"

哈里说："这是油腻的市井小民的人生观。好吧，我早该料到你会这样，老了就会这么唠叨。大黄、梅子树胶，诸如此类的。你的话于领袖毫无益处，因为你心存恐惧。你现在要大量生产的是市民阶层想要的东西，作为他们自己的徽章和形象。伦敦桥就架在羊毛袋上。哪里摆放你的皮袍子和大肚子，哦，对了，还有你年轻的妻子正被某个裤裆藏鲜肉的年轻人悄悄追逐？那就是你打破格局的地方，确实。"

威莎的笑容很酸涩。"哦，如果你想要那张真实的牙齿掉光了的市民肖像，你尽可以获得的。无论是以爱国者的浮夸语言说事，还是在对金钱的渴望，甚至在被戴绿帽方面，我都能大获全胜。瞧瞧这个被自己亲弟弟戴了绿帽的家伙。"

"戴绿帽……！被……"

"句句是实话。我亲眼所见，我看见了赤身裸体，赶紧逃出去，那羞耻，还有那不知羞耻的。你知道的，那女人从来不知羞耻。你可以把这句话刻在碑上。"

"全告诉我吧，我必须知道一切。"

《狗岛》让剧院关闭后，我回到了斯特拉福，事先没对任何人说，也没人料到我会回家。我的弟弟和妻子正忙着神圣典礼，以确保新宅成为真正的爱巢。"

"把一切都告诉我，全部，你看到的全部。"

"我已经说得够多了，"威莎看到笑意正在朋友眼中涌动，呼之欲出，"太多了。"

"太多了！"哈里爆发出一阵大笑。威莎从来不喜欢他的笑声，很尖锐、疯狂；他不喜欢那张光滑的脸扭曲着迸发出笑声，变得丑陋可怕，取代了之前的俊俏，就好像美与真实或善良毫无关联。"啊，不！"哈里尖叫着。威莎看到他的一颗犬齿露出来，已经烂了；泛黄的舌头有积垢。"太多了，太太太多了！"那笑声爆发出来，阳光的灼烧仿佛变得冰冻，而后是剧烈的咳嗽。那瘦削的身体摇晃着，在华服下抽搐着。"哦，老天。"他变得虚弱，趔趄地往后倒。"你说的没错。"他的手臂颤抖着，一边从书桌上摸索着找酒。"确实太多了。"

"戴绿帽总是很好笑。"威莎说着，对眼前的狂喜感到厌恶，那是一种猥亵无耻的喜悦，和这笑声的致因一样恶心。他想起吉尔伯特的话，那可是凭着后者超凡的智慧从乡土话转化而来，颇为怪异扭曲。例如，"我们都知道自己在干吗，却不知道可以干点啥。"

"哦，亲爱的耶稣，我浑身疼痛。"

"色鬼和肥大的裤裆，"威莎思忖着，"这一幕包罗万象。可为何戴绿帽子就不能成为悲剧呢？"

哈里被一口酒呛着了，又笑着咳了出来，酒沫乱喷。威莎的脸都被溅到了，泡沫飞到他的嘴角，酸甜的味道，这就是他们友情终结的余味。他从桌上拿起一块弄脏的手帕，不停地擦拭着。"我向上帝祈祷，希望你也明白，"他说，"生活的苦涩会让你成熟。"

"我的肋骨都笑断了。"哈里从爆笑中回过神来，一边呻吟着。

"你终究会明白生命的秩序，婚姻是秩序，人会为之受苦却无法破坏它。好好想想吧，人会为秩序受苦，但秩序依然存在。"

"好吧……"哈里粗鲁地抓过友人还在擦拭的手帕，擦擦眼睛，抹去了眼泪。

"眼泪是暧昧的。"词汇大师说道。

"……不管秩序不秩序的，你已经让我受苦了。"他喘息着，一边摸着自己酸疼的肋骨。

"还有一件事，今天起你不要再问我要关于腐败暴君和篡位谋划的诗歌或戏剧了。你只能想着戴绿帽的男人形象离开了。"

"戴绿……"一提这个词就会又爆发出笑声。哈里紧紧抿住嘴唇，用手捶着背心的胸口，好像那笑声是一块肥厚的馅饼，正在落着碎屑。"哎呀，好吧，你算是转移了我对国家大事的关注。关键是兄弟，我想，这才是精彩所在。"精彩。他的脸又差点绷不住；他刹住笑，慢慢恢复过来，压下去，太放肆了，控制住。

威莎意识到最终的厌倦正在靠近，在长长的走廊里悄悄地走过来。这个年轻人，这个大贵族，他自有年轻人或大贵族的疏忽大意，他像刽子手般把朋友的五脏六腑袒露给人看：瞧，这里是十四行诗；在这里，他说道，这里是精彩动人的故事，老天都知道。兄弟才是精彩所在。威莎冷冷地说：

"如果你想打探到全部信息，那这个兄弟的名字就是理查德，他比我小十岁。"下次这就不是疏忽大意了，不再是无辜的疏忽大意了。"那么，阁下，您可以走了。"

哈里定了定神，很开心地说："哦，我可以走了，是吧？"

"也许普通戏子的吹吹打打对你那些朝廷的贵友而言太低俗了，它只适合你那些酒馆的熟人。不管怎样，衷心欢迎你到来。就此别过了。"

哈里站起身，又笑起来，虽然不再是之前对朋友戴绿帽子的那种捧腹大笑。"这是我做不到的一件事，"最后他说道，"我离不开你，你再是无礼莽撞都显得太过严肃，无论你说什么我都不会真心生气。这是一种塔钦式的傲慢吧。"

"别对真相视而不见，"威莎说，"悠长的春季已经结束了。"

"好吧，我想我得走了，"哈里微笑着，"等你心情好些了我再来。这会儿先别说我还没有长大之类的话。"

"唉，"威莎喊道，"难道你还没领悟到当你真的长大了会怎样吗？你会明白什么叫失望，会知道什么时候打错了比方，会懂得当大门看似敞开时其实关闭得最严密，人最倒霉的不是死亡而是垂死。让我告诉你我们正在彼此永别，虽然还未真正死别。我不断衰老，放弃幻想和虚无的想象，你对权力的欲望正在不断增长。你再也回不了头了，我明白的。你会紧跟埃塞克斯大人，因为这是一种悖论，往上爬的路永远是堕落的。这就是它显得如此愉悦和轻松的原因。你会为每一次背信弃义、每一个欲望和小小的野心辩护，用一些高尚的话语，例如'为公众谋福利'等。你甚至会在自我放任、自我满足时以为是在自我牺牲，那个自我已经不是你以为的自我，因为你照的镜子和女王的一样，都是扭曲的。"

"假如我在这里是听你这么教训的，那你是该让我走了。"哈里披上斗篷，衣服卷起的风吹落了书桌上的纸张。

"我把话都说清楚了。"威莎捡起纸张，老人一般叹息着，他站直了身子，感到有些晕眩。直立，晕眩。[1] 又是词汇。他对词汇有着一种哀怨般的乡愁。"我只是觉得，如果我不能拯救你的灵魂，我至少得拯救自己的。"

"你总是这样，又说起腻味的班布里隐射语了，"哈里嘲讽道，"真让我恶心，你这位新近的清教徒绅士，靠那点就

1　原文是 vertical, vertigo，两个词读音相似。

着蜡烛、谷物、条纹布、戏剧赚来的钱。好吧，你去吧，去拯救你那卑贱的小清教徒的灵魂。我宁愿要我的地狱，假如真是地狱的话。去拯救你卑微渺小戴绿帽子的灵魂吧。"他扬起了戴着法式帽子的头，帽子上巨大的黑色羽毛抖起来。"再怎么美化，"他冷笑道，想起了一则旧式笑话，"你也无法掩饰本性的真相，你这只阉鸡，"他补充道，"不无芥末[1]。"他最后大笑一声。"大家都嘲笑你，你比自己所有的喜剧都更可笑。"而后他离开了，当他像送煤工人一样迈着沉重的步伐走下未铺地毯的楼梯时，他压根没笑。

好吧，就这样，随他去了，他受得住疼痛。疼痛经过了他的脑袋，弗朗西斯·米尔斯[2]（普劳图斯和塞内加用拉丁语将喜剧和悲剧诠释得淋漓尽致，而英语作品中将两者在舞台上作出最精彩诠释的就是莎士比亚）的滔滔不绝，他的作品此后屡遭盗版印刷，那"可爱的 S 大师"的名声。我们都知道自己在干吗，却不知道可以干点啥。不过他觉得只要他能接受并释放合适的痛苦，他就能知道自己可以干点什么。他相信女神就存在于空中，是一种随时可以进入伤口的微粒，只要伤口足够深。年轻的米尔斯大师对此又知道些什么？至于

1　Not Without Mustard，是对莎士比亚家族纹章上的格言 Not Without Rights 的嘲弄。

2　弗朗西斯·米尔斯（Francis Meres，1565—1647），第一位对莎士比亚早期诗歌及剧作进行评论的学者。

世间的疯狂，他的痛苦因对此有所预见而消解；他似乎在福斯塔夫身上倾注了所有的"幽默"，很可能这就是一种精准的预言艺术，关于人性的愚蠢，例如女王以谁该被派去镇压野蛮的爱尔兰一事来打击埃塞克斯；统治的失效以及两千人在污秽的沼泽中送命，被沼泽地居民伏击。还有正直的哈里·赖奥斯利堕落到愚蠢的地步，必然走向自我毁灭。

可这难道不就是他自己丢弃的愚蠢吗，就像诗人以自己被诱骗的方式反过来腐蚀资助人。威莎观望着，做出恰当的遗憾表情，看着葬礼的队伍慢慢行进在夏日伦敦的街道上。伯利[1]死了，旧时代和传统美德逝去了；爱尔兰即将沦陷。苍蝇嗡嗡叫。在可悲的乐观中，鸱鹰在层层包裹的尸体上方高高地飞扬。可是在众多哀悼者中，却不见有人领头哭泣。难道你没听说？他带着一个女人跑去法国了。殡葬音乐在热浪中嘶吼。不仅如此，他还和这里的一个女人生了个孩子，那女人身份高贵。轻柔的脚步慢慢走过圆石路面。然而生命始终与死亡此消彼长。（弗农小姐来自宫廷，就躺在埃塞克斯宅中。有人说她珠胎暗结，日趋膨胀；可她从不抱怨这肮脏的勾当，还说伯爵会还她公道。）她不再是受人尊敬的宫廷女官，从今年开始就再也不是了。七个月，不是吗？他最好赶紧回来。耻辱的女人。他们说他最近四天里悄悄回来了，偷

---

1 即第一代伯利勋爵、伊丽莎白女王朝廷的首席大臣威廉·塞西尔（William Cecil，1520—1598）。

偷地……

威莎听不清楚卡斯伯特·伯比奇说的那些坏话，他们坐在闷热的酒馆里，神色阴郁，他们俩，还有理查德，海明琪和菲利普斯，波普，肯普。他正思索着弗洛里奥（他穿着一身黑，不过并非为了伯利）的那些平静愉快的话语："主人在弗利特监狱。"那是为了最终进入伦敦塔做预演；威莎眼前展开了清晰的一幕：离终点两步之遥。"慢慢的纵欲，仓促的婚姻。荣耀女王才不愿受到嘲笑。我听说，她的愤怒令人惊骇。那是她的侍女之一，可你想想，她竟一直蒙在鼓里。可我的大人尽了男人的责任，得到的回报却是进了弗利特监狱。"

"弗利特监狱。"威莎大声说着。他的演员同事都盯着他看；肯普咯咯笑着。卡斯伯特说：

"要照我的做法，我会让他待在弗利特监狱，可是他的罪责是违背本性而非法律。"威莎皱着眉头，很困惑；接着他陷入了回忆。贾尔斯·阿莱恩，租期。"我一直担心这事，我得说，"卡斯伯特说道，"千万别相信阿莱恩，还一个劲口是心非地承诺要续约……"

"这事一定得慢慢来，"肯普咧嘴笑道，"为了我们这里的绅士。"威莎避开了周围的热闹喧嚣，正思忖着。新的伯爵夫人也关监狱了。（"她会挺过去的，别担心，"弗洛里奥说，"我是说女王陛下。士兵们正在爱尔兰跳跃号叫，主人可不会在弗利特监狱虚度光阴。"可是下一步就是伦敦塔，在那之后……说说容易，现实可不是一回事。）

"口是心非的续租承诺，"卡斯伯特颇有耐心地说，"七六年的租约说，如果到期前搬走木材，那些木材就归我们了。他现在明白我是不会接受新条款的，他明白的。已经草拟了，这个新租约，这事先就知道了。所以现在他要拆了剧院，声称木材是他自己的。"理查德·伯比奇抱怨道。

"幕墙剧院没法再用很长时间了。"海明琪说着，一边嚼着坚果。

"杀了阿莱恩，"波普说道，"这几天晚上都没有月亮。"

"租期就像灵魂得继续活着，"卡斯伯特言简意赅地说，"最重要的是我们得想想哪里能找到新地方。迪克和我在淑女巷的花园里走过，那个花园不错，不过我们可不打算种花。说到花，那里可不比玫瑰（剧场）差。"

"那就做新剧场吧，"菲利普斯说。

"我们俩，"理查德·伯比奇说，一边用拇指郑重地指向他的兄弟，"出资一半，你们五个出另一半，如果同意的话。"

"醒醒，威尔。"卡斯伯特·伯比奇说。

"还有建造费用。"海明琪说，一边嚼着下唇旁卷曲的胡须。（我应该去弗利特监狱看他，威莎还在思考。友谊可不能说散就散。假如他很傲慢，不愿见我怎么办？一个地位尊崇的人陷入如此窘境确实很难堪。他看到老鼠会尖叫，他一直怕老鼠。）

"得凑足钱，"卡斯伯特说，"能凑够，我们正在商量，"他对着威莎喊道，"造一个新剧院，就建在河的南岸。"

莎士比亚就是我们自己，是忍受煎熬的凡人俗士，为不大不小的抱负激励，关心钱财，受欲念之害，太平庸了。他的背像个驼峰，驮着一种神奇而又未知何故显得不相干的天才……我们都是威尔。莎士比亚是我们众多救赎者中一位救赎者的名字。

——安东尼·伯吉斯《莎士比亚》（Shakespeare）

"任何东西都不存在毁灭这件事，"威莎说，对自己话语中的自信感到惊讶，"你不可能创造新的事物，只能更新它。难道爱真的会消失吗？"

"哦，老天呐。"肯普祈求道，仰望上天。

"地球在转动，没有全新的一天，只有旧日的更新。明天的面包必然来自今天的面团。你们只能用旧剧院造出新剧院。"大家盯着他。"把它拆掉，把木材装进马车，运过河。为什么要让琐碎肮脏的势力得逞？阿莱恩正摩拳擦掌。骗过他。"

"他是对的，"海明琪说，"老天，他是对的。"

威莎感到了一种重新唤起青春激情的希望。

"没错，"卡斯伯特·伯比奇说，"他是对的，我们就要这么做。我们要等阿莱恩出城……"

"建筑商叫什么名字？"

"叫斯特里特，他是个建筑大师，叫彼得·斯特里特。"

爱有了新的形式，就是这样。像仁慈这样的形式。

十

　　仁慈？难道这真是安抚灵魂创伤的灵药？我的妻子，我的弟弟，他们干了，却不知道自己干了什么。我不会感到愤怒，我谁都不恨。我高高站立着，祝福他们，原谅他们，双唇因苦涩而开启着，额头如石膏般平整光滑，宛若雕像。他看到了，那种震惊是因为亵渎而自发的，那雕像是谁。仁慈，怜悯：难道它们不是一回事吗？我有什么权利给予怜悯？就在弗利特监狱的大门口，听着里面贵人狂欢作乐的喧闹声（"别了别了，我的祝福；你太可爱任何人无法拥有"），鲁特琴和嘲弄的三重唱混杂在不停撩胡子的老鼠、陈旧的尿骚味，和绝望的气氛中，他知道贵公子一定会拒绝自己，此人终于进入了那个圈子，成了怪异的新郎和父亲，但是最终成了男人，迟早要叛逆谋反。他拒绝了自己的老友，还说不认识他，他放荡欢乐而无害的青春只是一场梦幻。

　　威莎站着，在欢笑声中心怀遗憾，就在三月末的奇普塞德。那一天冷冽而晴朗，附近乡野散发着新草的气味，传来了羊羔的咩咩声。那位反复无常的女王赦免了所有人：埃塞克斯要前往爱尔兰，两周前他签名接受了委任状。一千三百匹战马和一千六百名步兵都由他统领。他带着精锐军官骑马出了伦敦，一派优雅姿态，众人忙着鞠躬致意，他像帝王般欠欠身子，太阳国王率领浩荡的侍从队伍，丝绸旗帜在风中猎猎招展，战马欢腾踢踏，蹄子在鹅卵石路面上一打滑便恢复了步态。人群高呼着，挥着手，孩子们被高高举过大人肩膀，帽子被风吹落。威莎静静地站着。那位贵族曾经是他的朋友，此时正表情冷淡地坐在栗色马上，曾经入狱的耻辱早已被遗忘，此时他成了将去平息骚乱的领袖。战马一匹接一匹走过，装饰得华丽堂皇，甲胄叮当作响，仿佛一场古老的梦境，武士们骑马穿行在一排排简陋卑微的商铺之间。威莎打破了沉默喊道："上帝保佑你，愿上帝拯救你"，可是在伦敦民众嘈杂喧闹的祝福声中，那喊声太轻了。"愿上帝赐福你。"他在心里低声说。凯旋的将军会回来得到他应有的报酬，他不要桂冠，也不求殊荣。那些和他一样心怀忠诚的人最需要上帝的赐福。队伍堂皇地行进着；衣衫褴褛的人群心怀祝福地跟在队伍最后摇摆的马屁股后面。三月的阳光中，欢呼声此起彼伏。

仁慈，仁慈。他在街上徜徉，心怀仁慈孤独一人。他在小饭馆里吃了饭，而后走回自己银街的住所。此后他在案前工作。反讽啊，这部关于好战的哈里占领玛尔斯港的戏。傍晚之前，天色意外地暗了起来，三月的蓝天乌云滚滚。闪电划过天际，滚雷及时地在整片天空中齐鸣，冰雹叮当作响，砸碎在人行道上。上帝保佑所有人。他走到窗口往外看。早上天气还如此明媚。他仿佛看到一支浑身污泥的行军队伍，满脸湿漉漉，张大嘴巴诅咒着，可声音被倾盆大雨淹没了，斗篷和制服湿透了，他昔日恩主和朋友的金发淋成了一缕缕老鼠尾巴。当他在空荡荡的街头填满这想象中的一幕时，心头涌起了怜悯之情。但这是一个人对失败的盛大场景所感到的怜悯，一种不足道的怜悯。他热衷文字游戏的脑袋还在不停摆弄着关键词——三月天行军失败，战神玛尔斯入网，孩子般号叫。[1]

现在他的仁慈终于有了回报。她回来了，我的心，回到了这里的安居之所。可是不能在雨中；别让她回来向他祈求廉价的怜悯。又是明媚的春日，天空中滚动着的不祥之兆慢慢消失了。传来一声胆怯的敲门声。他开了门。

"是你？"她穿着朴素的斗篷，没有侍从陪伴，就站在那里，双目低垂。"这不可能，你怎么知道，你从哪里得来消息……谁告诉你这里的？"他们站着，威莎惊得无法动弹，她矜持沉默着，不确定是否会被接纳。

"我见过那个人，我忘了他的名字，他是个小丑，就在你的——"

1　原文：a March day's march marred, Mars netted howling like a child. 玛尔斯（Mars）既是亨利五世占领的港口，又是罗马神话中战神的名字。在神话中，玛尔斯和维纳斯通奸，被维纳斯的丈夫用铜网困住。

"你说的是肯普？我们的小丑，是吗？"他慢慢地从凝望的恍惚中恢复过来。"进来，快进来，欢迎你，进来吧，这里有点乱，瞧，我要把这些纸理一下……"她解开斗篷的系带，兜帽从她乌黑的卷发上脱落。当他再次看到那娇媚的棕色皮肤，内心一阵剧烈的疼痛，那扁扁的鼻子，丰厚的嘴唇，每个皱褶和轮廓都曾被他吻过。那疼痛是因为他明白一切都逝去了，曾经的疯狂的爱恋（曾经有过的，正在经历的，希望拥有的），一切都遗落在了这死寂、庄严、平静的怜悯之后。可他为何要怜悯呢？"你应该，"他说道，"喝一杯酒，你走了怎么多路，你是怎么来的？"

她坐在两张椅子中靠背更直的那一把上。"我从克拉肯威尔来的。肯普昨天晚上在克拉肯威尔，他说他在寻找黑肤女子。他是个满肚子笑话的开心鬼。"

"你不是在……那你在克拉肯威尔干什么呢？"

"我又能做什么呢？"她那灵巧的双肩动了动。威莎递给她酒，他镇定地注意到自己的手在颤抖。"我没有钱。我们的主人去打仗了，他晚上做梦只会梦见自己的妻子和孩子。他就是要多情也没有工夫了。"

我们的主子（tuan）。那是她的词汇。"所以，"威莎慢悠悠地说，"他给过你钱，你是拿酬劳的'情妇'。"

"我不知道这个词是什么意思。不过，没错，他是给我钱。我就住在他出生的地方，叫考德利。我在那里生下了孩子，然后……哦，我不想谈这些。"

"给我说说孩子吧，"威莎说道，他的心狂跳着，"告诉我孩子的父亲是谁。"

她镇定地看着他，然后答道："那个孩子，我想，有两个父亲。"

"唉，这不可能，绝不可能，这完全违背自然规律——"

"那不是其中一个，就是另一个。我很清楚时间的，错不在我，是你，或者是他。"

"那么，"威莎坚持道，"在哪里——"他又说，"不对，还有一个问题，是女孩还是男孩？"

"男孩，"她有些自豪地说，"是个儿子，哭声响亮的胖小子。我对他说不能哭，因为他有两个爸爸。"

"你给他起了什么名字？"

她不停地摇头。"我不会说的，我给他起了和我父亲一样的名字。我想他的名字里一定得带个 bin，那是我们的传统。得在他父亲的名字前加个 bin，因为 bin 指的是'某人之子'。不过有贵族姓氏的是你，他没有，我们的主子去打仗了。"

"我？我不是贵族，我是个绅士，真的，但不是贵族。"

"你是酋长。"她简单地说。他盯着她，然后问：

"他在哪里——我儿子？"

"他和好心人在一起，善良的人。他们在布里斯托尔，这些人因为奴隶致富，现在又后悔了。等他长大了，他会回去的，回到我的家乡。"

威莎一阵晕眩。这难以置信。这么说他的血脉最终会流向东方。那是他的血脉，一定是他的。她突然哭了起来，无声地抽泣着。晶莹的泪珠滚落下来。水晶一般。他愤然甩掉了正经的模样。这是他儿子的母亲，一个女人，不是十四行诗诗人心中想象的幻影。他把自己那块沾了污迹的手帕递给她，这块手帕曾经擦拭过哈里狂笑后的眼泪。"你为什么哭？"他问。

"我再也回不去了，回不去了，可是我的儿子一定要回到家乡。"

威莎点点头，他明白。"你现在得和我在一起，"他说，"我们一定要在一起，你和他好之前就和我在一起了。你破坏了自己的床头盟约，但这一切都过去了，我原谅你。"

她抹着眼泪，抽动鼻子。"他一定要回去，"她说，"如果我在自己的家乡，我会是王侯之妻。可现在我只能做情妇，等我变老，就没人要了。等你像他一样也抛弃我，在克拉肯威尔是没人要我的，我也没法回去了，因为那些船都不去我的家乡。有一天他们会去的，那我的儿子就能和他们一起去。可是现在——"她又哭起来。

"我有妻子，"威莎郁郁地说，"有妻子和女儿，基督教国家和异教国不一样的。哪怕我妻子和人通奸，我都不能抛弃她，这里不能离婚的。我能做的一切只是——"他能做什么呢？他可以给她钱，为她付房租，可是，让她待在这里——他立刻想到了格林的样子，还有他麻脸的情妇，"快刀鲍尔"的姐姐，那个尖叫的杂种幸儿，他们被一同塞进了肮脏的房间，喝完酒直打嗝，大声咒骂让人安静点，诗人拼命赶着要完成《培根修士和班吉修士》。不，在威莎身上发生这种事情的时代已经过去了，身为绅士，在家里养个黑情妇，这可不行。"我要给你找个住处，"他说，"找个安静体面的地方，我会给你钱。"她点点头，抽泣着不再落泪。哭泣让她显得有些丑，但无论如何，更让他觉得要给予同情和怜悯。"好的，给我钱，很多钱。"

"尽我所能吧。"威莎谨慎地说。他的手掌发痒，鞋子里跑生意的脚裂了皮，觉得发胀。"还有，"他补充道，"我不需要你回报，我和以前不一样了。"她盯着他看。

确实，他进入了一个新的阶段。男人天性的欲望，耽于肉欲的向往，睡前或清晨醒来时的肉体兴奋——这一切，所有这一切都被那个下午在新宅的一幕吓退了：女孩们被小心谨慎地送去祖母处，以便通奸行为有意或明目张胆地上演。还有他曾经的贵族朋友兼恩主的爆笑，那笑声响彻长廊，一直在他脑海里回响，让他兴奋的肉体冷却平静。他不再有肉体勃起，取而代之的兴奋是在淑女巷，在天鹅徜徉的河之南岸。那是大胆的圣诞冒险，即在白雪和晶莹的霜冻上行走，就在震颤的天穹下，手推车上装着旧剧院的残肢，被推着向前。这就像法国人所说的既成事实（胡格诺派家族教他学的法语；他在《亨利五世》中有一场戏整个都要用法语，而且得隐晦好色），而贾尔斯·阿莱恩圣诞后从乡下回来，他什么都干不了，只能徒然大光其火。整个春季和夏初，旧剧院的木材都被用来建造新的、有史以来最好的剧院：当埃塞克斯，即便他不在场都能拿秩序混乱、诸事不利来威胁骚扰时，新剧院就是竖起的拳头。审查员正在忙着焚烧书本，堵塞来自爱尔兰的消息，禁止一切关于时局颓废、女王身体每况愈下、继位者始终未定的谣言传播。这是一个令人神经紧张，大小纠纷不断的时期。

"走吧，走好了！别再威胁了，赶紧走！"这居然是威莎本人在对着肯普喊，令他自己都惊讶。"我们烦透了你的串场和修修补补的插科打诨。我已经烦了七年了。既然你不想干该干的事情，那你走，干吗不赶紧走？"

肯普的一身肥肉在愤怒中直抖。"暴发户，"他气急败坏，无意中借用了这个早先被人说过的诋毁之词，"大家是冲着我来看戏的。词语，词语，所有词语都是你的，你不过就是个词袋子。"理查德·伯比奇捋着自己的胡须，一语不发。"我警告你，我可不是来听人吩咐的，收回你那些冠冕堂皇的胡言乱语，乱七八糟的甬管什么话。是我，"肯普叫喊着，对周围排练的众人怒目而视，"是我把一切本事都教给了你。现在居然要我们对着那些词弯腰鞠躬了。"

"情况不同了，威利，"海明琪平静地说道，"我们不能沉湎于往日，无论买站票的观众有多喜欢你。"

"瞧，"肯普喊道，"你也被这词袋子给传染了，还什么'沉湎湎特色色'。"即便他在愤怒时都不忘插科打诨，嘟起嘴发出爆破音。有一两个徒弟都忍俊不禁。

"我们都得学着往前走，"威莎大声说，"剧院得搬家，我们得发展。我不可能由着他的那些个黄色笑话把一台戏弄得庸俗不堪。"

"我可记着你的话了，"肯普大喊着，身子摇摆起来，"总有一天你们所有人都会倒霉的，等着瞧。卡瓦里耶罗·肯普这样的人可不是说有就有的。"罗伯特·阿明[1]站在一旁没掺和，咬着指甲。"这家伙才真的是麻烦呢，"肯普叫着，用颤抖的粗短手指指着威莎，"是我塑造了他，这个优雅的绅士。'不无芥末'。当年可是呜咽着来求我和已故的塔尔顿，要我们给他活干。现在他得意了，还养着个黑娼妇。"

"这话莫名其妙。"威莎涨红了脸，究竟是谁对他的家徽格言嘲弄揶揄的？"重要的是如果我要创作剧本——"

"我想，"迪克·伯比奇对肯普说，"是时候了，你可以把你的股份卖给我和我兄弟。"肯普张口结舌地看着他，像一个喜剧式的恺撒。"你干得不错，你比谁都熬得久。"肯普明显地蔫了。"我们得分道扬镳，该结束了，可是我们不该分手了就成敌人。"肯普的眼里噙满了泪水，他的声音很快成了呜咽；他从来就不懂得自控。"完蛋了，"他哭喊着，"这友善的

---

1 罗伯特·阿明（Robert Armin，1563—1615）继威尔·肯普之后成为宫内大臣剧团的主要喜剧演员，后来在《皆大欢喜》中扮演小丑"试金石"，在《第十二夜》中扮演费斯特，他还是《李尔王》中的弄人。从阿明开始，丑角不再是原来那种全凭插科打诨的小丑，而是语言委婉动人、能够发表学识渊博的妙言趣语和机敏评论的丑角。

老传统，都被这些暴发户给毁了，"他走近威莎，哭得满脸是泪，"你。"他抬起虚弱的胳膊想打人。威莎往回退；他说：

"相信我，所有这一切都无关友谊，我们只考虑怎么做才对剧院有利。"

"小子，别跟我空谈什么对剧院有利的话，说到从艺我可比你们更早——"他站在那里，手臂耷拉在两侧。"唉，说了也没用。"

"退得漂亮些，威利，"海明琪说，"好好退场，这样我们还能一起喝酒说笑。"

"退场，没错。"肯普说。然后他的声音又响亮起来。"唉，退场了一了百了。真是令人绝望，忘恩负义的东西。我会好好走的，老天诅咒你们，"他朝着威莎语无伦次地说个不停，"叛徒。"说完后他准备扬长而去。

"别丢了你的铃铛。"阿明低声说。肯普没听到。"哎哟，哎哟，"阿明甜美的男高音响起，"忘了摇动木马。"

叛徒，叛徒。"我头疼。"威莎说。她的住所是位于天鹅巷的一幢小房子，那里闻得到河水的气味，听得到船夫的喊叫。

"躺下，"她命令道，"我要把这块手帕浸在冷水里。"她忙着拿大口水罐，俨然一位棕色皮肤的主妇，他躺在床上看着她，假装闭上眼睛。房间里有一股香料味道，阳光照得暖暖的，简直是一间微型的西印度群岛小屋。"好了。"她说着，把湿冷的膏药贴在他额头。"让开点。"她命令道，接着就睡在了他边上。

"真舒服，"他说，"这是个男人的世界，有时候都能闻到你争我斗的男人浓重的汗味。待在这里真好。"

"静静躺着别说话。"他的紧身上衣脱了，衬衫敞开着迎接夏日的热浪；她用小手抚着他瘦削的胸脯，往下，一直往下，直到腹部，而后再上来。

"我从来没有想过，"他说，感到一天的痛苦渐渐退去了，"我能这样安静地躺着。曾经有段时间，我会像个吃不够果脯的男孩一样贪婪地抓住你。我会想把你塞进自己嘴里。"

"现在不是了，"他的眼睛闭着，可依然能感觉她在微笑，"我可得让你变回从前的样子。"

"我喜欢这种惬意的宁静，我们俩就这样躺在一起，心满意足。"

"我也喜欢另一种方式，"她袒露胸脯，把他的脑袋搁在上面，一边抚摸着，"就是男人和女人要做的。"他的舌头悠悠地爱抚着她的乳头，她浑身震颤起来。"别这样，如果你不想——"接着，她向他展示了即便体力不济，他最后依然可以做点什么来给她愉悦和解脱。凭着他那只不由自主的手，她攀上梯子，爬升至最高的横档，而后不顾一切地腾空飞跃，周围的空气犹如丝绸软垫。她躺着喘息了片刻。他说：

"你别考虑我，我很快就琢磨出来了，别怕。灵魂会对身体做一些事的。"汗水攒聚在她的额头；他用手帕轻轻擦拭那汗水，汗珠已从他的前额滚落到枕头上。很快，她睁开眼睛，微笑着。

"啊，"她说，"你很快就会琢磨出来了。"

可是一直到盛夏他才再次琢磨。七月的一天，他和伯比奇兄弟、海明琪还有其他人一起站在淑女巷。建筑工头斯特里特做了一个秘密共济会的手势；工人们收起围裙。成了[1]。不知怎的威莎无法把这些词从他脑海里抹去。他觉得这不是基督的话语，而是来自浮士德——用鲜血签下了协议。他预见到自己最好的热血必将在这里流淌。"这是，"弗莱彻说，"恢弘的建筑。"

"他们承诺了明天中午给我们升旗，"迪克·伯比奇说，"大力神赫拉克勒斯及其环球。"一个恢弘的名字，给这座恢弘的建筑。"环球"。世界即舞台[2]。一句恢弘的格言。整个世界，不，全世界就像一出戏，是一个舞台……他得写点什么出来。现在——

"现在我们要畅饮。"迪克·伯比奇说道。徒弟们都笑起来，打开了篮子。里面是杯子、酒壶。"我们要在每一个入口处喝酒，在每一处，每个角落。我们要让这儿闻起来像葡萄酒，而不是油漆、泥浆和木屑。我们要给它洗礼。"

"吾为汝洗礼，"约翰·威尔逊说，"以基德、马洛与莎士

---

1 耶稣在十字架上的倒数第二句话（见《新约·约翰福音》第19章第30节）。
  原文为拉丁文：Consummatum est.
2 原文为拉丁文：Totus mundus agit histrionem.

比亚的名义。"[1]威莎脸红了。

"我要对那个好心的祈祷者说阿门阿门。"迪克与弟弟一前一后，领着大家走到入口处。在进去之前他们痛饮了一杯烈性的铁锈色葡萄酒以表敬意，酒被阳光晒得热烘烘的。就像喝血一样。然后他们又喝了一大口，环顾四周——层叠的楼座，突出的裙台，顶篷，没有拉幕布的暗室，乐台。他们登上舞台，摆姿势，昂首阔步，挥舞着满溢的酒杯。他们想起了从前的台词，陈年往事，还有那些错过的提词。他们想到了肯普，一时感到有点难为情。阿明试图爬上舞台边的一根柱子。他们齐声咆哮着一首战斗歌曲，从舞台左侧的入口走到了右侧，疯了似的跑下台阶，穿过阴暗的充满回声的隐形地下室，又爬上通往左侧入口的台阶，接着恢复庄严的步伐走上台，排成了无穷无尽的行军队伍，每个人都变换着形象和姿态，在每次入场时扮演不同的士兵，但谁都没有放下酒杯。康代尔在舞台下面像个鬼魂般呻吟。迪克·伯比奇像朱丽叶一样尖声叫着，在有护栏的乐台上挥着手。他们跳起重重的踏脚舞，测试地板的坚固，他们搔首弄姿地踮脚跳帕凡舞。船夫和乞丐被歌声、笑声和叫喊吸引过来，朝里面探望，看到这肆无忌惮的表演都张口结舌。头顶的云在七月的蓝天上翻滚，午后下了一场短暂的阵雨，但在剧院的遮篷下面，宫内大臣剧团的人们没有感觉到。太阳再次出来的时候，

1　原文为拉丁文。

酒壶已经空了，剧院里已经涂抹上了散发铁锈味道的血色葡萄酒，有的直接从酒壶里洒出来，也有的在更亲密的饮酒仪式上，从身体的酒器里冒出来。他们开始踉踉跄跄地往家走，那些还能走路的人勾肩搭背，满怀伶人之间的兄弟情谊。两个人躺倒了，醉得不省人事，就横陈在裙台上。阿明还清醒，坐在舞台上想着什么事情，两条腿在舞台边缘晃荡着，唱着一首忧伤的歌：

别了，别了，我的爱；
你真是太可爱
没人配拥有。
所以我们分开。

但在那个时候，威莎尽管酒意醺浓，已经走在通往天鹅巷的路上了。

"你醉了，"她说，"你喝了太多的酒。"她扁平的鼻翼翕动着，手臂交叉抱在胸前。威莎差点跌进她的卧室，此时在她床上躺下了，还穿着靴子。他呻吟着。

"只喝了一点点，"他说，"但对我来说太多了。我没啥酒量。"他闭上了眼睛。"呃……"

"你最好睡一会儿。"

"今天完工了。我们的新剧院。所以喝酒庆贺。大家都喝了，我比他们都喝得少，"他傻气地咯咯笑着，"恢弘的建筑。"

"我这里有东西你得喝一点。"她说着，开始用银匙从小瓦罐里舀了一点褐色的药剂，放在牛角杯里。"你喝下它，不是酒。"

"不，不行，我要……"

"你喝下它，接着再睡。它会让你胃里舒服些。"她拿了过去，扶着他的肩膀让他喝下。那东西臭烘烘甜腻腻的。"好了。"她说。

他很快就从高高的乐台上跳入睡眠之中。在脑海深处梦境开启了。这些并非不愉快的梦，但里面的细节令人不快。他看到一大群人向他涌来，都是熟悉的面孔，但他明白从未见过这些人，大多数是底层人的脸，面颊和下颌满是汗水，满口坏牙，臭烘烘的旧衣服散发着腐烂的炖羊肉和褐色耳垢的臭味。黑洞洞的嘴巴朝他喊着，不知是咒骂、笑声，还是爱意。但他自己的回答却是一声欢快的怒吼，从一根高高的柱子上传来，原来他的手脚充满淫欲地紧贴在杆子上。他喊叫着一些晦涩难懂的话，他知道都是胡言乱语。这时，就像莫名产生了奇迹，他脱掉了身上的各种服饰，他好像有很多（剧院里有满满一柜子），把它们扔向人群。在半空中，它们变成了一块块红色的鲜肉、内脏、肋骨、三根脖子（他在梦中对这荒诞的一幕笑了笑），被下面指甲粗糙的肮脏的手抓住了，没有一声感谢，就汁水横流大口嚼起来。

梦境又变成了一个巨大的花园，在忧伤的夏日夜色中，整齐地种着小树。一片永恒的宁静覆盖了一切；他意识到地平线是圆的，仿佛这片绿色都是海洋的绿色。这片宁静，在孤独的苍头燕雀的呼唤之下，就这样被钉在了温柔的天庭之上。在他四处窜动的视线的余光里，地上冒出一座又一座雕像，当他将视线对准它们时，便一一融化了；这些雕像都是古人，他在梦中发誓说，这些古人从未存在过：托蒂曼督斯、艾夫列斯、布兰诺、佛里昂、达克勒斯。一个穿着都铎王朝早期服饰的男孩正在这些雕像后面捉迷藏；他并没有从一座雕像跑到另一座，而是开心地朝着威莎看，无论威莎视线余光扫到哪里，他就出现在那尊雕像后面，一旦转眼凝视，就和雕像一同消失。此时，在银光中，一个年轻男子在树木间跑动，那光亮仿佛是他自己散发出来的，他戴着一顶有羽饰的帽子，正骄傲地坐在他的栗色马上，忧伤的眼睛始终盯着他。做梦的人哭了。

接着出现了伦敦塔和垫头木，一颗滚动的头颅。一颗头颅，威莎注意到，它没法像球一样滚动，因为有耳朵。戴面具的刽子手朝着汩汩涌出的鲜血笑着，那血就是从断开的身体流出来的，而一旁锦衣华服的见证者正庄严地微笑，满脸胡须。可是那颗头颅也在污秽的旗帜处微笑着，一群嗜血的虫子正朝它爬过去。"开始。"一个声音说道，于是威莎用一只手捡起头颅。那头轻若鸿毛，海绵状，有着美味蜂蜜蛋糕的味道。在众人低声的首肯中，威莎欣然把它全吃光了。

然后，他面临着地球也是一座塔楼的哲学两难，不过在梦中他明白了这个谜面的用意。新建筑从他的胯部稳步崛起，那是一家有着曲径花园的剧院，他得意洋洋地笑了。"但这里不是淑女巷。"他喊着，这就像世上绝妙的笑话。于是他呼吸自然地慢慢爬出梦境，尽管内心怦怦跳着，他觉得很凉，那是七月的夜晚，又是一场阵雨，窗棂上还挂着雨滴，那幢高耸的剧院就矗立在他面前，一切就绪。

她赤裸地躺在他身旁，苗条挺拔，一个黄金般的奇迹。他衣服上的系带被解开了，没有扣扣子，但他也要全身赤裸。他脱掉衣服，仿佛脱掉了罪恶的象征，浑身充满力量，跃跃欲试，他紧紧抱住了她。这是最出色的一部戏，动作融入表演，以死亡和期待中的复苏为终结。他喷发出精子，几乎与她抵达高潮的呼喊完全同步。他们紧紧相拥，在数英里的芳香空气中一同翻滚下来，沉入并歇息在天鹅绒上。而再次继续的惬意自在，又宣告了荣耀与优雅，可见夜晚完全配得上白昼的凯旋。

他的青春，从前曾和她一起重新寻找，却又在罪疚中被抛弃，现在终于得到了它的花朵；他投身印度群岛的梦想实现了，他对奇异水果的胃口得到了满足，既不感到厌恶，也不觉得愧疚，也没有来自责任的折磨。欢愉没有界限：手腕、乳房或脚踝的每一条最细小的血管，每一个指关节，她眉头每一根黑色纤维，甚至落在她面颊上一根栗色睫毛，都能点燃欲火。他那坚硬的力量化作了熟悉的动作，仿佛一条不停吠叫的狗拽住了他的链条，撕咬着，而他的其他部位像果冻般颤抖。走在人行道上，他能感觉土地就在脚下；他要发动了，要嘶吼着起飞。他像神话中的斯芬克斯一样进入了她，狂暴地冲进一座高贵之城，突然被周围的黄金怔住，醒悟到孕育它的神圣火花，而后又被一种典型的兽性驱使着去表达神性。

伦敦，这个污秽的城市，成了这对恋人徘徊的美丽园，哪怕在八月的酷暑里。那些盘旋着，或栖息着撕啄叛国者头颅腐肉的鸢鹰变成了可爱的、清扫城市的禽鸟，目光炯炯，羽毛光洁，这神话寓言中动物的样子迷住了他们。巴黎花园斗兽场里那些被撕扯的号叫的熊、狗和猿都是殉道者，它们会立即起身变成黄金纹章上的动物雕刻，以捍卫他们稳固恒久的爱情象征。那些在泰晤士河畔戴着镣铐铁链的可怜人，没有鼻子、嘴唇，眼球被挖空，当第三次潮水[1]冲刷过后，他们会加入那些在泰彭刑场被绞死，在古典地狱的监牢里渐渐腐烂、成为英雄的人，被维吉尔谱写成乐曲，成了校园岁月里可爱美好的纯真。可是，每当激情涤荡趋缓时，当他们呼吸着夜晚的空气，她常常忧伤地摇着头，在透明面纱下微笑，说秋天很快要在他们身上降临，爱火会烧掉肉身，然后烧掉爱本身——燃尽，永远消失。

"你得上路，你要航行经过我的岛屿，你有活儿要干的。"

1　当时泰晤士河岸边会见到一些锁着的囚犯，他们的尸体必须在这里经受三次潮水的冲刷方可收殓。

"这就是我的活儿，这里就是我们的岛屿。"

确实如此，他们彼此缠绵交织，与外界关于西班牙人登陆怀特岛的惊慌消息完全隔绝，听不见女人们在大街上尖叫，沉重的铁链叮当作响，城门已经紧闭。训练有素的队伍在游行，市民们披上盔甲，离开妻子，走出酒馆。一次惊心动魄的遭遇之后，她躲在房间里。"她是西班牙女人，瞧瞧她黑色的皮肤。"她跑开了，还对着她的一只瓶子吸气（这是专门对付心悸的），一时嘴唇发青，慢慢才恢复。她把自己和他一起锁在她家里，都在卧室里。据说西班牙人到了南安普顿。苏格兰派了四万步兵和两百名风笛手骚扰边境；爱尔兰从沼泽地探出头来，狂暴地又叫又咬；西班牙的友人加强了她的军队；法国嘲笑着观望。可是，在那张狭窄的床上，正确的历史在上演，真正的现实被揭示：那是神圣的，是一种高贵。斗争和侵略是为了建立真诚的短暂的和平，而非愤世嫉俗的永恒安宁；交战双方举着同样的旗帜。

全城的恐慌被证实毫无根据：三万人从麦尔恩德[1]步行回家，城门大开。可是那里至少很快就聚集了一支队伍。可难道这仅仅是为了抵御西班牙人？至于爱尔兰，由于缺乏情报，好像被夏季风雪围困，那种气候可不适宜战争。但是谁能肯定他们就不会回来了呢，就不会在胜利中傲慢地要求得到他认为应得的东西呢？不过，他身后会有不计报酬的乌合之众，

1　Mile End，伦敦东南的一个地名。

他们被关于抢劫战利品的闲聊所诱骗，双脚因为爱尔兰无尽的潮湿而溃烂，长满皮疹。

威莎意识到，自己有权享受春日的欣快，它很快就会与夏季交接。他想，这是不可能永远持续的。他恐怕已经透支了体力，他不再是个年轻人，他喝得太多（没有酒连维纳斯都会感冒）来刺激胃口。一天早晨他一丝不挂地站在自己房间里，好奇地打量着自己的身体。某种程度上它好像一如往昔——瘦削、苍白，和其他绅士一样缺乏肌肉；再细看，它又是一座被她荣耀了的庙宇。他就这样站着，打量着，他感到了一种对自己裸体的适当反应，那是一个月交往下来的结果。他如此渴望她，他愿意急切地释放肉欲，视其为无价值的东西，这东西不配她，就像瓶子里第一次倒出来用来冲洗杯子的酒：他要把她的形象投射在房间的墙壁上，聚集起整夜的精子射在她的衣服上（他已经问她讨要了一件内衣，一只袜子，一只鞋）。这时他注意到一个小斑点，红褐色，硬币大小，像是镶嵌在瓷片上的那种，在紧致光滑的皮肤上尤为突兀。大约一天前，他看到那里有小扁豆大小的印记，粉红色的。他感到迷惑但并没有惊慌，他轻轻地在龟头上扒开，发现有一处痛点（但那不该叫痛点，并不觉得疼），动起来时它就会展开成硬币大小。嗯，没错的，这是扭伤，或是她在激动时指甲抓的，也许是他自己动作急切时擦出来的。爱在粗暴地对待身体时，身体却在微笑；它的抱怨最多就是温柔亲昵的咕哝。不过，即便这瑕疵是多么微不足道，他也不敢在极度难耐的饥渴中接近她那金色的身体……

"我,"他对她说,"有点不舒服,我不再,"他微笑道,"像过去那样年轻了。"

她非常镇定地给予真切的安慰。"疼吗?在哪里呢?哦,我有东西,这里有 ubat。"Ubat 在她的母语中就是"药"。"我能用它来对付各种疼痛。"

"不是痛,"他告诉她,"我有点累了,仅此而已。"

"你累了,那快上床吧。"

"我不能待很长时间,有新戏,大家等我去排演。"她噘起了嘴。于是他觉得裆部的腺体做出了反应,有些怪异的沉重感。他皱起眉头,躺在床上的她也看到他皱眉了,她半裸着身体,等着被爱抚。她还注意到他的手不由自主地动起来,移到了那小小的隐秘地带,于是她又激动起来。她翻身对着他,说:

"让我看看。"

"没什么,我该走了,我就过来看看而已,我们明天再见面吧。"

"我要看。"她坚持道。于是她探向他,他没有抵抗,然后她看到了。他发现她的眼睛因为震惊而瞪大了,接着,由于她的靠近和渴望,那凸起的红色硬币大小的斑点激奋昂扬,很快又投入了爱的交流中。时光倒回,他又回到了创作《罗密欧与朱丽叶》的年代,回到了他对吉罗拉摩·弗拉卡斯托洛[1] 竟然还是维罗纳的医生这一反讽不停坏笑的岁月。弗拉卡斯托洛的诗歌中那个牧羊人叫什么名字？是个希腊名字，他记得，意思是"猪爱人"或之类的。不过副标题是："……或高卢病[2]"。

他们相互凝视着。她本能地将敞开的松软睡衣裹紧；她茶色的裸体被遮盖起来，就像夏日将尽万物被藏匿。他脑海里叠加着各种形象，有些困惑了，有被洗劫和焚烧的城市，一群士兵在怒吼，乌合之众聚集着过了泰晤士河要摧毁环球剧场。接着，出现了现实逼真的亮色，他看到自己成了斯特拉福的快乐孩童（七六年，还是七七年？），正在阅读一本从父亲空荡荡的书架上拿下来的书，是安德鲁·布尔德写的《健康要略》。"高卢病在英语中被称为法国麻疹，我小时候它们又被叫作西班牙麻疹。"他曾经问父亲："什么是麻疹？"父亲回答："哦，是这些人得的一种疾病，他们的身体被噬咬，而人就会疯掉。"

他们依然静静地相互凝视，接着她退回到房间最远的角落，仿佛自己并不是被那软弱的两盎司悲哀的肉体，而是被一柄剑逼过去的。他有一种被人牵引的感觉，像是从八月末被拖入了慢慢展开的命运终点。他望着她的棕色身体，那肮脏河流一般的颜色，等着怒火从喉咙口喷发，可是他只知道

---

1 Girolamo Fracastoro（1478—1553），出生于维罗纳的意大利医学家，在数学、地质、星象、诗歌等方面也有很高的造诣。
2 原文为拉丁文。

这是一种同情，它本身也许就是一种疾病。

"我要走了，"他说，"还有活要干。"

"好的，好，你走吧。"

"如果你需要钱……"

"我有。"

"我会回来的，"他说，"一两天后吧。等我感觉好受了些。"

"好的，好。"

当他在阳光下走向环球剧场时，他竟然有点开心，他觉得自己处在疯狂的对立情绪中，充满了生命的种子，不过这不是她造成的，她只是无形和未知一切的中介。在充满精力的酝酿时刻，他必须诞下什么，那生命不可能是人类或凡胎。他的视线无比清晰通透，这并非诸神降临；它们是内在固有的，却很少显现，它们是盲目的，很难找到出口的通道。可是一旦它们找到了大门，它们就会焚毁环球剧场。

旗帜放下了，被卷了起来。当日下午它要在阳光下，在号角中展现：赫拉克勒斯在肩头扛起地球。威莎想到那难以名状的负担，觉得自己的肩膀有些疼，他明白那担子不会轻。他朝着剧院的入口处走去，到了那里他得靠边站一会儿，得让那鞠躬微笑的幽灵走出来，那个可爱的莎士比亚大师。

尾声

一

　　酒快喝完了，亲爱的贵族大爷和女士们，可是外面还有很多酒正倒出来呢，稀薄、缓慢、灰白色。我再也不要品尝这种即将到来的独特黑暗了，可是我离开时不会感到抱歉。这些美好的渴望，这英格兰春日披着冷绿和清爽亚麻的欲望，它们并没有诱惑我来到人间。如果你投入这黑暗，你最终显现时会身处热烈骄阳下，在我虚构的东方岛屿。这就是我今晚要做的，我要像鸟儿一样跃入。我看到你们已经准备好钱了，女士们。别抽抽，别跳来跳去，也别翻腾，我马上就离开。

　　趁着腐蚀物尚未入侵，诗人拼命绞出那点最后的甜蜜，就让我们在这一反讽上拓展一片空间。不过，是她，是那个女神，尽管她无形，却像胎儿般活泼地手舞足蹈，是她定下的标题，因为这确实事关重大，是他们想要的，也是和他们一样的其他人喜欢的。同时，我带来的那个花苞像石榴般展开，红润的籽粒开花了，而后染上了美丽的红铜色，像硬币盖满我的身体，那色调宛若豹子（而非老虎）皮。当它剥落时，它留下的痕迹仿佛污秽的残羹冷炙。我浑身必然粗糙刺目（你会成为鬼魂，难道不是吗，这声音就像来自墓地）。倘若我有小丑的天分，我就会在舞台上缓缓踱步，引发爆笑，我会稍稍忍住疼痛拔出牙齿，丑陋的眼睛不停眨呀眨，一点一点地啃噬指甲。

　　——瞧，瞧你，袒露着脆弱的身体。

　　——祝福你，你可绝不完美。我要把你的皮晒成达尔马提亚毛皮，用来制作奇异的皮鞋。

　　——我们要让占卜师像研究星象图一样来观察你。

　　——抓啊，小子，抓吧。

　　而后是发烧，说胡话。就像在迷雾中流浪，不知从何处传来了音乐声，是笛子和鲁特琴的悠长音乐，是被掩埋的祖先清晰的声音（你不认识我们吗？你记不起来了？）是隐藏着秘密的梦幻诗歌，我一醒来它就融化了，印在了我的写字板上。韵律转动着，回荡着遥远而可怕的意义：

无常将他们的幻梦磨损擦破

但别听任何人的话。轻一点，别用力，

否则提坦会戳破他的眼睛

允许猫头鹰现身……

　　黄昏时分高烧最厉害；此后国王从绳索上走下来，吉尔伯特有很多张脸，每一张都口吐白沫，英雄们吱吱作响

302

地经过，大家都爬上了一只火焰轮的外围，每个人都在喊
"哦……"，声音从希腊面具的方形嘴唇里发出来，他摸着枕
头，向众人揭示自己是烛蜡做成的。

　　我能忍受这一切，可是我为自己可怜的身体所遭遇的不
公而哭泣。夜里，百来处溃疡在我皮肤上扎营支帐篷，到了
冬天的早上，它们成了整齐有序的营地。哦，哦，哦，我哭
喊着，试图跪下来祈求宽赦，虽然我先得祈求谅解，原谅我
让自己的身体和我一起跪下来。在睡梦中，我会走出去，低
头看它，落下同情之泪。如果是我犯了错，可我的身体并没
有，但是身体却必须接受惩罚。我将稿纸视为自己曾经拥有
的身体，我向往它。尽管我很担心涂涂改改地污损了稿纸；
我一定要在这光洁白皙的纸上写下美好雅致的词句。好好吸
气，我每天早上都告诫自己，然后撑着这具堕落之后羞辱的
身体，这具满是疮痍、流着脓水、发着高烧的身体，创造出
那遥不可及的伊甸园，而这高烧就像迷雾中张开的手指。剥
掉亚登这些人的衣服，你会发现他们没有洞眼没有肉棒，甚
至没有最小的脓疱。他们是纯洁的，不知道何为七宗罪。

　　当我的肉体成了块状，腹股沟的膀胱和腋下淋巴肿胀，
我依然看不到自身的罪恶。有人说那是不被批准的爱的行为，
是步入地狱的通道，可是，尽管我对此十分内疚，我却只认
为它仅仅是过错。对与错是温和的引擎，能促使美好的诗歌
和可爱的莎士比亚大师的剧作诞生；邪恶尚未诞生。我能清
楚地看到，当精子的冲动被发泄，那不被批准的爱仅仅是滑

稽。我记得，本，那位英国的佩特洛尼乌斯[1]说过：

那是达成污秽的快乐，它短暂；
达成后，我们即刻为行为忏悔。

唉，本还有滔滔不绝的长篇大论，那是泥浆倾倒在可怜的妓女身上，后者咆哮、抱怨，沉重的身体扭动着，此时她喊道："哦，你像巨石般沉重，唉，差点把我压得断气。"可是本的命运与我的大相径庭，他有幸能混迹在肤浅的人世——那些气质啊，风俗啊——他明白世界就是如此肤浅，尽管它并不符合本的信念和原则。对某些人来说，这么做回避了命运的折磨，是将种子植入了卵子，由此孵化出关于世界的真理。

当药剂和草药都无济于事时，我策马前往巴思洗浴。骑马时我想到了她，想驱走苦涩。她得先得到自己奉献给我的那些，才能有所奉献。没有任何人可以谴责的；我们都选择了自己的命运，可是选择经常得在黑暗中做出，这才是不公平的。上帝是个不停叫嚷的小丑，满肚子让人笑得岔气的笑话，就好像威尔·肯普成了环球剧场的垄断者。

巴思的浴池究竟有何功效，这我不好说，可是我被洗涤净化，只剩下瘦削的魂灵。此外，我的眼力明晰了，能迅速

1　Petronius，古罗马尼禄王时期的朝臣，宫廷时装顾问，被认为是讽刺小说《萨蒂利孔》（*Satyricon*）的作者。

辨明世上的各种色彩：那层油漆似乎未干。还有，一切的长、宽、高有了新的变化。我都疑惑那些笑着、谋划着、躲在屋子里的生命究竟是什么。我一遍遍琢磨着"人"这个词，觉得它仿佛是航海家带回来的某种新动物的名字。我在重新创造人，把他洁白纯净的身体种在花园里，那对眼睛纯真一如小鹿。可是他不会在那里停留，他非得跳出去，去谋划，去血腥杀戮，去窃笑龌龊污秽。他心里的意愿纠结着，可是那意愿并非我这个造物主所能创造的，因而那是与造物主的对立。我明白这一点，却依然无法感知，时机尚未到来。

此时，能骑马返回伦敦并苛责这个污秽的世界就足够了，我也曾经为它增添过污秽。在布雷德大街和米尔克大街上一瘸一拐地走过，呼吸着弗利特河阴沟的气味，我不由自主地寻找自己病中的伙伴，幸灾乐祸地注视着树莓般的烂鼻子，那柔软发亮的嘴唇潮湿、厚重、煤炭般锃亮，裸露的胳膊上有着黄色条痕与玫瑰色脓包，死鱼般的眼睛蠕虫潜伏。于是我对自己很早前就该明白的发现感到晕眩，那瘘管和脓肿，弯曲的骨头、肿包、溃疡、恶臭，它们与宫廷中的贪赃枉法、卖国求荣、信口雌黄、冷笑弑杀并无二异。然而这些溃烂恶臭的可怜鬼谁都没有腐烂的意愿。这污秽的罪恶超出了人的自身意愿；在某个地方，在时间原初之外，有一口堕落腐烂的无限深井，它以某种无形而不可控的力量驱使着身体和思想去汲饮井水。

难道就不存在干净的世界？忒奥克里托斯[1]笔下的牧羊人吹着笛子，咏唱着半人半兽的达蒙、早夭的利西达斯、还有西弗勒斯（就是这个词，来自弗拉卡斯托洛的书[2]），可是我看到他们也被吞食，他们的羊群得了腐蹄病，南方的洪水啃噬苹果般摧毁了他们简陋的茅舍。我回到希腊传说和特洛伊神话，希望能再次找到童年的故事，例如欢快舞蹈般的战斗，芦苇长矛的斗争游戏。然而，当然了，他们就像我们自身，他们是吹牛者、懦夫、诽谤者、娼妓。于是我满心嫌恶地开始写一部《特洛伊勒斯与克瑞西达》的戏剧，关于男人应该生于卑贱和污秽，恶心感让我发现了一种新的语言表达，即充满撞击力的尖刻词汇，谵妄的新词库和古怪的混杂。我创造了阿里阿德涅和阿拉克尼[3]的合体，由于错综复杂的编织，美丽的女主角变成了一只蜘蛛，即阿里阿克尼。有一天，某个头脑冷静的男人阅读该剧时，会解读出那个名字之意。

　　这里就是一切甜蜜的终结。看到美好时日的结束，我哭了，我不愿把克瑞西达变成宫廷浪荡女。尘土遮蔽了海伦的视线。但疾病很久以前早已遮蔽了她的视力——腐烂肿胀。在尘埃中死去，却在污秽中生存。好吧，如果我们要与之共存，我们必得以某种方式使之高贵。

1　Theocritus，古希腊诗人，牧歌创始人，活跃于公元前三世纪。
2　Fracastoro 是维罗纳医生，天文学家，诗人，他于 1530 年发表了名为《梅毒，或法国疾病》（"Syphius, sive Morbus Gallicus"）的诗，诗中"梅毒"一词是主人公名字 Syphilus（西弗乐斯）的变体。
3　Ariadne 和 Arachne，希腊神话中的人物。

二

蛆虫吞噬着英勇的赫克托，也吞噬着骄傲愠怒的阿喀琉斯。渺小者梦想着颠覆自己推举起来的秩序，如埃塞克斯、费利克斯、波令布洛克，实则就是联邦那白色躯体上的一处溃疡。这就是他和他那群暴民，正在朝着朝廷进发。你们全在那里，拿着传单和棍棒，普林达布尔、利林顿、李德尔、阿拉巴斯特、安圭西、埃吉卡姆、吉尔德斯利夫斯、林普、迫格、沙克尔等等[1]，大家的下场基本一致：我们都染了病；在我们过于满足和欲望无度的时刻，陷入了炙热的高烧。因此这恐惧无处不在。埃塞克斯（查普曼为向荷马致敬而创造的阿喀琉斯）无非是弄破了皮肤让脓污涌流。在癫狂幻觉中这城市就是我自己的身体，左腿、两侧腋窝、松软腐烂的腹股沟的溃疡处脓包破裂。于是埃塞克斯的末日来临，那漂亮的脑袋滚落，那英雄的头颅，哈里的末日也近了。可是哈里

1　作者编造的一堆意思含混鄙俗的人名。

被送进了伦敦塔。

那一年我最大的耻辱是站在父亲的墓地旁，因为疾病而浑身颤抖，脑袋上裸露着一片片秃斑，双眼怪异地睁着，嘴上长满溃疡。他此时真的成了一位伟大的绅士；看，他患上了病中显贵。我在安妮身上只看到旧时纵欲的回忆，还有那天因我意外归来而中断的纵欲。让我离开吧；今晚我不要住在自己的宅子里，我要去酒馆。告诉女儿们没事的，这无非是发发脾气，仅此而已。

大启示时刻即将来临时，我能意识到。这时候我只能坚持自己想象的秩序，这光滑白皙、难以想象的永恒之城。我梦见自己就是恺撒，苍老，陪着病快快的吉尔伯特，不知怎的，布鲁图斯就是本，这个批评者、嘲笑者，这个不断作对的幽灵。堕落城市的意象，在夜之盛景中被预见，从我的身体，从血淋淋的洞口、火烫的手中抽离。联邦的坍塌是如此可怕，因为这就是身体的坍塌。这不是抽象事物被拂去，而是敏感的神经被撕扯，肌肉组织被扭曲，鲜血横流。

三

　　我在半夜醒来，更夫喊着已经是四点了，平安无事，我终于找到了她，那位女神。没有仪式，没有号角声或惊人的预兆。她长得就像F，金色皮肤，赤身裸体。我平静地看到她眼睛里的惊恐。她手里拿着一个小瓶子，瓶子是某种类似斑岩的石头做成的。她把它放到我的床边，而后，她没有露出一丝微笑，也没有一句表达爱意的话，就朝我压上来，抚摸着我结痂的、长满痘痕的肉体。我无奈成了她的魔鬼。在彻底占有的时刻，我感到什么东西破碎了，那是连解剖学家都未知的处女膜的破裂。就在这时刻，她拔去了斑岩小瓶子的塞子，释放了——

　　她释放了令人难以置信的气味。这简直不可能，人的绝望状态竟然能以气味的方式直接被揭示，那是一种纯真的伊甸园的清新，就来自那口重要而独特的井里。这样说来，我的余生必然是消耗于为所有人制造这些气味。我第一次领悟到语言并非是抚慰人的美好工具，无法让等待春天的冰冷城堡变得暖意融融，她也不是贵族的装饰品，不会鸣响，也不令人陶醉，而是具有锋利刀刃和重锤的杀伤力。我明白她自身究竟是什么，她不是邪恶天使，而是一种不受约束的力量。不过，敌人如此急迫，即便她自身并不邪恶，她已经在一种不可抵挡的力量下变成了邪恶的代言者。

她并没有以如下的方式消失在我的房间里，即分解成微粒，而后融化在我身体的七窍中，将那里视为永恒的居所，从此骚扰我的鼻毛、迷宫般的耳道、疼痛的下身穴道。此时最易感知的，之前也许只是对世界本质的瞬息想象，现在则是病人的幻觉。可是关于其最首要的特征，却无法以某个词汇来形容（也许除了不这个词），我意识到这似乎有某种物质性。

唉，这笑话是如此残忍，而善的力量又虚弱得令人觉得可耻。为何之前没有诗人看到它？之前没有诗人注意到它，因为这些时刻是为首度看到它的人保留的。我的病是现代病；这病和打破国家和教会以及两者体系的秩序是一样的。此时就是我们时代的最佳时刻。

四

他在那里，约翰·豪尔，他是上流人士的专治医师，是我的女婿。他皱着眉头为我检查，抿着嘴唇，抚着胡子。没多少时日了，他想，也许明天一大早吧。他不想在笔记本上为岳父的病做任何记录。他是来打扫和出租房屋的，他大多数的病人，这个爵士、那个女士、我的某某某阁下等等，都因为吃了太多的鸽子肉和奶油而病倒了。他岳父的疾病只能私下悄悄谈论：他看到了世界的本相，并根据女神的口述把它写下来。

——戏剧吗？他写戏剧？

——是的，戏剧。他的剧本最初都是鲜花、爱情和甜美的笑，或者是令人激动的关于英格兰走向秩序的真实记录。此后他开始思索他所谓的邪恶，是的。

——邪恶？犯罪，是吗？

——不，不是犯罪，因为犯罪，他说，是人为的，所以可以被纠正。可是他认为世界的那具巨大白皙的躯体是由遥不可及的疾病建构的，毫无来由，不可救治。就连爱情的名义，都远非抵御它的最佳祈祷词，爱情常常是召唤挖掘和捣毁的破坏力量的咒语。他似乎认为，我们从源头就被污染了。

——他怎么来展现这一点呢？

——哦，他创造了这些伟人，他们对邪恶无能为力。好人陷入这样的困局，软弱的人徒劳地对它挥舞拳头。或者，还有人自身就带有这种疾病，他们是国家的摧毁者和腐化者。尽管并不总是针对国家，有时候会是婚姻。

——他的婚姻幸福吗？

——我相信，岳母是位贤妻。她始终是忠贞的，不过他自己倒是违背了夫妻忠诚。

——仔细听，他在咕哝什么。

——是的，时间不长了，很快就是他的临终遗言了。

——他是个伟人吗？我们要把这些话记录下来吗？

女儿能战胜邪恶力量，儿子不行。我的两个儿子，哈姆莱特和奥赛罗都不行的。那个可怜的凯特·哈姆莱特为爱溺死了。水流和处女。那是我们仅有的洁净。

——临终遗憾通常都是胡言乱语。

五

我的总结，医师。

我认为，那一天，发生在我身上的可以说是我受了我的兄弟吉尔伯特传染。那是在舞台上，我们在演《哈姆莱特》。我扮演亡灵，嘶哑地斥责着。而后（他们告诉了此事，之后我很震惊）我大声尖叫，倒地，口吐白沫，蹬着腿，滚动着。观众以为这是精彩的表演。

接下来发生的就对演出无益了。我忘掉了台词，脑子突然无比倦怠，我无视自己经历的事情，我暴怒，我憎恨而后深爱，深爱而后憎恨。有一天我在白厅附近当众撒尿，连自己都惊呆了。我三个晚上都醒过来极其渴望喝酒，于是我走出门，近乎裸体，去敲"三大桶"酒店老板的门。我爱上了逛窑子。就这样，在克拉肯威尔，我就……

她看上去并没生病，只是她金色的皮肤好像变成了铁灰色。她的乳房下垂，腹部突出，头发像一堆交缠的铁丝，嘴里有几处牙齿的豁口。我们互相望着，我在她眼睛里看到了自己：头发一簇簇地脱落了，脸庞肥胖迟钝，肌肉蓬松紧身衣都扣不住。我似乎很满意地不停点头，觉得我们俩都证实了世界的腐败。接着我说出了一直憋在心里的话：

——这是他赐予的礼物，不是吗？

她仰起头，没说话。那我们全都，我们三人，卷入了这个腐败中。不过那两个人的任务已经完成了。成了。我再也不能躺在她身旁了。可是要离开她，我会哭泣的，只要我还有能力流眼泪，因为敌人带走了所有的美好。我必须不停诅咒，让那个茶褐色女王般的高贵永恒长存。

不是躺在她身旁，而是躺在别人身旁。琼、凯特、麦格、苏珊、玛杰莉、茶丝、萨姆松、小黄人。公鸡打鸣报晓。期间我花了钱，常常毫无预设，就在黑僧剧院的宅子里，穿着红色匈牙利斗篷，说自己做麦芽生意，在某家公司有股份，其实那公司压根不存在，喝上一桶葡萄酒，名下有马（其中一匹还是阿拉伯马），紧身衣上装饰着仿珠宝的玻璃。回到斯特拉福，我叫嚣着自己有多了不起。那天晚上我和本、德雷顿一起在酒馆里，我嚷嚷着说自己就是上帝。不过我内心里牢牢地藏着女神，她将那些可怕的西印度群岛开启，自己却依然做我的领航者。在那陆地上，霍比，你对我说起过的，有奇异的鸟儿、会说话的水果、三条腿的人，这些全都有；你没骗我。

六

有问题吗？你希望知道所有这一切是如何发出声音的，谁真正在说话？这不是在表演，女士们先生们。当投毒者上来时，他就开始砸东西，墙壁就是他要砸的对象。我病倒了，很疲倦，渴望着我的东方。想要飞去那里。启航。你们的脸在我周围显得如此黯淡。

那么，你的重罪是什么？

爱，是爱，始终是爱。虽然不理智但总是这样。法蒂玛。这番演说后我要把那首十四行诗的抄本发给大家。你们永远赢不了的，因为爱既是永恒秩序的意象，同时也是叛逆与破坏的细菌。不过，我们不进行荒谬的、关于灵魂结合交融的讨论，那是两个太阳，是同一轨道上的两个球体。肉体是存在的，而肉体构成了一切。文学是肉体运动的附带现象。

那么血呢？

西方是黑夜之地，东方是晨光之地。他把鲜血送往那里。我就是他的血。男性血脉在西方消亡。它在东方延续是对的。

不要召唤他人，我没事的。短暂的睡眠过去了。

主体—物质？

小栎树、拐杖、骰子五点、艾灸、马加比家族[1]、吕底亚模式（柔软、阴柔）、雪白的鹅或白雁、圆花窗、政府、城堡和参议院的大火、亚历山大王的战马、伪经、水果蛋糕星期日、热带地区、沃平、阁下的长筒靴、朱槿、娈童、薄荷花、三叉神经痛、宇宙灰化、两极相对、巴比伦之门、费德莎、水手拉特林、幻影塔列辛、炼金术中的死人头、牢房、地牢、云雀、风儿、托马斯特、伦敦的黑眼睛、青蛙的友谊、英伦列王行传、梅林、诚信交易、黄金般贵重的姑娘、葡萄栽培、逝世的女王（蜜蜂、草地、象棋、长椅、统治）、拱门的拱墩、无角兽、海狐狸、海猪和海石南、S形曲线、红衣主教、可触摸性。

你现在想要什么？

不要了，什么都不要了。再也不要了。

最后一句话。最后最后最后最后的一句话。

大人。

1　The Maccabees，马加比家族，公元前一世纪统治巴勒斯坦的犹太祭司家族。

译后记：秩序癫狂灵肉间

文 / 张琼

翻译安东尼·伯吉斯（Anthony Burgess，1917—1993）的传记体小说《不似骄阳：莎翁情事》（*Nothing Like the Sun: A Story of Shakespeare's Love-Life*，1964）是一段集阅读、诠释、翻译、想象、资料搜寻、遐想、写作为一体的复杂体验，因而层次丰富，意义复调，也由此伴随了一段纷繁芜杂的心情。若说书斋读译是宁静沉潜的，可期间又似乎充满了动态起伏，尤其令我对人体记忆与想象的不可靠有了深刻的认识。

莎士比亚传记林林总总不胜枚举，不过从书的副标题中"情事"来看，令人好奇之处自不必言。但凡情爱总难免涉及肉欲，一开卷果然扑面而来懵懂青春肉体的骚动。我转念一想，记得美国著名学者哈罗德·布鲁姆（Harold Bloom）在《西方正典》中曾说此书是他读过的莎士比亚传记中最精彩有趣的，不由深思这身体热度颇高的描述和想象，是否激发了"老学究"久远的青春记忆？

稍稍翻阅几页，最明显的感觉是语言上古风扑面，文字障碍时时遍布，尽管深知伯吉斯是位造词大师，依然觉得他必然是凝神静气地先让自己沉浸在莎翁时代，想象身体跨越了时空，才让笔端流出了如此的话语。慢慢习惯这样的文风，等阅读感受渐渐舒适起来后，习惯的批评理性才稍稍抬头。首先，令人诧异的是，伯吉斯虽然采用第三人称叙述视角，但文字叙述却完全是第一人称主观体验和宣泄式的，甚至颇多意识流的描写，不时有天马行空的笔墨泼洒。不少细节令人咋舌惊艳，尤其看到作家在莎学和古典文学上的深刻造诣，费时凝神于古雅词汇、或明或暗的韵脚节奏时，我几乎觉得莎士比亚本人融进了伯吉斯身体，神形合一地进行着合作。这一同时，另一种深深的无力感袭来，这种潜伏的忧虑，即怕自己用另一种文字再现时，将诗意失却。

我能够占有的优势，恐怕也只能是所处时代的信息化和数字化进程吧。在对各种词汇和典故的查找和释义中，我明白作品在表述和沉吟之间的一种戏谑姿态，就好比伯吉斯借着莎士比亚（抑或是莎士比亚借着伯吉斯），故意对着读者开启了一段段玩味式的文字游戏。这种跃跃欲试想参与游戏，又常常自觉被游戏盘局抛弃的感觉，不少读者在阅读现代主义或后现代主义作品，诸如乔伊斯、品钦、纳博科夫等作品时常有，即自觉语言能力和智商欠够，背景知识和典故的铺垫不足，时时得停下来重新准备，并焦虑地明白：解不开某个字谜，或者某段吟诵的典故，弄不清潜藏在底下的来龙去脉，就会丧失继续读下去的资格，更勿论阅读乐趣。

首先，伯吉斯本人是个极为多产的作家，作品数量过半百，文字涉猎小说、批评、语言论著、诗歌、翻译、儿童文学、剧本、新闻采访，等等。他在词汇再造上独具风格，对文体风格极为敏锐，能灵活驾驭传统现实主义叙述，也能进行结构语言学的神话娱乐，其大胆前卫的语言风格震惊过世界文坛，却始终徘徊在主流文学的内外模糊地带。或许因为伯吉斯自身的文化认同危机，他笔下的人物常常表现出一种局外人的格格不入特征，揭示出某种进退维谷、破立不定、悲喜交加的困局感。因此，无论是伯吉斯久负盛名的争议作品《发条橙》，还是这部莎士比亚情事故事，读者大抵会有相似的阅读感受，即人物困乏迷惑和矛盾不已，可是困住他的不仅是小说中的生活困局，还有伯吉斯用他炫目、高超、绝伦的文字所设置的那个思维和语言的牢笼。伯吉斯从不展现泾渭分明的二元对立逻辑，他推翻了非此即彼、对错清晰的秩序，道德上亦如此，因而我们看到的是此消彼长的感情延绵，不必奢求结论。他关注自由，哪怕是作恶的自由、放纵的自由，因而在《不似骄阳》中，自由意志决定了威莎的自我发展和情感行为。从某种程度上说，莎士比亚的情爱纠结和对黑女人的固执痴迷，就是他自由意志的一种导向，也正是这种表象上的毁灭性力量，促成了莎士比亚喷薄汹涌的创作才华。

情欲过剩与冲动

　　小说开篇就展现了一个懵懂少年身体和情感上的冲动。我们面对的不是享誉世界的戏剧大师，而是生理正处日渐成熟时期，不时沉溺想象和幻想，痴迷文学阅读和航海梦境的小镇大男孩。或许为了解构人们心中对于"莎士比亚"这个名字的敬畏和仰视姿态，伯吉斯用了威廉·莎士比亚的字母缩写"威莎"来进行陌生化处理，让人们尽可能以平常心对待一段故事。威莎对外面世界充满瑰丽奇幻的臆想，却又被烦琐庸常的家庭手套制作产业牵绊限制。他生活在典型的小镇家庭，父母务实勤劳，母亲虽然来自相对富庶高贵之家，但家族的贵族荣耀早已成了遥远往昔的微光。威莎的弟弟妹妹们并不像他那样耽于浪漫想象，因而比他更能满足现状。但是威莎却在灵肉之间不断挣扎，也因此更容易陷入酒精和女色的诱惑。他希望能缔造一个秩序井然、光辉荣耀的未来，可这个美好有序的理性王国却不时被肉身欲望和艺术创作想象颠覆。现实生活中，威莎早早地因为生理冲动与比自己年长的当地姑娘安妮发生性事，并以为这无非是性欲驱动下的云雨之交，男女一夜情。没曾想，他竟然会在女方家人逼迫之下娶了未婚先孕的安妮，并在数月后有了女儿苏珊娜，从此开始了他对压抑的现实生活的回避和最终逃离。一次巧遇，威莎当上了临镇地方执法官奎杰利家中的家庭教师，并在去布里斯托尔购买教材时与一个西印度群岛来的妓女发生关系，从此迷上了黑发棕色皮肤的女人，而这种超逸常规之美的女性形象历来是威莎幻想和诗歌中频频出现的意象。

因为被奎杰利怀疑有儿童性骚扰之举，威莎丢了工作，而此时安妮又产下一对龙凤双胞胎。不甘平庸乏味生活的威莎再次离家随剧团前往伦敦，不久成了颇有前途的诗人和剧作家。伯吉斯对莎士比亚的情事叙述很大程度上对应人们关于莎士比亚十四行诗中各种关系的猜测和推论，包括天才戏剧大师结交了一位美貌贵族青年亨赖（即南安普顿伯爵），被对方的俊秀和优雅折服，并与他有了深厚的友情，并且这段情感中出现了各种变数，由惺惺相惜，渐变为猜忌、矛盾、轻蔑、彼此的背叛和痛心疾首。威莎最初是为了生计受雇于人，用十四行诗来规劝青年结婚生子。此后诗歌中出现的黑女人，以及情爱背叛等，也一一在小说中登场。黑女人变化无常、任性跋扈，她游走在威莎和亨赖之间，成了两个人共同的情妇。然而，威莎越发执迷不悟，挣扎在强烈的嫉妒和痴情中，也为此创作了脍炙人口的诗歌和戏剧。他还经历了多重背叛，小说中甚至提及了威莎某次回小镇时，发现自己的弟弟理查德与妻子安妮背着他有了私情，也由此进一步体验信任危机，加之儿子哈姆奈特夭亡，遭遇了深重打击。

不仅如此，威莎还发现自己私下写给哈里与黑女人的十四行诗竟被人印制并传播，这是另一层面的情感背叛。威莎返回伦敦后才发现哈里已经病入膏肓。此后他又找到了怀孕后被哈里抛弃的黑女人，可是他也由此染上了性病。小说最后，病毒蹂躏着威莎的身心，他由此步入了生命的尾声。

既然所谓的莎翁情事大多建立在有限的史料和作家的狂野想象上，小说中的威莎其实就是一种奇幻的结合体，即作家伯吉斯本人和他想象中的莎士比亚，由此威莎癫狂错综的人生及创作感想也就成了某种借由虚构人物所发出的生命感喟：无论情爱、艺术创作、生命追求，就是灵肉搏击冲撞的过程，是缔造秩序、癫狂腐朽的来回拉锯，是在灵与肉之间无止境的平衡探寻。尽管伯吉斯也曾热衷学院文学教学，可是他从来就拒绝被人视为知识分子，并身体力行地要反抗这种知识分子形象。他或许从莎士比亚身上得到了他所认同的艺术创作热情，即创作并非理智行为，尤其不源于所谓的理念，它更多源于感知。从某种程度上看，这部作品其实一直在探究一个问题，即诗人究竟是如何成为诗人的，作家似乎接受了爱尔兰作家詹姆斯·乔伊斯对于莎士比亚的解读观点，即莎翁诗情源于"过剩的情欲"，只可惜中文的表述无法真正对应英文的"Overplus of Will"，因为 Will 一词从来就是复杂的多义，它在莎翁的十四行诗中也成为翻译的难解症结，因为它既是莎士比亚的昵称威尔，又有"意志"之意，同时隐含着"性欲"的潜在意义。在莎士比亚研究中，也确实有关于其创作能力与旺盛性欲的关联性诠释，因此在小说的"跋"部分，伯吉斯通过威莎的喟叹喊出了他要表达的创造真谛："你们永远赢不了的，因为爱既是永恒秩序的意象，同时也是叛逆与破坏的细菌。不过，我们不进行荒谬的、关于灵魂结合交融的讨论，那是两个太阳，是同一轨道上的两个球体。肉体是存在的，而肉体构成了一切。文学是肉体运动的附带现象。"

秩序缔造

无论肉体如何与灵魂抵抗作对，青年威莎是憧憬未来生活的，热情洋溢的他向往缔造生命秩序，即尝试、体验、冒险，去干一番大事业，为平淡烦琐生活带来巨变。同时，他被身体的骚动困惑，不时想起少年时的幻想，那是一位金光闪闪的女神，她张开了祈求的双臂。女神黝黑金色的皮肤，是威莎心中美的象征，"黝黑、隐秘、刚烈、震慑魂魄"，她是他诗歌创作的缪斯，但又如同伊甸园里的禁果，一旦尝试，万劫不复。带着如此向往和克制的威莎，其内心与周围环境格格不入，正如小说题目"不似骄阳"所揭示的，"我爱人的双眸绝不似骄阳"，这一句诗来自莎士比亚十四行诗第130首，它对应的正是诗人要在生命和想象里缔造的超凡独特，也表明诗人的审美并不与当时的审美潮流亦步亦趋，他个人的品味和观念同样特立独行。伯吉斯选取这样的小说标题，自有特定的用意，因为在这首诗中莎士比亚有意与绝大多数谱写爱情的诗人保持距离，例如锡德尼就在他的著名诗行中赞美爱人"皮肤白皙，目光奕奕，眼睛就像雪地的晨曦"。将眼神比作阳光的诗作十分多见，可他偏偏要说自己情人的眼睛不似骄阳，这与当时人们心目中美人的范式和标准大相径庭。若是阅读全诗，我们自然明白它通篇都在颠覆范式和标准，而伯吉斯的小说从开头就直接援引了该诗：

> 我爱人的双眸绝不似骄阳
> 珊瑚之红远胜于她的朱唇，
> 若发为丝，铁丝长在她头上；
> 若雪洁白，她胸脯一片暗昏……

从一开始，美的庸常标准就被一一推翻，也许令读者觉得费解和惊讶，那么这个不算美之经典的女子，甚至在大众眼里不美的女人，为何成为了全书的主题和标题，这又是何种用意？

在十四行中，莎士比亚的巧妙之处在于对标准的破除和树立同时进行，他以最后两行的总结破除之前的一切标准，让人们回神中觉得所谓标准原来如此空洞无物，早就可以抛却，人就该活出格外的特色和精彩。全诗结束时的对偶句是这样的："可是天哪，我认为我爱人比那些 / 被矫饰一通的美人儿更加超绝。"此处的突转，表明诗人不依循僵化的传统标准，不受审美桎梏的束缚，对黑女人充满深情与欣赏。异曲同工的是，伯吉斯也要在小说中让威莎冲破固有的僵化格局，拉下美的至高标准，以情爱和肉体的直截了当，缔造另一种理想。试想，亦步亦趋地跟随风尚，在别人设置的框架中费力寻找自我价值，这该是多么平淡乏味的人生！

因而我们在威莎的痛苦中看到最初他对于自己命运的不甘："他一想到就这么过一生，钻营公平交易，清白贸易，直到生命结束，一辈子，一辈子呐，眼泪就涌了上来，得不停切割皮革手套料，撕下细细的指叉，耐心缝合手套，就像谱出一对镜像双生的诗篇。"他在歧路上也曾犹豫不决，循规蹈矩的四法学院，还是纵情欢乐的旅店后院戏台？这两者之间究竟有没有体面的折中路线？我们发现，威莎更想缔造这样的秩序，即让全世界都听到大声朗诵的诗句，传达出他心中的真理。所以威莎向往的生命格局是这样的：

他要从女王（女王剧团）那里走向女神身旁，尽管最初得蹦蹦跳跳，自卑自谦，得爬过黑暗的耻辱隧道，进入幽黑的地狱，那里会有盘绕的蛇，遍地躺着英雄，那里被一个女神统占。嗯，难道这不是命运的再次安排，不是命运在他背后不停忙碌着，他不是很肯定吗？我们表演的戏剧依然在后面的黑屋子里被不停地构思创作，那穿着斗篷的匿名作家甚至还没有想好最后的对偶句。

我们清晰地看到，即便是向往诗句创作，戏剧构思，舞台表演，威莎憧憬的生命格局中，最终的目的依然是"从女王那里走向女神身旁"，即通过女王剧团的营生来企及情爱审美的最终目标。

在情欲冲动暂时退却的冷静中，威莎也会从儿子身上展望他需要建立的命运轨迹，并借着儿子这位未来青年清醒意识到"女人不值得信任"，希望他饮酒克制，不轻易信赖朋友，形成某种"坚忍的觉悟"，他仿佛看到儿子"已然实现了真正的人生目标"。他也为家族姓氏的未来担忧，"可是这名字会怎样，将如何传递给遥远的未来？"

读者们不难看到，狂热的威莎也有着冷静理性的人生规划，无论怎样冲动痴狂，威莎都坚信自身是丰富艺术创意的爆发核心，他在剧场里推出一部部戏剧，帝王将相、佳偶天成、小丑愚人、爱恨情仇、历史呈现等等，都是他用语言文字缔造的有序世界和想象空间，即便是为亨赖谱写的诗歌，那些被不断斟酌、思量、吟诵的词汇排列，以及他对同时代或前辈诗人的模仿和学习等，也是他竭力铸就诗意不朽的努力。

假如我们斗胆领悟这个秩序的总体特征，或许在拨开所有癫狂、炽热、骚动后，我们看到的是作家伯吉斯和他想象中的莎士比亚心之所向的人生信念，正如学者布鲁姆所指出的，莎士比亚的贡献就在于那是一种对人性的创造。这种创作对应了中世纪和文艺复兴时期诗人的重要特征，即相信个人的灵魂就是微观宇宙，一切可见的事物就是精神真理的表征。即便个体生命如何卑微，而威莎在特定的历史语境中确实身处社会阶层的底部，但是他要挣脱层层束缚的力量是不可阻挡的。虽然在书中威莎被其他人认为是"……这个暴发户，这只乌鸦，靠我们的羽毛装饰自己……戏子的装束下掩藏着虎狼之心……居然妄想自己就是全国唯一能撼动舞台的人……"可是他最神奇之处就恰恰在于，他在肉欲的贪婪中，在肉身的矛盾中真切地体验着，甚至饱尝从天堂跌入地狱的沦陷和绝望，但他从未臣服于虚假和粉饰，哪怕透支了生命，也要最真实地忠于自身的感受，也要执着于情爱审美和体验的独特。

癫狂腐朽

由此，不少人看到威莎情爱中的癫狂腐朽，甚至会带着"下流、淫荡、猥亵"的意味来看待其中的细节。然而译者认为，其中的癫狂腐朽恰恰是艺术创造中的推动力，诗意激情的青年威莎，他的肉欲感受和体验在伯吉斯的表述下何其真实。伯吉斯本人就是创造新词的大师，他在语言表述上从来不按常理，不循规蹈矩。因而作品中情爱用词上的隐含、双关、游戏等深意无处不在，常令译者自愧语言的匮乏苍白。其实众多肉欲感受的揭示，若读出"淫秽"来，也只是不着痕迹的风流，这也向来是莎士比亚最擅长的。所谓腐朽，大抵也是看者的感受不同，或是因为年龄或观念上的差异，文化语境的迥异，诠释角度的不同吧。作品中很多地方，尤其是关于青春期威莎恍惚中、想象中体验到的黑女人的美好，还有在伦敦时成熟的威莎对那位现实中的黑女人的沉醉迷恋，其情爱体验的表述都反映了作家令人叹为观止的文字运用手段和风格，感官色彩浓郁，诗意强烈，许多表达含蓄晦涩，意识流特色明显，理解的难度很高。

青春期的威莎情欲懵懂，身体发育中的渴望和思想中的向往及梦想混杂地冲击着他，他常常耽于幻想，难以分清现实与梦幻，行动与思想，而小镇闭塞的环境又将这种渴望激发得更为癫狂焦躁。在书中，威莎醉心十四行诗的创作，常常为押韵用词费尽心力，恍惚地就像生活在现实之外，贫苦非议浑然身外。在对诗意和句法的痴迷中，威莎还饱尝青春的肉欲萌动，难以自已。当然，冲动是年轻人的权利，作品中大肆表露，年轻人不时的晕眩和狂野的心悸，都强调着荷尔蒙过剩的难耐。在威莎年少无知时，这样的癫狂在读者看来或许自然，可大家发现，即便人到中年，威莎的冲动狂热依然满溢，这种浑身激动的感觉常常触发他的各种遐思，焕发着热情，有时也是愤怒。书中的情欲和理智交织难缠的部分，伯吉斯常常以错位或多层次的自我旁观来表达，更以意识流手法生动展现，其中最显著的部分是威莎罹患性病、病入膏肓后的呓语迷狂。因此在阅读中，我们会看到威莎不时跳脱出自我，旁观异域野兽般难以自控的本我，他像看着身外之物般感到惊讶，而"它的呐喊也来自身外，十分陌生，却符合他内心的饥渴韵律，从抑扬格开始，到扬扬格结束"。这种交错的不同自我，最终化为诗歌创作的节律押韵，宛若酒神癫狂最终化为艺术创造。这就如同威莎在烂醉时，另一个清醒的自我能目瞪口呆地对着眼前的窘态，"他急智的诗人脑袋里就像蘑菇伞在张开，要挣脱出醉醺醺的威莎的脑壳"，于是在翘趄和推搡中，"诗句匀速喷了出来，那喷洒诗意的女神正在失事的肉体上方翱翔"。

但是这个艺术创作的世界最终在诗人眼里是走向腐朽坍塌的。"水流迟早会引发惊人可怕的爆破，被炸裂的并非是脆弱的肉体。"对于艺术家的诗人，人自身就是风暴中心，因而小说最终的生命腐朽终结，在威莎感受中（也在伯吉斯创作意图中）就是艺术创造终极的必然，即血肉、心脏、肺部都在聚集于体内的熊熊烈火中无法挽回地变成灰烬，那是个体生命对于艺术永恒的祭奠，癫狂腐朽则成了必然的过程。

不循规蹈矩的还有威莎、亨赖与黑女人的三角恋，这本身是莎翁生平中被不断猜测揣度的部分，从未有过任何定论。不过伯吉斯巧妙地给出了他的诠释，"生命归根结底不该受束缚，应该奔放。甚至，男人的爱和女人的爱可以共存"。他对于亨赖的情谊，以及两人秘而不宣的关系，对于同一个女人的迷恋，本身在生命癫狂中成了神秘和隐蔽的东西，威莎少年时期对黑女人的羞怯欲望，在同性情感下对戏剧诗歌的沉迷，对一贫如洗窘境的暂时脱离，以及他初见亨赖时对其诡秘、狡猾、俊美的莫名痴迷，或许本身就是对苍茫冷漠如海洋般人世的忤逆，他只有赤裸裸地直面自己，真实地感应一切，才能让自己笔端流泻的激情化作可以抵抗冷漠的外在作品。

灵肉抗衡持续不断

在伯吉斯的笔下，威莎的肉体和灵魂的抗衡始终未停息，爱的和谐统一，就伯吉斯而言，是人类假装的谎言。威莎和亨赖的特殊情谊和对黑女人的情爱迷恋就像此消彼长的冷热对抗。在这一部分的阐释中，相信伯吉斯一定也不断从莎士比亚十四行诗集里探寻解密。

在小说里，初尝诗歌创作的威莎在一个词汇上反复斟酌推敲，甚至茶饭不思，他念叨着一长串无论是押尾韵或押头韵的词汇，神情无比专注，这多少很引诱人返回真正的十四行诗集，面对着起承转合的一首首诗歌，感念在看似轻盈飘逸的文字底下，居然有着如此巨大的心血投入和付出。

对于灵肉抗衡，十四行诗第 152 首聚焦背叛主题，或许能形成与小说的互文对应。诗人在指责黑女人不忠之后，更深入地自责，认为自己不仅背叛了自己的婚姻，还撒了无数的谎，在自我揭示的同时，他通过推翻自己之前对于黑女人的所有赞美，同时也揭露了她的各种丑陋。莎士比亚十四行诗的创作和他的戏剧写作是彼此交替，并行不悖的，虽然我们知道他写十四行诗的初衷是因为瘟疫流行，剧院暂行关闭，既受人所托，且有收入进账。诗中的情感和思想真实反映了他的生活体验和创作意图，尤其是灵肉抗衡冲突时的矛盾。小说中，年轻的威莎反复思量雇主奎杰利的那番话，即"生命从某种意义上看全是做戏。我们每天都看自己表演：一会儿喝醉了，一会儿酒醒了，一会儿扮演他人揣摩他人"。因此，威莎的创作也是某种本质的探寻："何谓真实，哪里才是一个人真正本性所在？可以说，既有本质也有存在，而这个本质，就在井底，就在威尔的最深处。"

关键在于，这个最深处的本质却与肉体的存在状态始终冲突不已，无论是威莎自己都困惑不堪的情欲渴望和情谊需求，还是戏剧创作上的迎合和不驯。不过我个人觉得，威莎，或者说莎士比亚，甚至是作家伯吉斯本人，他们的可贵之处在于承认并接受自己永远困在这种挣扎和冲突中，坦言秩序和疯癫的恒久拉锯，他们"挣扎在尘土与空气、理性与信仰、行动与沉思之间。在芸芸众生中孤独一人，心怀诗人的壮烈决绝"。

这种永无停息的冲突，在虚构小说中以令人意外的性病"梅毒"告终，在威莎大段的意识流呓语中形成超乎常人逻辑的华彩落幕。读者甚至会觉得肆虐人肉体的疾病促成了癫狂的艺术想象。据说伯吉斯曾声称他能列出被梅毒感染的诗人名录，其中包括法国诗人波德莱尔，英国画家及诗人爱德华·利尔等，而他甚至以自己在英国皇家军队医疗团工作的经验，以及伊丽莎白时期社会历史文化的研究，从莎士比亚晚期作品研读中得出如此推论，或者说，从文学创作的通感中找到了这样的结局。难怪有学者感叹，说任何虚构式传记到头来就是一种自传比例各异的创作，即一种自我想象的投射。从这种逻辑推断，其实读者也在阅读中看到了自我的真实，形成了有关自我生活的反思，尤其是情感与理性的永恒冲突及矛盾。

在小说中，威莎最后前往巴思的浴池，希望能得以洗涤净化。在病毒的侵扰和吞噬下，他自觉只剩下瘦削的魂灵，甚至眼力明晰了，"一切的长、宽、高有了新的变化"，这种视觉感受，从常理而言是病入膏肓的精神幻觉，却在作家笔下成了威莎一遍遍琢磨"人"这个词的重要契机。在伯吉斯的诠释中，莎士比亚的人类贡献就是"重新创造人"，并通过个人的灵肉厮杀与决斗体验，以造物者的姿态，展现人与造物的对立，而非人对事物的意愿。

因此，威莎的伟大之处在于，他看到了世界的本相，从希望真实记录"英格兰走向秩序"，到思索"邪恶"，并承认其"毫无来由，不可救治"，而这种疾病建构的本质中，并非全无希望，正如小说在最后所给予的感喟："爱既是永恒秩序的意象，同时也是叛逆与破坏的细菌。"我们也许可以这样来理解，灵肉结合交融的讨论在癫狂创作者的感悟中是荒谬的，它们如同两个不在同一轨道上的太阳，因为理性的秩序和冲动的癫狂始终撞击，甚至要毁灭肉体的存在，但文学艺术必然是这个过程的附带现象。

图书在版编目(CIP)数据

不似骄阳：莎翁情事 / （英）安东尼·伯吉斯著；
张琼译.—桂林：广西师范大学出版社，2019.8

ISBN 978-7-5598-1701-3

Ⅰ.①不… Ⅱ.①安… ②张… Ⅲ.①长篇小说－英
国－现代 Ⅳ.① I561.45

中国版本图书馆 CIP 数据核字 (2019) 第 058334 号

广西师范大学出版社出版发行

广西桂林市五里店路 9 号　邮政编码：541004
网址：www.bbtpress.com

出 版 人：张艺兵

责任编辑：雷　韵

装帧设计：喜丸子

内文制作：李丹华

全国新华书店经销

发行热线：010-64284815

山东鸿君杰文化发展有限公司

开本：787mm×1092mm　1/32

印张：10.75 字数：192千字

2019年8月第1版　2019年8月第1次印刷

定价：56.00元

如发现印装质量问题，影响阅读，请与出版社发行部门联系调换。